한국 고전시가의 근대

한국 고전시가의 근대

고운기

보고사

대학 3학년 때 신춘문예에 당선되고 시인의 길로 들어섰다. 스물두 살, 어느새 25년 전의 일이다.

젊은 시절 내 목표는 무엇이었을까? 대학에 들어가면서 나에게는 시인이 되는 것, 중등교원 자격증을 받는 것 오직 두 가지 밖에 없었다. 시인은 평생의 꿈이었고, 자격증은 호구지책으로 필요했다. 졸업과 동시에 국어교사 자격증까지 받았는데, 그렇다면 그것으로 목표를 달성했으니, 간신한 대학생활의 보람 아니고 무엇이었으랴. 대학을 나설 때, 나는 국어교사로 학생들을 가르치면서, 시인의 사명을 다할 준비가 갖추어졌다고 생각했다.

그런데 학부 시절 은사의 권유로 민족문화추진회 부설 국역연수원에 다니면서 길이 수정되었다. 학문의 바다가 나의 발길을 잡아 끈 것이었다.

연수원을 마칠 무렵 대학원에 진학했고, 나는 한국고전문학의 밑도 모를 바다 속으로 뛰어 들었다. 김기림이 노래한 대로, 水深

을 모르는 나비의 무모한 착륙이었다. 딴은 시인의 감수성으로 우리 고전시가의 아름다움을 파헤치겠노라 다짐이야 그럴 듯 했지만, 지난 25년간, 시건 학문이건 딱히 이룬 바 없이 도식(徒食)의 세월만 겹쌓이지 않았나, 오직 부끄러울 따름이다.

이 책의 이름을 '한국 고전시가의 근대'라고 지었다. 나는 시인이면서 연구자이지만, 어느 쪽이냐 하면, 아무래도 시에 기울어 있다. 시 쓰기를 즐기고 중요하게 여긴다는 말이 아니라, 고전시가를 바라보는 전망대가 어디까지나 시에 있다는 뜻이다. 지금 여기의 시와 연관되지 않는 고전시가란 내겐 왠지 공허하다. 신라의 향가나 조선의 시조 그리고 한시마저도 지금 읽어서 의의가 생겨나고, 이 의의의 본질과 값어치가 무엇이며 얼마인지, 연구자에게는 그것을 명쾌히 밝혀줄 의무가 있다. 한 연구자로서 나는 시를 쓰는 작은 능력과 합세하여 '지금 여기'의 고전시가를 찾아보고자 하였다.

제1부는 향가에 관한 논문만 모았다. 향가의 근원을 생각하면서, 일본의 고대시가와 비교해 보았고, 〈제망매가〉를 예로 들어 기형도의 〈가을 무덤〉을 분석해 본 것은, 이 책에서 뿐만 아니라 앞으로 내가 하고자 하는 작업의 방향을 가늠했다는 데 의미를 두고 싶다. 제2부는 조선조의 한시와 시조를 대상으로 하였다. 여기서도 또한 이건창의 〈전가추석(田家秋夕)〉을 단편서사시로서 임화의 〈우리 옵바와 화로〉에, 백석의 〈수라(修羅)〉를 전통선상

의 여러 시조 작품에 잇대어 논했다. 제3부는 고전시가 연구자의 입장에서 읽은 현대시인론이다. 본격적인 논문까지 가지 못했고, 고전시가의 연구방법이나 작품 비교가 이루어진 것 또한 아니어서 아쉬울 따름이다. 일단의 분위기를 시론(試論) 삼아 진행해 본 것이다.

쓰이기가 전후 10여 년 세월을 걸쳐 있지만, 이제 시작이나 마찬가지인 글들을 서둘러 묶어 내놓는 것은, 긴 도정의 출발에 앞서 다시 한 번 신발 끈을 묶어야하겠기 때문이다. 선학과 동학 여러분의 아낌없는 질정을 구하고 싶다.

본문에서는 전체적으로 한자를 괄호 안에 넣었으나, 한자의 쓰임이 복잡한 제1부의 두 편만 예외로 두었음을 밝힌다.

한 해 동안 메이지(明治) 대학의 객원교수로 일하게 되어 여러 가지 정리를 하고 있다. 이 책의 출간은 그런 일련의 과정 가운데 하나이다. 좋은 기회를 마련해 준 이 대학의 히나타 카즈마사(日向一雅) 교수에게 감사드린다. 책을 내 준 보고사의 김흥국 사장과 실무를 담당한 편집부의 황효은 씨에게도 감사한다. 이렇게 입은 신세를 어떻게 갚아야 할 지 모르겠다.

2007년 가을

도쿄의 메이지 대학 연구실에서

고 운 기

차례

제1부

고대가요의 전통과 향가

1. 고대가요의 전승

　고대가요의 이해는 그 전승의 비밀을 캐는 데서 출발한다. 노래는 숱하게 많았을 터이나, 그 가운데 일부만이 오랜 세월을 견뎌 오늘날 우리에게 전해졌다. 무엇이 어떻게 기능하여 노래는 우리에게 남았는가.

　전승된 고대가요가 무척 적다보니, 비슷한 문명권을 형성한 같은 시기의 일본과 비교해 심한 자격지심마저 느낄 수 있다.

　그러나 양의 많고 적음으로 논단해서는 안 될 일이다. 오히려 이것으로 우리 고대가요의 특수한 양상을 읽어나갈 논점이 마련되고, 거기에 적절한 결론을 이끌어 낼 수 있다. 사실 전승된 노래가 매우 적어서 우리가 당하는 문제가 분명히 있다. 무엇보다도 우리 문학사에서 노래 또는 시의 발생 시점과 그 성격을 구명하기 어렵다는 점이 그것이다. 흔히 〈황조가〉, 〈구지가〉, 〈공무도하가〉를 최초의 노래 세 편으로 부르지만, 그것이 정말 처음 노래인지 확정하기 어렵고, 각기 뚜렷한 개성을 지닌 노래들이어서 그 성격을 일반화하지도 못 한다.

사정은 향가에 와서도 마찬가지이다. 『삼국유사』에 실린 14수의 노래에서 향가의 편린을 보는 것이지만, 균여의 향가 11수가 더하여진다 해도, '삼대목'이라는 가집으로 모아졌다는 이 장르의 전모에 다가가기란 무리다. 이 때문에 생긴 영성함이 우리 문학사의 첫머리를 끝내 망설이도록 만든다.

그런데 전승의 문제는 다르다. 다시 말하건대, 무엇이 어떻게 기능하여 노래는 우리에게 남았는가. 이 말은 어떻게 전승되었는가가 아니라, 후대의 사람들이 어떤 노래를 택했는가를 논하자는 것이다. 노래는 노래를 기억하라고 강요하지 않았다. 전승은 오로지 뒷사람들의 자발적인 선택의 결과이다.

알다시피 〈황조가〉는 『삼국사기』에, 〈구지가〉는 『삼국유사』에 실려 있다. 고대사를 전하는 두 대표적인 저술에서 각기 한 편씩의 이른바 원시가요를 발견하게 되는데, 현상적으로 나타난 이 같은 사실이 우연이면서도 우연이 아닌 어떤 사정을 우리에게 일러주는 듯하다. 왜 이 두 책은 이 노래를 싣지 않을 수 없었을까? 그것은 한마디로 누구나가 부르고, 누구나의 기억에 남아 있는 노래가 자연스럽게 스스로 생명력을 획득해 갔음을 웅변한다.

『삼국사기』와 『삼국유사』는 사람들의 그런 자발적인 선택과 노래의 생명력을 일부 수용했을 뿐이다.

두 노래는 노래로서 잊히지 않을 큰 세력을 얻고 있었다. 그것은 동시에 이와 비슷한 노래가 얼마든지 지어져 불렸음을 알려주는 것이다.

사실 민중들 사이에서의 노래란 즉흥변이적인 양태로 만들어진다. 하나의 틀이 만들어지면 거기에 다른 사연들이 자리를 잡는다. 예를 들어 〈구지가〉는 〈해가〉와 비슷하다. 명령하고 위협하는 틀거리 속에 자신이 바라는 바를 내용으로 담는다. 그래서 〈구지가〉에서는 왕을 만나고 싶다는 바람을, 〈해가〉에서는 잃어버린 부인을 찾겠다는 의지를 전면에 내세운다. 이처럼 즉흥적으로 변이되어 수많은 노래를 만들어냈을 것이다. 그 가운데서도 분명한 개성을 지닌 노래만이 살아남았다. 아니 뒷사람들의 선택을 받았다.

수효로 본다면 빈약하기 짝이 없는 우리 고대가요이지만, 그 의미로 보건대 논의의 여지가 넓은 것은 이런 데서 연유한다.

2. 이야기와 노래의 결합

노래의 전승에는 이야기와의 결합이 큰 몫을 했다. 우리 고대가요의 거의 전편이 이야기와 함께 전해지지만, 이야기가 있어서 기억의 생명력을 더했음은 물론이고, 거꾸로 말하자면 노래로 인해 이야기의 완결성이 세졌다. 그러므로 어느 한쪽에 비중을 더 두어서는 안 된다.

이야기와 노래의 결합으로 이루어졌다는 점에서 처음 노래 세 편과 다음 시기의 향가 사이에는 크게 다른 점이 없다. 다만 어떤 양상으로 이야기와 노래가 결합하는가를 두고 그 경우의 수를 헤아려볼 수는 있다. 이는 각각의 이야기와 노래가 등가적 관계인가, 종속적 관계인가에 따른 것이다.

그런 가운데서도 가장 문제가 되는 것은 노래와 이야기의 친연성(親緣性)이다. 과연 그 노래에 그 이야기인가 하는 점이다.

> 펄펄 날아 오가는 꾀꼬리여 　　翮翮黃鳥
> 암컷 수컷 서로 의지하며 사네 　　雌雄相依
> 생각느니, 나는 외로운 사람 　　念我之獨
> 누가 있어 함께 가리. 　　誰其與歸

이 노래 〈황조가〉야말로, 아버지 동명성왕을 이어 고구려의 기반을 닦은 유리왕이 부른 아련한 사랑의 노래이지만, 친연성에서는 가장 의심을 받고 있다. 한 나라의 왕이 쏟아내는 탄식치고는 사건이 너무 사소하다는 데서 출발하여, 배경담과 시는 본디 따로 있었는데 그 비슷한 정황 때문에 들러붙었다는 추정까지 나온다. 왕으로서 이국간의 외교적 마찰을 우려해 부른 노래였다는 정도가 그나마 이야기와 노래의 친연성을 인정한 쪽이다.

　정도의 차이는 있을지언정, 〈구지가〉와 〈공무도하가〉 또한 비슷한 상황이다. 결론적으로 노래와 이야기가 처음부터 한몫으로 만들어지지 않았다는 주장이 강한데, 그럼에도 불구하고 이 노래와 이야기가 하나로 묶여 기록된 까닭은 무엇일까? 노래의 존재 이유를 이야기와의 상호교섭에 두려는 전승자나 기록자의 의지가 개입한 것이었을까?

　우리는 이에 대한 답을 향가에 내려와서 얻을 수 있다. 『삼국유사』의 저자 일연은 분명한 목적과 자료조사를 거쳐, 14수의 향가를 이야기와 함께 실었으므로, 적어도 친연성에서만큼은 그 의심의 정도를 훨씬 누그러뜨렸다. 이야기 또한 설화에서 역사적 사건에 이르기까지 다양하고 현실화 되는데, 이것이 고대가요의 변화와 발전의 한 측면을 보여주고 있다. 일연이 향가를 수록하게 된 계기는 노래에 있을 수도, 이야기에 있을 수도 있었다. 그러나 『삼국유사』의 전체적인 성격이 그렇듯이, 자연스레 이야기 쪽에 경도되는 것을 부정하지 못하는데, 노래가 이야기로 인해 전승의 생명력을 더할 수 있었다는 점을 다시 상기하면서, 새로운 문제를 대비할 필요가 있다. 그것은 이야기가 있기 때문에 노래의 성격을 규정하는 일이 한층 복잡해진다는 것이다.

　어찌 보면 단순한 서정가요로 끝날 노래들이 신화적, 상징적 해석의 손길을 기다리게 된다. 노래와 이야기를 둘이 아닌 하나의 서사체로 받아들였던 시기에, 기록자들은 상호연관성을 따져 서사상 풍부한 몸집 불리기에 주저할 까닭이 없었고, 거기서 일방적으로 재단하기 힘든 고대사의 비의를 함축하고 싶었을 것이다. 그러기에 공동체의 집단성을 배경 삼아 불린 노래가 개인 창작의 소산으로 자리 잡는다. 이는 개인 창작의 틀이 확실한 향가를 통해 반추해 간 결과일 수도 있다.

그러므로 처음 노래 세 편은 물론이려니와 향가까지도, 우리의 상상이 미치는 한에 있어서, 가능한 모든 해석을 내릴 필요가 있다. 노래와 이야기가 붙어 있다는 사실만으로도 이미 다양한 경우의 수가 발생할 여지를 남긴 셈이다.

3. 향가의 탄생

순수한 우리의 정서를 담아낼 그릇을 꾸준히 모색하고 실험하는 가운데, 이 같은 의지의 산물로 처음 나타난 장르가 향가이다.

향가라는 말 또한 중국 시가에 대한 대칭에서 비롯된 것은 사실이나, 향언·향어·향찰·향요·향가 등에서 공통적으로 쓰이는 '향'처럼, 우리를 강조한 주체적이고 자주적인 의지가 내포되어 있다.

먼저 『균여전』의 기록을 잠시 보도록 하자. "당시가 당나라 말로 짜였듯이, 향가는 향어로 얽어졌다"고 하였다. 이는 중국과 대등하게 우리 노래의 독자적이고 독립적인 자리를 설명하는 것으로 보인다. '주체적이고 자주적인 의지가 담긴 표현', 이것은 향가의 궁극적인 의미규정이면서, 그 탄생을 찾아가는 실마리이기도 하다.

처음 연구자들은 노래가 이두식 문자에 의해 표기되었으면 이것을 향가라 전제하고, 향가문학의 성립연대는 부득이 그를 표기하는 이두문자의 발명연대에서 구하였다. 이두의 발명연대는 대체로 신라의 통삼기(統三期)를 전후하는데, 그러면서 향가의 성립 또한 이 시기로 보았던 것이다.

선화공주님은	善化公主主隱
남 모르게 짝지어 놓고	他密只嫁良置古
서동 서방을	薯童房乙
밤에 알을 품고 간다.	夜矣卯乙抱遺去如

서동은 우리 고대사에서 만날 수 있는 맹랑한 사람 중 하나이다. 서여(薯蕷)를 캐서 내다 팔아 홀어머니를 모시는 처지에, 더욱이 백제 사람으로, 신라 진평왕의 딸 선화가 어여쁘다는 말을 듣고 꾀러 가는 출발부터가 그렇다. 그러나 서동은 결코 허무맹랑하지는 않다. 아무도 실현 가능성 없다는 이 일을 돌파할 꾀가 그에게는 있었던 것이다. 서동이 쓴 방법은 노래를 통한 여론의 조성이었다. 노래에는 그 같은 힘이 있다고 믿었다.

이 노래 곧 〈서동요〉가 지어진 것이 바로 삼국통일 직전이다. 민중들 사이에서, 자신들의 정서를 자신들의 어법으로 노래하는 분위기가 조성되어 있었음을 이 노래는 증언한다.

여기서 더 나아가 연구자들은 향가문학의 성립이 국문학의 형성을 의미한다고 해석하였다. 굿 노래를 부르며 주술을 행하던 전통이 계승되고, 화랑제도가 만들어진 다음 산천을 찾아 노래 부르고 춤을 추면서 수련을 일삼는 기풍이 고조되자, 드디어 사뇌가의 출현을 보게 되었다는 것이다. 사뇌가는 흔히 향가 가운데서도 10구체의 정형성을 획득한 노래를 일컫는 말이다. 〈서동요〉와 같은 시기에 융천사가 지은 〈혜성가〉가 나오고 있음은 이 같은 논의의 뒷받침이 된다.

한편 사뇌가의 초기에 해당하는 6세기경에는 〈혜성가〉처럼 대개 집단성을 띤 의식요가 많이 불리다, 7세기 말에 이르러 개인의 내면세계를 노래하는 순수 서정시가 나타난다. 우리는 그 극점을 월명사의 〈제망매가〉에서 본다.

생사의 갈림길	生死路隱
여기 있으니 두려웁고	此矣有阿米次肹伊遣
"나는 갑니다" 말도	吾隱去內如辭叱都
못 하고서 갔는가	毛如云遣去內尼叱古
어느 이른 가을 바람 끝에	於內秋察早隱風未
여기 저기 떨어지는 잎처럼	此矣彼矣浮良落尸葉如

한 가지에 나고	一等隱枝良出古
가는 곳은 모르겠네	去奴隱處毛冬乎丁
아, 미타찰 세상에 만날 나는	阿也 彌陁刹良逢乎吾
도 닦아 기다리리.	道修良待是古如

　삶의 고통은 죽음이라는 운명적 환경이 만들어 준 것으로, 도 닦는 사람이라고 해서 거기서 완전히 자유로울 수 없다. 가을바람에 떨어지는 낙엽에 속절없는 인간의 생애를 비유한 솜씨가 비상하기만 하다. 그것도 다름 아닌 '이른 바람'이다. 아마도 이 대목이 시의 핵심일 것이다. 언젠가는 죽겠지만 이다지도 빨리 찾아온 죽음이 한 사람의 심금을 울렸다. 사실 이 시는 여덟째 행까지는 평범한 인간이 토로할 수 있는 슬픔을 절제된 감정 속에서도 마음껏 뱉어 놓고 있다. 한바탕 시원하게 운 셈이다. 그러나 다시 만날 것을 믿고 기다리는 마음이야말로 구도자이면서 시인으로서 그가 택할 최선의 길이다. 그 지점이 곧 한편의 시로 완성되는 순간이다.

　요컨대 신라인들이 향가를 짓게 된 까닭은, 중국 시가에 상응하여 우리의 주체적 생각을 담은 노래를 만들어 보겠다는 자주정신에서 비롯된 것이고, 여기에는 향찰이라는 독특한 표기수단의 발명이 뒷받침되었다. 다른 한편 향가 시형이 크게 성하게 된 데는 불교를 전교하면서 무엇보다도 재래의 우리 음악을 이용함이 필요하다는 사실을 인식했다는 점을 간과하지 못한다. 이미 불교의 전래와 함께 고대 인도의 불교 가요가 들어와 불교 의식에 두루 사용되었다. 경덕왕이 월명사에게 범어(梵語)가 아닌 향가라도 좋다고 했을 때, 범어는 단순히 말이 아닌 음악으로서 범패류를 가리킨 것으로 보인다.

향가의 발생과 독자성을 불교적 의미에 치우쳐 설명하는 것은 단지 지금에 전하는 향가 14수가 승려의 손에 의해 모아진 결과로만 볼 수 없다. 다른 향가가 두루 전해졌다고 해도 사정은 크게 달라지지 않을 것이다. 섣부른 판단은 경계해야 할 일이나, 향가의 주요한 작자층은 승려이거나 승려의 신분을 공유하는 화랑도일 가능성이 높고, 이는 『삼대목』을 편찬한 두 사람 가운데 대구(大矩) 화상이 승려라는 점은 매우 시사적이다. 다른 한 사람이 각간 위홍(魏弘)인데, 그가 진성여왕과 은밀한 관계를 맺고 있었던 사람임을 감안할 때, 위홍은 대표편자로서 이름만 내세웠을 뿐, 실제 편찬을 주도한 사람은 대구였을 것이다. 가집의 편찬에 승려가 주도적으로 참여한 사실은 향가의 주된 담당층이 누구였던가를 짐작하게 한다.

4. 향가의 형식미

향가는 향찰을 써서 표기한 노래로 한정하고 있다. 그러므로 향가의 형식미는 향찰이 지닌 문자적 형식미에서 출발한다.

향찰은 한마디로 차자표기법(借字表記法)이다. 차자표기법을 사용한 근본사정은 어떤 것이었는가? 이는 처음에 제 나라의 인명, 지명 등 고유명사를 표기하기 위해서 고안되었다. 그러다가 문장을 표기하는 데까지 발전해 나갔다고 보인다. 자국어를 위한 차자표기를 한국에서는 향찰, 일본에서는 가나(假名), 월남에서는 챠놈(字喃)이라 했다. 같은 필요성에 따라 생겨났고, 같은 경로로 문자적 발전을 이루었다. 이런 표기법으로 쓴 시가를 한국에서는 향가, 일본에서는 와카(和歌), 월남에서는 국어시(國語詩)라고 했다. 향, 화, 국이 모두 중국을 뜻하는 한(漢)과 맞서서 자국을 지칭하는 글자들이다. 그렇듯이 이미 글자와 그 표기법에서 고유의 독자성을 확보하였다.

게다가 이 같은 표기법들은 꽤 고급스러운 표기수단이었다고 해도 좋다. 무엇보다도 시적인 표현의 표기가 가능하다는 점에서 그렇다. 신라의 경우, 향가 이전에 이두와 같은 보다 간단한 표기에서 향찰로의 발전이 이루어졌다면, 그것은 노래를 표기하기 위한 의욕이 추동한 결과라고 하겠다.

한편, 신라 초기에 이미 '유차사사뇌격(有嗟辭詞腦格)'의 노래가 지어졌음을 우리는 역사적 사실로 확인하는 바이지만, 실체를 손에 넣지 못하는 상황이라 그 논의는 제한적일 수밖에 없다. 그러므로 지금 남아 있는 노래들을 통해 그 가형(歌型)을 짐작해 갈 뿐이다.

중국의 경우 『시경』에서 그 예를 볼 수 있듯이, 4구체가 고대인에게 있어서 가장 기본적인 가형의 필요충분조건이라고 한다면, 향가 또한 그 길을 충실히 걸었다고 할 수 있다. 앞서 보인 〈황조가〉가 중국적인 형식에 맞춘 의도적인 번역이었다고 할지라도, 〈서동요〉 같이 순전한 우리 식 노래를 짓고 부르는 이들이 그 같은 관행을 따랐을 가능성이 높은 것이다.

그러나 거기서 그치지 않은 데에 향가 형식의 아름다움이 있다.

서울의 밝은 달밤	東京明期月良
밤늦도록 노닐다가	夜入伊遊行如可
들어와 자리를 보니	入良沙寢矣見昆
다리가 넷이구나	脚烏伊四是良羅
둘은 내 것인데	二肹隱吾下於叱古
둘은 누구인가	二肹誰支下焉古
본디 내 것이었던 것을	本矣吾下是如馬於隱
빼앗아 감을 어찌하리.	奪叱良乙何如爲理古

흔히 8구체 노래로 여기는 〈처용가〉이다. 노래 자체는 평범하나 해석의 여지는 넓은 편인데, 처용이 누구냐에 따라 다양해진 것이다. 낯선 서울 땅에 와서 헤매다, 제 처가 역신(疫神)과 동침하는 현장을 목격해야 했던 불행한 사나이의 노래이다.

논란의 여지가 남은 다른 8구체 노래와 달리 〈처용가〉는 이것으로 완결된 듯하다. 내용상으로도 4구의 중첩이다. 이른바 기본 4구체가 반복하여 확대된 것이다. 이런 8구체가 존재한다는 것은 10구체로의 이동을 설명하는 데 긴요하다. 물론 시기상으로는 다소 어긋나지만, 이 같은 가형의 노래가 얼마든지 있었음을 가정한다면, 4구체 곧 민요적 기본형에서 10구체 곧 사뇌가에 이르는 완성형의 중간 형태를 이 노래는 잘 보여주고 있다. 간단한 노래로서 기본 4구에 그치거나, 거기서 좀 더 나가 한 번 더 반복한다는 8구의 단순한 계산에 이어, 사뇌가는 노래의 어떤 마무리를 마련한다는 뜻에서 감탄사가 있는 2구의 결사를 붙인 것이다. 많은 시인들의 부단한 형식 실험을 거쳐 하나의 가형은 완성된다. 4구를 두 번 반복하여 노래의 틀을 잡고, 거기에 2구를 얹어 놓아 마무리 지을 수 있다는 결론을 내렸으리라. 이는 중국의 시에 없는 신라만의 독창적인 형식이 되었다.

　이러한 10구체 사뇌가가 완성된 다음에도 민간에서는 전문적인 노래꾼의 소산으로서가 아닌 단순 형태의 4구체나 8구체는 얼마든지 지속되었을 것이다. 그것은 10구체만이 향가의 전부가 아닌 까닭이다. 이미 진평왕대에 10구체인 〈혜성가〉가 보이는데, 250년이나 지난 뒤인 헌강왕 때에 〈처용가〉가 나오는 사정이란 이렇다.

5. 누가 무엇을 노래하였는가

향가가 향가만으로서 시의 장르로 독립을 한 것은 시적 서정성을 획득했기 때문이다. 그리고 향가 시인들은 대상을 객관적 상관물을 통해 비유하여 형상화할 줄 알았다.

단순한 주문(呪文)에서 발전하여 시적인 흥취를 마련한 예는 〈찬기파랑가〉나 〈모죽지랑가〉에서 잘 보이지만, 〈제망매가〉의 경우도 배경설화의 주술적 성격을 논외로 두자면 순수 서정시의 측면을 읽게 한다. 앞서 논한 바, 이른 가을바람에 떨어지는 나뭇잎으로 조세(早歲)한 누이를 형상화하는가 하면, 한 가지에 나고서 가는 곳을 모른다는 탄식은 그대로 시인의 세계에 대한 서정적 인식이다. 서정시는 시적 화자의 내면적 고백을 주요 정서로 삼는다.

이 같은 시적 성취는 민요계 향가로 분류되는 〈헌화가〉에서도 확인된다. 신화적 해석을 원용하지 않고 순수한 서정가요로만 본다면, 〈헌화가〉에는 여자의 아름다움과 이에 대해 흠모하는 정이 고스란히 그려지는데, 여기에는 고대인의 미적 인식의 일단면이 잘 나타난다.

지금 전해지는 14수의 향가를 보건대, 그 가운데 9수의 10구체 사뇌가가 가장 중심에 설 것이지만, 시적 형상화의 성취를 높이 이룬 6수 곧 〈원왕생가〉, 〈모죽지랑가〉, 〈찬기파랑가〉, 〈안민가〉, 〈제망매가〉, 〈원가〉가 문무왕대에서 경덕왕대에 나온 점에 주목해 보자. 태종 김춘추와 그의 아들 문무왕이 삼국통일의 업적을 이루고, 문무왕의 아들 신문왕에 이르러서는 신라로서 가장 번성기를 구가한다. 여기에다 성덕-효소-효성-경덕에 이르는 그 다음 대를 합하여 신라 중기라 하거니와, 그들이 모두 김춘추의 직계후손이고, 오늘날까지 전해지는 강성한 나라의 빛나는 문화유산이 창조된 시기이다. 향가의 명편이 이 시기를 맞추어 나온다는 점은 그저 우연이 아니다.

그러나 이 시기의 내면에서 우리는 또 다른 사실 하나를 목도하게 된다. 문무왕 이후 번성한 신라 사회는 전쟁이 끝나는 시점에서 누리는 단순한 평화의 시대만은 아니었다. 오히려 전쟁으로 인해 가려졌던 내부모순, 이른바 계층과 지역간의 갈등이 표면화하고, 개인과 국가가 대립하는 양상이 나타난다. 전쟁에서 긴요한 존재였던 군인이나 화랑은 쓸모없어지고, 국가 이데올로기에 순치되어 희생을 감수했던 개인은 자신의 권익을 찾으러 나선다. 그러나 시대의 흐름에 맞지 않는 자들을 포용할 방법은 없고, 불행히도 나눠 가질 밥그릇은 한정되어 있었다.

화려한 번성기 속의 내부 갈등, 그런 궁핍한 시대에 개인은 개인 속으로 침잠한다. 나를 찾아가는 이 물음이 문학적으로 표현되었을 때 나오는 장르가 시이다.

가버린 봄을 그리워하자니	去隱春皆理米
모든 것이 울어야 할 슬픔	毛冬居叱沙哭屋尸以憂音
아름답게 빛나시던	阿冬音乃叱好支賜烏隱
그 모습 갈수록 스러져 가도다	貌史年數就音墮支行齊
눈 돌릴 사이	目煙廻於尸七史伊衣
만나보기 어찌 이루랴	逢烏支惡知作乎下是
님 그리는 마음이 가는 길	郞也慕理尸心未 行乎尸道尸
다북쑥 구렁에서 잘 밤 있으리.	蓬次叱巷中宿尸夜音有叱下是

이 노래 〈모죽지랑가〉 속의 죽지랑은 탄생 설화부터 기이한 화랑의 영웅이다. 일찍이 김유신을 좇아 삼국 통일에 공을 세운 그는 진덕여왕에서 신문왕까지 4대에 걸쳐 재상을 지내기도 하였다. 그러나 권력의 세계는 비정한 법, 그 또한 토사구팽(兎死狗烹)의 신세를 면하지 못하였다.

이 노래는 인생의 무상함을 그리고 있다. 그것은 보편적인 인간의 감정이면서, 삼국 통일 후 당해야 했던 화랑 출신들의 몰락을 생각하면, 노래는 더욱 슬프게 우리의 가슴을 친다.

지은이 득오는 죽지랑이 거느리던 부하였다. 득오가 어느 날 갑자기 상관인 죽지랑도 모르는 사이에 지방으로 전출을 당한다. 격노할 일이었지만 죽지랑에게는 이제 그것을 막을 힘이 없었다. 그저 옛 부하를 위로하기 위해 술이며 음식이며 챙겨 몸소 시골까지 찾아가지만, 이전 같으면 감히 자신을 상대도 못했을 지방 하급 관리의 대단한 위세에 낭패만 당한다. 득오의 노래는 이때쯤 지어졌으리라 보인다.

가버린 봄을 돌이키자니 울고 싶을 따름이다. 임 그리는 마음은 다북쑥 구렁에서 잠을 자야하는 현실의 고단함 앞에서 슬픔만 더할 뿐이다. 그 같은 현실적 슬픔이 문학적으로 승화되는 지점에서 우리는 〈모죽지랑가〉를 만날 수 있다.

그러나 향가를 향가이게끔 만든 것은 시대와 미학의 총화 속에서 나오는 절창 때문이었다. 〈찬기파랑가〉는 그것을 담고 있는 대표적인 노래이다.

열어젖히자	咽鳴爾處米
벗어나는 달이	露曉邪隱月羅理
흰구름 좇아 떠간 자리에	白雲音逐于浮去隱安支下
백사장 펼친 물가에	沙是八陵隱汀理也中
기랑의 모습이 겹쳐져라	耆郎矣貌史是史藪邪
일오천(逸烏川) 자갈벌	逸烏川理叱磧惡希
낭이 지니시오던	郎也持以支如賜烏隱
마음의 끝을 쫓노라	心未際叱肹逐內良齊
아, 잣나무 가지가 높아	阿耶 栢史叱枝次高支好
눈이라도 못 덮을 화랑이여.	雪是毛冬乃乎尸花判也

기파랑은 그 신원이 자세하지 않은 화랑 가운데 한 사람이다. 충담은 마지막에 승려의 신분으로 생애를 마쳤지만, 본디 화랑 출

신이었을 것으로 보이고, 기파랑은 그가 따르던 상관이 아니었나 싶다. 노래의 서두에서 기파랑을 찬양하면서, 하늘의 흰 구름과 땅의 백사장이 가진 개결(芥潔)함을 위 아래로 바탕에 깔고, 거기에 달빛의 은은함을 쏘아 묘사해 낸 솜씨는 일품이다. 맑고 부드러웠다는 기파랑의 성품이다. 그러나 기파랑이 그렇게 맑고 부드러운 이미지만을 지닌 인물인가? 역전(歷戰)의 화랑이 그렇기만 했다면 어떻게 혁혁한 전공을 올릴 수 있었겠는가? 마지막 행에 그렸듯이, 높이 솟은 잣나무 가지가 눈도 이겨내고 꼿꼿한 것처럼, 기파랑은 굳세고 강인한 존재이다.

부드러움과 강인함의 조화. 이것은 곧 신라 사회가 지닌 미의 근본이다. 이 노래는 그 근본에 착근하여, 두 가지를 조화시켜 깊은 미의식을 창조해 냈다.

6. 향가의 본질과 노래의 향방

향가가 문학 장르로서의 역할을 마무리할 때 쯤, 이에 대해서 의미를 부여하는 기록이 나왔다. 바로 『균여전』의 향가 관련 기록이다.

균여의 추종자로 보이는 혁련정(赫連挺)은 균여의 전기를 쓰면서, 균여가 향가를 지은 사실에 무척 많은 지면을 할애하고 있다. 균여가 한 일이 많고 그 생애가 독특하지만, 그런 가운데서도 향가에 뛰어나고, 그것으로 신이한 효험을 보았음을 강조한다.

그런데 이 기록에서 혁련정은 '향가'와 '사뇌가'라는 용어를 한 자리에서 쓰고 있다.

八九行之唐序 義廣文豊
十一首之**鄕歌** 詞淸句麗
其爲作也 號稱**詞腦**

향가는 당서와 대구를 이루고 있다. 중국과 대비되는 우리만의 노래임을 밝히려는 의도였겠다. 이어 이를 정식명칭으로 따져 사뇌가라 하였다. 신라 사람들은 이렇게까지 굳이 따지려 하지 않았겠지만, 고려조에 들어서서 어느 정도 유행에서 지난 노래형태를 정리하자니, 이렇듯 자상할 수밖에 없었으리라 보인다. 여기서 '사뇌'에 '詞腦'라는 한자어를 달아 놓고, 거기에 주석으로, "意精於詞 故云腦"라 한 점을 주목해 보자. 곧 향가는 정(精)한 것이라는 결론을 얻게 된다. 그 뜻이 정치(精緻)하여 소중한 메시지를 담은 노래이다.

나아가 혁련정은 노래로 신이한 효험을 보았다는 점을 강조하여 적고 있다. 균여의 시대는 향가의 전성기가 지난 다음이지만, 그 분위기와 정서를 신라에서 이어받고 있었다. 신라 향가에서 〈천수대비가〉의 희명은 딸의 눈을 얻고자 했고, 〈제망매가〉의 월명은 지전을 날려 죽은 누이의 명혼을 천도하였다. 〈원왕생가〉

의 광덕은 노래를 부르며 극락왕생을 기원하였고, 〈도솔가〉의 월명과 〈혜성가〉의 세 화랑은 역시 노래로 변괴를 물리쳤다. 이 같은 사실들은 노래를 통해 얻은 신이한 효험의 예인데, 시대가 시대려니와 세인들의 희락지구(戱樂之具)가 되자면 이 정도 힘이 뒷받침되어야 했을 것이다. 이것은 결코 괴탄한 일이 아니었다. 그리고 이로써 형성된 노래의 저변은 한 차원 높은 서정의 세계로 나아가게 하는 바탕이기도 하였다.

그렇다면 균여의 시대는 어찌 되었는가? 사평군에 사는 나필 급간이 병에 들어 장장 3년을 고생하는데, 균여는 다른 치료나 염불 대신 자신이 지은 〈보현시원가〉를 늘 읽게 했다. 신라 향가 가 노래를 통해 소원을 이루는 신묘한 힘이 있었던 것처럼, 이 시대까지도 균여 역시 향가의 그런 전통을 잇고 있었다.

그에 비한다면 일연의 시대는 양상을 달리 한다. 일연 또한 균 여 못지않게 시를 짓는 일에 뛰어났지만, 이성과 합리의 시대에 접어든 중세인이었다. 향가를 지을 뿐 아니라 그것으로 사람의 병 을 낫게 하고 귀신을 쫓아내던 시대는 이미 지난 것이다. 그런데 『삼국유사』의 기록인즉, 균여 이후 이제 향가가 신비한 효험을 더 이상 거론하지 않는 시대에서, 일연은 이성적 안목을 견지하면서 도 매우 감동적으로 앞선 시기를 정리하고 있다.

신라 사람들은 향가를 무척 높였거니와, 대체적으로 『시경』

의 송(頌)과 같은 것이었다. 그래서 자주 천지와 귀신을 감동시키는 일이 한두 번이 아니었다.

이는 일연이 객관적 입장에서 향가의 효능을 기술했다기보다, 그 노래의 가치를 주관적으로 인정하고 동의한 데서 나왔다고 보아야 한다. 천지귀신까지 감동케 한다는 말은, 균여가 행한 여러 이적과 이를 기록한 혁련정의 입장을 연상케 한다.

흔히 신라사회야말로 고대 삼국 가운데 중국의 문물을 가장 늦게 받아들여 가장 훌륭히 소화해 냈다고 이른다. 예를 들어, 재래신앙이 강하게 형성되어 있던 사회 중심부에 외래의 불교가 파고 들어 오는데, 끝내 신라는 그것을 거부하거나 거기에 종속되지 않았다. 재래신앙과 불교신앙의 조화 아래 신라의 불교문화를 창출해낸다. 이것은 신라인이 자신들의 정체성을 잃지 않고 고급한 문화로 옮겨갔음을 말한다. 향가는 신라문화의 그 같은 특성을 설명해 주는 대표적인 증거이다.

향가는 본질적으로 분화된 시대의 시가가 아니었다. 고대인의 생활과 그들의 주술적 감수성과 서정이 한데 어울려 현실적인 힘을 가지고 있었다. 배경이 되는 산문 기록을 가지고 있다는 사실은 이것의 반증이며, 중세 이후 고려가요에서부터 노래가 산문으로부터 완전히 결별할 때까지 하나의 양상을 이루었다. 그러므로 향가는 사람들의 실제적인 생활에 매우 밀착된 시가였다.

詞腦歌 형식 발생론 서설

1. 들어가며

사뇌가, 곧 향찰로 표기된 10구체의 감탄사를 가진 노래에 대해, 그간의 숱한 연구 성과에도 불구하고, 나는 다음과 같은 두 가지 의문에 대한 답을 속 시원히 듣지 못하고 있다.

첫째, 사뇌가에서 '사뇌'라는 말의 뜻은 무엇이고, 그것은 文學史上에 단일한 개념을 유지하였던 것일까?

둘째, 10구체 그리고 일정한 곳에 감탄사를 가지는 정형의 시 형식은 어디에서 왔을까?

기왕 향가 가운데 10구체의 정형을 이룬 작품을 '사뇌가'라 하자는 데 이의를 제기할 일 없겠으나, 정작 '사뇌'라는 말 자체에 대해서는 분분한 여러 모색이 뚜렷한 결말도 없이 사그라지는 듯하다. 고대사회 속에서, 그리고 『삼국유사』나 『균여전』 같은, 오

늘날 우리에게 그 실상을 전해주는 기록들 속에서 사뇌와 사뇌가
는 단일한 의미나 개념으로 쓰이지 않았다고 보는 데서 이 논의는
출발한다. 어떻든 이는 형식 발생의 문제와 긴밀히 연관될 것이
다. 이름을 붙이자면 형식이 태어난 과정에 기인하여 짓게 되는
예가 흔하지 않은가. 그리고 시대가 지남에 따라 처음의 단순한
의미나 개념은 다른 요소를 더해가며 달라지지 않았을까 한다.

나아가『삼국유사』所傳의 향가 14수에서 〈혜성가〉가 그 선두
에 서 있고, 이는 10구체의 사뇌가인데, 하필 처음으로 보이는 노
래가 그 형식상의 완성을 본 모습으로 오늘날 전해지고 있기 때문
에, 다른 작품들이 형식 발생과 그 전개과정을 설명해 주는 데
그다지 기여할 틈을 찾지 못하였다. 비록 〈서동가〉가 같은 시기를
차지하고 있음에도 사정은 마찬가지이다. 그러나 사뇌가의 어의
와 그 형식의 탄생을 면밀히 재검토해 보는 과정에서 어느 정도
추정의 실마리는 잡히리라.

성급한 결론의 일단이지만, 사뇌가를 東歌라 풀이한 선학의 견
해를 다시 검토하면서, 여기서 東이란 서쪽의 백제에 대한 상대개
념으로 말한 것이고, 사뇌가의 형식은 그러므로 백제에서 구체적
인 출발을 하지 않았는지 상정해 본다면 어떻게 될까? 백제 쪽
노래라야 그로부터 먼 후대에 와서 記寫된 〈정읍사〉 한 편이 홀로
남아 전해 오지만, 이웃 일본의 같은 시기 노래들에서 어떤 편린
을 모아 정리해 보면, 작으나마 제안한 논의의 증거를 대볼 수도

있겠다.

그러기에 여기서 나는 양주동, 김선기 두 분 선학으로 돌아가 그들의 논의를 재검토해 보고, 일본 고대 시가의 초기 형성과정에서 지대한 역할을 미쳤을 것으로 여기는 백제 가요의 실상을 도리어 일본의 노래에서 조금이나마 캐오고자 한다.

2. 사뇌가와 東歌 그리고 東의 의미영역

김선기는 遺著가 된『옛적 노래의 새풀이』의 첫 대목에서 "캄캄한 밤에 이슥한 새벽이 닥아 온 것 같다"[1]고 선언한다. 이 말이 크게는 저서 전체를 아우르는 자긍이기도 하려니와, 사뇌가의 語義를 밝혀 '시나위'라 하고, 곧 그렇게 양주동과 견해를 달리하는 데서 책 전체의 논지를 이끌어 가는 어떤 큰 힌트를 얻었다는 말로도 들린다. 그는 구체적으로 무엇을 가리켜 '이슥한 새벽'이라 했던 것일까?

먼저 양주동은 사뇌를 'ᄉᆡᆫ'로 밝힌 다음 그 풀이를 다음과 같이 하였다.

우리는 「詞腦·思內·詩惱·辛熱」이 모다 同一語「ᄉᆡᆫ」의 異寫 或은 轉音寫임을 보앗는데, 이제 그 原義를 究明키 爲하

---

1) 김선기,『옛적 노래의 새풀이』(보성문화사, 1993), p.8.

야는 此等語가 매양 地名과 密接하야잇음을 注視할 것이다. (중략) 그러면 「식닉」의 原義는 무엇인가. 于先 「식」는 「新·曙」의 義의 「새」와 同原語인 「東」의 古語이니, 이 上代以來의 遺語는 古地名其他에 的確한 만흔 證跡이 남아잇거니와, 現行方言에도 「샛 람·샛쪽」(東風·東方)等語가 尙今仍用된다. (중략) 다음 「식닉」의 「닉」는 「내」(川)의 原義로부터 地方의 義로 轉한, 흔히 地名에 「壤」字로 記寫되는 古語이다.[2]

그러면서 그는 결론적으로 "「식닉」란말은 곧 「東部·東土·東方」의 義"[3]이며, 이것이 나아가 "「식닉」가 「鄕」임을 明示한 例도 잇다. 그럼으로 우리는 「식닉」가 어느덧 「東川·東土」의 原義로부터 「鄕」의訓으로 轉한것을 알수잇다"[4]고까지 발전시켰다. 우리가 익히 아는 바 사뇌가는 '시골 노래' 곧 한자어 鄕歌로 나간다는 전개이다. 그러나 여기서 나는 양주동의 논지 전개가 특히 지명의 뜻풀이에서 출발하고 있다는 점을 주목하고 싶다.[5]

김선기는 그런 양주동의 논지에 기본적으로 동의하면서 결정적으로 다른 부분을 다음과 같이 말하였다.

---

2) 梁柱東, 『增訂 古歌研究』(一潮閣, 1965), pp.37~38.
3) 梁柱東, 위의 책, p.40.
4) 梁柱東, 위의 책, pp.44~45.
5) 양주동은 〈처용가〉를 풀이하면서도 東京의 뜻을 일관되게 이에 맞추어 나가고 있다. 梁柱東, 위의 책, p.392 참조.

‘시나위’의 ‘시’는 ‘시쪽’(東方)이란 말은 맞는 이야기 이다. 그러나 ‘나위’를 ‘늬’로 푼 것은 ‘쓴 웃음’을 자아낸다. ‘늬’는 ‘ㄴ리’에서와 ‘ㄴ리’는 ‘ㄴ하리’에서 ‘ㄴ하리’는 일본말 ‘나까레’(nagare)(흐름)와 말덜이 하나 이니 빗맞은 말이 되엇다. ‘나위’는 몽고말[dagoo]에서 왔는데 [da]가 ‘ㄴ’가 되고 [goo]가 ‘위’[wi]가 되엇다. 그런데 [dagoo]는 노래 「wcc」[6]#2656에[M]. dagoo, [o]. nahashi [c]. ucun을 보는데 ‘d〉n, g〉h’ [k] [norai], 일본말의 [uta]나 [ucun]의 /t: c: d/임을 알아낼 수가 잇다. 이리하여 시나위는 ‘시가라노래’라는 말이니 ‘東歌’라는 뜻 이다. ‘시+나위’=동가가 된다.[7]

간단히 풀이하자면, 양주동은 사뇌가를 동쪽 지방의 노래 그래서 나아가 한자어 鄕歌가 되었다 했는데, 김선기는 사뇌만으로 東歌라 했다는 점에서 다르다. 여기에는 커다란 차이점이 있다. 사뇌를 동쪽 지방이라 했으므로 사뇌가는 향가가 될 수 있었다. 그에 비해 사뇌를 東歌라 했을 때 詞腦歌의 歌는 이중으로 쓰인 셈이 된다. 그러니까 사뇌 자체로 東歌가 된다면 歌는 필요치 않은 것이고, 그런데도 사뇌가라는 명칭을 썼다면 이는 후대에 歌가 덧붙여 진 것으로 볼 수 있다.[8] 나는 일단 김선기의 풀이에 左袒

---

6) 이 부호는 五體淸文鑑譯解 上, 下(田村實造等, 1966)를 가리킨다.

7) 김선기, 위의 책, 같은 부분.

8) 이는 마치 ‘역전앞’이나 ‘처갓집’ 같은 경우와 비견해 볼 수 있다. 그러나 더욱 중요한 것은, 문헌상의 기록으로 볼 때 ‘사뇌가’라는 말은 두 번밖에

한다. 사뇌만으로 노래 이름을 나타낸다고 볼뿐만 아니라, 이는 신라의 처음 노래 이름을 보이고 있으며, 나중 사뇌가로 불러야 할 때가 오게 됨을 설명할 수 있기 때문이다.

그런데 東歌의 東은 어디를 가리키는 것일까? 양주동은 '식닉'로 풀이되는 사뇌가의 사뇌, 나아가 향가의 향의 뜻은, "「東方·東土」의義로서 저 外國樂인「唐樂·唐舞」等과 區別되는 東方固有의 樂·舞·歌·琴 및 格調를 表示하는 語彙"[9]이고, "「詞腦歌」는 廣義로 보면 一切「東方固有의 노래」를 意味하나, 狹義로 보면 곧「新羅의歌謠」"[10]라고 풀어, 광의와 협의로 세심히 배려했지만, 어찌 되었건 사뇌가가 중국에 대비되어 쓰인 용어였음을 저버리지 않고 있다. 이 같은 양주동의 풀이는 후학들에 의해 계승되어, 중국 시가에 대한 향가의 독자성으로까지 의미부여가 되었고,[11] 이는 분명 타당한 논의라고 생각한다.

그러나 처음부터 그랬을까? 중국을 서쪽에 놓고 스스로는 동쪽 나라라고 불렀을까? 처음 공식적인 노래가 만들어진 것으로 보이

나오지 않는다는 사실이다. 『삼국유사』의 충담과 경덕왕의 대화에서 그리고 원성대왕이 신공사뇌가를 잘 지었다는 대목에서다. 나머지는 詞腦, 思內, 詩惱 등이다.

9) 梁柱東, 위의 책, p.45.
10) 梁柱東, 위의 책, p.49.
11) 이는 최철 교수에 의해 정리되었고(『향가의 문학적 해석』, 연세대출판부, 1990, p.5), 나 또한 여기에 기대어 향가의 문학적 성격을 논의해 본 바 있다(『일연과 삼국유사의 시대』, 월인, 2001, pp.300~301).

는 유리왕 때(A.D.24~56)로 거슬러 올라가, 당대 신라의 국세며 세계인식이 그렇게 컸었다고 보기에는 아무래도 선뜻 수긍이 가지 않는다. 한반도의 나라를 동방이라 부르는 관념은 훨씬 후대, 적어도 신라의 삼국통일 이후를 기다려야 나오는 것이 아닐까? 그렇게 본다면 사뇌가의 어의에 대한 좀더 구분된 논의가 필요해진다.

김선기는 東의 뜻에 대해 더 이상 분명한 설명을 붙이지 않고 있다. 그러나 적어도 양주동이 부여한 '큰 의미의 동방'에는 가 있지 않은 듯하다. 작은 뜻의 '신라의 노래'이겠는데, 그렇다면 그 東은 어디를 기준으로 구별한 뜻이었는가가 문제다. 나는 이것이 서쪽의 백제를 염두에 둔 명명이 아닐까 생각한다.

백제를 염두에 두었다 함은 노래의 오리지널이 거기에 있다는 것이고, 백제 노래와의 영향 관계 속에서 형식이 만들어졌다는 것이다. 처음의 그런 단계에서는 그냥 '사뇌'라고만 불렀으리라. 유리왕 때라고 해야 신라는 아직 고대왕권국가로서의 틀이 제대로 갖추어지지 않았었다. 불교를 받아들이는 과정에서도 이에 대한 몰이해와 토착 세력의 집요한 방해 공작이 계속되고,[12] 외부 세계에 개방적이기는커녕 적대적이기까지 했음은 주지의 사실이다. 그런 와중에 중국을 서방에 두고 스스로를 동방이라 개념 지

---

12) 我道의 傳教過程이나 궁주와 내통하다 거문고의 갑에서 죽임을 당한 焚修僧은 그렇게 풀이된다.

었겠는가. 다만 그런 가운데서도 사회는 외부의 영향을 받아가며 변화한다. 외부의 영향이라면 신라에서 가장 가까운 백제로부터였을 가능성이 가장 크다. 그런 마련해서 노래 또한 그들의 노래에 구별되게 자신들의 노래를 처음에는 그냥 사뇌 그러니까 東歌라고 했던 것은 아니었을까.

일본 고대가요의 경우, 『만엽집』 속에 '萬葉東歌'(あずまうた 아즈마우타)라 부르는 一群의 노래가 있다. 東國 지방 사람들의 노래나 동국 관계의 노래 호칭인데, 동국이라 함은 지금의 關東과 東北 지방의 여러 작은 나라를 가리킨다. 『만엽집』에서는 특히 권14에 이런 노래 230수가 묶여져 있다.[13] 순수한 일본어 あずま가東 그 자체의 의미를 가지고 있지 않지만, 關西의 京畿地方에 대비된 변방 개척지 關東의 東과 연결되어 자연스럽게 한자어 東歌를 만들어 낸 것이다.

신라가 백제의 영향권 속에서 문화가 발전되면서 그 가운데 노래를 만들고 그 노래 이름을 사뇌(東歌)라 했다면, 일본에서 萬葉東歌라는 이름이 지어진 경위와 매우 유사한 분위기를 느낄 수 있다.

---

13) 日本古典文學大辭典編纂委員會, 『日本古典文學大辭典 簡約版』(岩波書店, 1986), p.32.

3. 鄕歌史上의 백제 노래와 그 역할

백제로부터 노래의 형식이 신라로 왔다면 먼저 백제에 그런 노래가 있었음을 대야 한다. 민중들 사이에서 흥겨운 대로 부르는 민요가 아니라, 조금 더 정제된 형식을 가진 노래여야 할 것인데, 정녕 백제에 형식을 갖춘 노래가 있었고, 그것이 건너갔다는 증거를 대야만 하겠다.

우리는 다행히도 최근 고고학적 발굴의 성과에 힘입어 백제 노래 한 편을 건지게 되었다. 〈宿世歌〉가 바로 그것이다.[14]

前生에서 맺은 인연으로　　　　　　　　宿世結業

이 세상에 함께 났으니　　　　　　　　　同生一處

시비를 가릴 양이면 서로에게 물어서　　是非相問

---

14) 이 발굴에 대해 도하 각 신문의 보도를 정리해 보면 이렇다 : "1500년 전 부여 하늘에 울려 퍼졌던 백제인들의 노래가 그들이 직접 쓴 글씨에 의해 되살아났다. 길이 12cm의 나무 조각(목간)위에 쓰인 16자의 흐릿한 글자들이 판독 결과 삼국시대인에 의해 당대에 쓰인 현전 유일의 詩歌임이 밝혀졌다. 한국문학사를 새로 쓰게 만든 백제 시가 〈宿世歌〉는 땅위로 드러난 지 2년여가 지나 제 위상을 찾게 됐다. (중략) 목간에는 대부분 사찰 이름. 관직명, 인명, 행정구역명, 삼림과 전답 관리에 관련된 문구가 기록돼 있었는데, 국어학자 김영욱 교수가 그 중 하나에서 이두로 기록된 백제시가를 극적으로 찾아낸 것이다. 목간이 출토된 능사는 왕릉8기가 모여 있는 능산리 고분군의 부속 사찰로, 이곳을 드나드는 사람은 백제의 지배층이었다. 능사에서 출토된 목간은 이들이 소지하던 것으로, 이번에 발견된 백제시가는 당시의 지배층 누군가가 자신의 소원이나 다짐을 나무에 새겨가지고 다녔던 것으로 추정되고 있다."

공경하고 절한 후에 사뢰러 오십시오   上拜白來

발굴자인 김영욱의 논증에 따른다면, "한자의 음과 훈을 빌려 우리말을 적는 이두는 고구려에서 시작돼 신라에 전승된 것으로 알려져 왔고 백제에서는 사용하지 않았다는 것이 학계의 정설", "부여 능산리에서 출토된 목간에 기록된 백제 시가가 중국식, 한국식 한문 어순을 섞어 쓴 초기 吏讀로 기록됐다고 볼 수 있다"고 한다. '宿世結業'과 '同生一處'는 중국식 어순이지만, '是非相問'은 한국식 어순이고, '上拜白來'의 '백래'는 신라 향가와 이두에서 공손한 기원의 의미로 사용되는 문구라는 것이다.[15]

이 같은 발굴 성과에 따라 우리는 백제 노래의 실상에 한발 다가선 셈인데, 이로써 모든 문제가 풀렸다고 할 수는 없으나, 존재 가능성에 대한 확신은 가질 수 있다.

한편 7~8세기의 일본은 『萬葉集』로 정리되는 短歌의 시대였다. 그 대표적인 시인 가운데 한 사람이 山上憶良이다. 백제가 나당연합군에게 사비성을 빼앗긴 다음, 奈良의 大和 정부는 백제에 구원군을 보낸다. 그러나 이미 失機, 구원군은 백마강에서 패

---

15) 이 노래에 대해 이종묵 교수는, "(김 교수는) '사랑을 다짐하는 노래'로 풀이하였다. 그러나 필자는 견해를 달리하여 '전생에 맺은 업으로/같은 곳에 태어나게 해 주소서/잘잘못을 따지려 하신다면/위로 절하고 사뢰오리다'라고 '發願文'으로 풀이하고 싶다"(조선일보 2003년 7월 17일)고 주장한다. 앞으로 이 노래에 대한 구체적인 연구의 손길이 기다린다 하겠다.

퇴하고 하릴없이 그 배에 백제의 유민을 싣고 돌아갈 뿐이었다. 憶良는 유민 속에 섞여 배를 탄 네 살 박이 아이였다.[16)]

憶良의 이름이 일본의 역사 속에 공식적으로 등장하기는 702년, 唐에 파견된 사절단의 명단에서다. 그 때 憶良의 나이 이미 42세, 임무는 사신을 대신하여 문장과 시를 짓는 일이었다. 1년 뒤, 풍파를 헤치며 천신만고 끝에 온 길을 일정이 끝나 돌아가며, 역시 사신을 대신하여 지었다는 憶良의 노래가『萬葉集』제1권에 실려 있다.

> 어이 자네들, 어서 야마토(大和)로
> 오오토모(大伴) 님의 미쯔(御津)항 해변의 소나무도
> 기다리고 있다네, 연인처럼[17)]

다시 말하거니와 이는 代作이다. 그러므로 시 속의 화자는 憶良의 상관인 遣唐使이다. 이제 고향에는 그리운 가족들이 기다리고 있으매, 그것을 해변의 소나무라는 객관적 상관물을 동원해

---

16) 山上憶良의 생애에서 이 드라마 같은 이야기를 처음 제시한 이는 中西 進이다. 그는『山上憶良』라는 力著에서, 憶良가 百濟系 渡來人임을 입증하고 있는데, 학계의 반발에도 불구하고 이제는 어느 정도 정설로 굳어지고 있는 듯 하다. 中西 進편,『山上憶良-사람과 작품』(櫻楓社, 1992)도 참조.
17) 노래의 제목은 '山上憶良가 唐에 있을 때에, 고향을 그리며 지은 노래'로 붙여졌고, 원문은 다음과 같다. "いざ子ども 早く大和へ 大伴の 御津の浜 松 待ち恋ひぬらむ"(권1, 63)

묘사한 솜씨는, 憶良가 단가 시인 가운데 앞자리에 선다는 세간의 평가를 무색치 않게 한다. 그러나 代作 속에 숨겨진 憶良의 목소리를 가려낸다면, "해변의 소나무는 백마강 가의 소나무인지도 모른다"라고, 中西는『山上憶良』(河出書房新社)에서 설명한다.[18] 이민 1.5세인 憶良의 마음속에는 御津港이 그 原風景으로서 백마강으로 살아있다는 것이다.

　마음속에 살아있기로는 풍경만이 아닌 듯하다. 노래에 대한 그의 잠재적 기억력은 유민의 삶 속에서도 그대로 남아 있다. 그런 가정 아래에서, 나라의 깃발을 내리기까지 백제 땅에서 불리어졌을 노래들의 모습을 상상해 보는 데에, 憶良의 다음 노래는 매우 유효하다.

　　　대군이 보내신 것 아닌데, 자진해서 가신 그대, 난 바다에서 소매를 흔드네
　　　그대 돌아오는가 아니 오는가, 밥을 담아 문에 나가 서서는 기다리는데, 오시지 아니 하네
　　　시가(志賀)산을 너무나 베지 말게, 그대와는 인연 있는 산이라, 보면서 추억 하리
　　　그대가 가버린 날부터, 시가 땅 어부의 개논은 쓸쓸하기만

　　　관청이라 지명해서 보냈으리, 자진해서 가신 그대, 물결 속

---

18) 中西 進편, 위의 책, p.79도 참조.

에서 소매를 흔드네

　그대는 처자의 생활은 생각지도 않는 듯, 팔 년 세월을 기다려도 아니 돌아와

　(난 바다 새) 오리라는 배가 돌아오면, 야라곳(也良崎)의 지기여, 빨리 알려 주오

　(난 바다 새) 오리라는 배가, 야라곳을 저어서 돌아온다는 기별이 들려오지 않는가

　먼 바다를 가는구나, 붉은 칠한 작은 배에 선물을 보낸다면, 혹시나 님이 보고 열어볼 건가

　큰 배에 작은 배 데리고 가 잠수해도, 시가의 그대, 만날 수가 어찌 있으랴19)

　이 노래의 제목은 '筑前國 志賀의 어부 노래 10수'(3860~3869)이고, 憶良가 筑前國의 책임자로 있던 시기에, 그곳에서 들은 민요를 개작한 작품으로 알려져 있다. 이 노래에는 다음과 같은 이야기가 붙여져 있다.

　위는 神龜 연간에, 大宰府가 筑前國 宗像郡의 백성 宗形部津麿를 지명하여, 對馬에 식량을 보내는 배의 뱃사공을 맡기었다. 그때 津麿는 滓玉郡 志賀村의 어부인 荒雄에게 가서 말하기를, "내가 잠시 볼 일이 있어 왔는데, 들어주겠는가"라 하였다. 荒

---

19) 小島憲之등 校注・譯, 新編 日本古典文學全集9,『萬葉集』4(小學館, 1996), pp.128~130. 金思燁의 번역이 있으나, 필자가 손질하며 다시 하였음.

雄가 답하기를, "나는 당신과 郡을 달리 하지만, 오랫동안 같은 배를 탔었지요. 情誼는 형제 이상으로 두텁고, 함께 죽는 일이 있다한들 마다하리오"라 하였다. 津麿가 말하기를, "관청의 벼슬아치가 나를 지명해서 對馬送糧船의 뱃사공 일을 하라고 명하였네. 그러나 나는 늙어 몸이 약해져 항해를 할 수 없네. 그래서 이렇게 왔는데, 부디 나와 대신할 수 없겠는가"라 하였다. 荒雄는 그 소원을 들어 肥前國 松浦縣의 美禰良久 곳에서 배를 내어, 곧장 對馬를 향하여 바다를 건넜다. 그런데 갑자기 하늘이 어둡고 비 섞인 폭풍이 불어 순풍을 얻지 못 하고 바다 가운데 침몰하였다. 이로써 妻子들은 어미 소를 따르는 송아지처럼, 荒雄을 그리다 못해 이 노래를 지었다. 혹은 이르기를, "筑前國 守인 山上憶良가 처자의 아픔에 감동하여, 뜻을 펴서 이 노래를 지었다"고 한다.[20]

노래와 거기에 붙여진 이야기는 〈정읍사〉의 정조와 통하여 있다. 좀 더 멀리 본다면 노래의 제작과정이 〈공무도하가〉 같은 분위기도 풍긴다. 민중들 사이에 일어난 어떤 사건과 거기서 생긴 노래를 개작하는 과정에서 그렇다.

대체적으로 일본의 학계에서는 이 작품이 민요를 바탕으로 하는 개작, 거기에 이상적으로 조화된 둘의 만남에 더 큰 비중을 두고 평가하는 분위기이다. 憶良는 작자로서의 개성이 몰수되는 민중의 한 사람으로 바뀌어 있다. 그래서 작품의 내용은 정말로

---

20) 小島憲之등 校注·譯, 위의 책, pp.130~132.

민중이 말하고 싶은 가슴속의 불꽃을 대신하여 표현하였다, 그렇기 때문에 이 연작은 筑前國 민중의 共同詩이다, 그래도 憶良의 개성은 이 공동시를 문예적 작품으로 높이기 위해 협력적으로 움직여, 용어의 선택·작품의 기운·연작으로서의 각 노래의 배열을 지도하고 있다, 憶良의 「개성」이 민중의 「공동을 사랑하는 즐거움」과 악수하고 抱擁하였다는 점에서, 고대 지방 민요의 존재 방법을 暗示하는 뛰어난 노래였다고 평가할 수 있다[21]는 것이다.

이 같은 평가는 평가대로 정당해 보인다. 그런데 여기서 나는 이 노래가 10수로 이루어졌다는 점, 그리고 그 10수가 각각 의미상 4, 4, 2로 나누어진다는 점에 주목하고자 한다. 물론 10수는 각각 독립된 번호를 부여받은 노래들이지만, 이는 『萬葉集』의 정리과정에서 그렇게 된 것일 뿐, 크게 구애받을 일 아니다. 본디 민요에서부터 왔다면 노래는 이보다 훨씬 간단했을 것이고, 憶良의 손이 가해지면서 시적 형식으로 완성되었을 터인데, 그 배열이 10수로 귀착되었다는 점과 의미상 4, 4, 2로 나뉜다는 점은, 전체적으로 개작에 憶良의 의도가 다분히 반영된 것으로 보아 틀림없다.

우리는 여기서 백제계 도래인으로서 憶良의 詩的 胎盤을 재구해 나갈 수 있을까? 앞서 원풍경으로서의 백마강을 소개하였는

---

21) 久松潛一 편, 『日本文學史 上代』(至文堂, 1961), p.336.

데, 어린 憶良에게 백제는 생생한 기억의 현장이 아니었고, 언어적 훈련 또한 유민으로 일본 땅에 도착한 다음 시작되었지만, 당대 歌壇의 분위기와 개인적 상황을 종합했을 때 憶良에게 백제 노래는 그 뿌리에 잠재해 있고, 그것으로 새로운 환경에 적응해 가는 데 적절한 기능을 역할하게 했을 가능성이 다분하다. 그런 점에서 다음과 같은 지적은 경청의 가치가 있다.

　　일본보다도 빨리 한자문화에 접촉하고, 또 일본어와 거의 같은 언어적 구조를 가진 신라에 그 같은 (향찰)표기법이 있는 것은, 백제에도 같을 듯한 표기법이 있었지 않았는가 라는 상상으로 이끌리게 된다. 이는 아직 단정적으로 말 못 하지만, 그 개연성은 적지 않다. 만약 그 같은 사실이 있었다고 한다면 백제로부터 귀화한 사람들은 일본어에 익숙해져 감과 함께, 그 방식을 일본의 시가나 문장의 표기에 적용하려면 쉽게 고안해 냈으리라.[22]

　　요컨대 백제의 노래가 당대 일본 가단에 영향을 주고, 그 도래인들이 일본어의 훈련에 쉽게 적응하여 활동하였다면, 憶良를 위시하여 많은 도래인 출신 시인들은 선진의 자기네 노래 형식을 적극적으로 활용하였다는 것의 다름 아니다. 오늘날 우리가 우리 땅에서 분명히 볼 수 있는 작품은 신라인에 의해 지어진 향가뿐,

---

22) 大野 晋,「文字와 言語」,『岩波講座 日本歷史』23(岩波書店, 1964), p.62.

그러나 향가와 그 표기법에서 백제를 연상해 가자면, 사실은 신라 다음에 백제가 아니라 순서는 뒤바뀌어야 맞다. 한반도의 문화 전파 순서가 그렇기에 말이다.

백제 노래 〈정읍사〉는 이런 관점에서 새로운 의미를 부여해 주어야 할 것이다. 노래의 길이나 감탄사의 배치는 憶良와 그 시대 시인들의 시와 닮은 점이 많다. 이 같은 형식의 시는 신라의 향가보다도 憶良보다도 벌써 먼저, 문화가 건너간 같은 경로를 타고 일본에 건너갔을 가능성 또한 충분하다.

4. 萬葉集의 長歌와 10구체의 향방

小西甚一는, 『萬葉集』 노래 가운데 長歌에 붙은 反歌는 사뇌가의 嗟辭와 結句에서 영향을 받았을 가능성이 있다고 주장하였다.[23] 장가와 반가는 무엇이고, 어느 면에서 결구가 반가의 기능과 닮아서 小西는 이런 말을 했을까?

먼저 장가는 5 7·5 7로 반복하다가 마지막을 5 7 7로 맺게 하는 것을 기본형으로 한다. 이는 전형적인 단가가 5 7 5 7 7로 구성된 데 비해, 전반부의 5 7이 확대되었다고 할 수 있다. 그래서 장가라는 이름을 붙였다.

---

23) 小西甚一, 『日本文藝史 Ⅰ』(講談社, 1985), p.362.

이 같은 장가는 『萬葉集』에 모두 260여 수, 그 가운데 사뇌가의 길이와 비슷한 것을 골라 낸 17편이 영향관계에 있었음을 들어 김사엽은, "萬葉假名의 방식이 우리의 향찰식을 받아들여서 만들었다는 사실과 아울러 고려할 때, 이 長歌體 또한 우리 歌體를 받아들인 것은 틀림없는 일이라 하겠다"[24]고 주장한다.

그러나 長歌는 그다지 간단하지 않은 가체를 가지고 있다. 시대가 오래된 長歌에서는 5 3 7로 맺게 하는 것, 5 7 7 7로 맺게 하는 것, 결구를 반복하는 것 등도 있다. 또 音節數와 句數에서 記紀歌謠와 『萬葉集』의 長歌를 비교해 보면 실상은 더 복잡해진다. 音節數에서, 記紀歌謠는 2음절구로부터 10음절까지 다양하게 있지만, 5음절구가 가장 많고, 이어서 7음·6음·4음·3음으로 이어지는데, 『萬葉集』에서는 그것이 7음·5음절구로 통일되어져 있다. 그만큼 정비되어 나갔다는 뜻이다. 이렇듯 정비되는 것은 음절수만이 아니다. 句數에서도, 記紀歌謠가 7구부터 10구까지가 많고 비교적 짧은 데 반해서, 『萬葉集』에서는 9구부터 29구로 많아진 것은 일편 다양해진다는 느낌을 주지만, 連의 전개가 여러 가지였던 것이 『萬葉集』에서는 〈단구+장구〉의 5 7조로 통일되어져 결정돼 있다.[25]

요컨대 장가는 단가의 형식이 결정되기 전의 다양한 시도, 또

---

24) 金思燁, 『日本의 萬葉集』(민음사, 1983), p.185.
25) 櫻井滿 편수, 『必携 萬葉集要覽』(櫻楓社, 1976), p.31.

는 결정된 이후에도 다양한 가체를 가지고 다양한 표현을 하려던 당대 시인들의 의지가 반영된 것이었다. 그러나 단가가 자리를 잡고 난 다음 장가는 쇠퇴의 길을 걸어갈 수밖에 없었다.

한편 反歌는 長歌에 붙여졌던 노래이다. 旋頭歌 한 예를 제외하고 다른 것은 모두 短歌形式을 취하고 있다. 이 같은 反歌는 記紀歌謠에는 없고, 『만엽집』의 長歌 260여 수 가운데 붙여져 있지 않은 것(45수)도 있다. 그러나 어쨌건 長歌가 記紀歌謠 시대를 지나 萬葉의 시대로 오면서 정형화되는 단계에, 反歌는 그 정형성을 담보하는 기능을 맡았던 것으로 보인다. 대체적으로 이 反歌의 성립에 대해서, 長歌의 誦詠法과 漢詩의 反辭에서 유래하는 것에 있으리라 보고 있다. 長歌의 주제를 반복하면서 그 내용을 보완하기도, 발전시키기도 한다는 것이다.26)

이 같은 일반론 끝에 小西는 사뇌가 영향설을 내세웠다. 記紀歌謠가 민요의 비정형성을 그대로 지니고 있는 데 비해『萬葉集』의 장가가 정형화로 나갈 때는 반드시 외부로부터 새로운 요소를 수입한 다음에 가능하리라 보는 것이고, 거기에 사뇌가와 그 형식의 영향을 들고 있는 것이다. 더구나 본디 長歌에는 反歌가 붙여져 있지 않았다가, '長歌'라는 말은 13권 3345의 그것이 처음인데, 그 사이에 5권 897의 제목, 904의 제목에서는 단순히 '長'이

---

26) 櫻井滿 편수, 위의 책, 같은 부분.

라고만 적혀 있다[27])는 데서 이는 더 분명히 설명된다.

그러나 이것이 처음부터 사뇌가에서 받은 영향이었을까? 다른 한편 한시의 反辭 등에서 영향을 받은 것이라 말하지만, 당대 일본의 문화교류가 중국에 직접적인 선을 대고 있었다 말하기에는 무리가 따른다. 그보다는 이미 중국 南朝의 다대한 영향 아래 제 나름의 노래 형식을 만들었을 가능성은 백제 쪽에 더 있는 것이고, 이것이 신라와 일본으로 동시에 흘러들어 갔으리라 추정해 보게 되는 것이다.[28]) 특히 장가를 지은 대표적인 시인으로 山部 赤人를 드는데,[29]) 山部는 백제계 유민이었다. 심지어 "화랑도가 백제에서 들어온 것은 '未尸郎'(彌勒仙花)을 보아 알 수가 잇다"[30])는 주장이 나오는 등, 고대 사회에서 백제의 역할과 신라에의 영향은 여러 부면에 걸쳐 있음을 유의해야 할 일이다. 요컨대 일본의 경우 처음에는 백제계 노래와의 수수관계가 더 긴밀하다가, 한반도의 삼국통일 후 신라 쪽으로 경도되었다. 이는 신라 내부에서 詞腦가 詞腦歌로 가는 과정과도 일맥상통한다.

그런데 단순히 '長歌'라는 용어의 쓰임에 대해서는 우리 쪽에

---

27) 위의 책, 같은 부분 참조.

28) 이는 일본어의 형성과정에서도 마찬가지이다. 이를 포함해 대체적인 문화 현상이 중국과는 2~3세기 시차를 두고, 백제를 경유해 비로소 이루어지는 수수관계가 밝혀져 있다. 大野 晋, 위의 글 참조.

29) 金思燁, 위의 책, p.185.

30) 김선기, 위의 책, p.38.

서도 한 가지 짚고 넘어갈 것이 있다. 바로 歌詞不傳의 신라 노래 〈奚論歌〉와 〈實兮歌〉에 관련된 기록에서다.

해론에 대해서 쓰고 있는 『삼국사기』의 부분에서, "(장렬히 싸우다 죽은 해론의 소식을) 왕은 듣고 눈물을 흘리며 그 집에 보내준 것이 후하였다. 그 때 사람들이 애도해마지 않으며, 長歌를 지어 조상하였다."(권47, 열전7, 해론)는 대목은 진평왕 40년(618)의 일이었다. 〈혜성가〉의 지은 연대를 진평왕 16년(594)으로 본다면 서로 가까운 시기이다. 한편 억울한 처지에서 내몰린, "실혜는 (중략) 말없이 떠나면서 長歌를 지어 제 뜻을 나타냈다."(권48, 열전8, 실혜)라고 한다. 여기서는 그 시기를 진평왕대라고 했을 뿐 정확한 연대를 밝히지 않았지만, 어떻든 같은 시기이고, 같은 시기에 사뇌가라 부를 〈혜성가〉가 나타나는 반면 長歌라고 굳이 이름 붙인 노래의 형식이 별도로 존재했었음을 확인하는 데서, 간단치 않은 당대 노래 형식의 존재양상을 생각하게 한다. 이런 장가의 존재를 어떻게 해석하여야 할까?

> 奚論歌나 實兮歌가 향가와 대응하는 개념을 가진 長歌라고 한다면 4구체나 10구체의 형식을 가진 향가와는 또 다른 모양의 노래가 있었다는 것을 인정해야 한다. (중략) 長歌가 鄕歌와 대응하는 개념이 아니라 분량으로 보아 길다란 노래라고 한다 하더라도 도솔가의 4구체 형식이나 제망매가의 10구체 형식과 상대적으로 인식하게 되는 「文多不載」와 연결하여 생각하게 된

다면 해론가나 실혜가나 산화가 같은 노래는 10구체보다는 장
형의 노래가 아니었나 생각된다.[31]

실제 작품이 없는 상태에서의 해석이라 추측이 따를 수밖에 없
지만 이 정도의 논의는 가능한 것이고, 이를 통해 신라 노래의
여러 면을 상정하게 된다.[32] 곧 사뇌가라는 형식의 정립은 초창
기 여러 시도와 외부로부터의 영향 아래 점진적으로 이루어지는
것이다. 아마도 직접적으로 가장 가까이에서 영향 받았을 서쪽의
백제 노래에 대해 동쪽의 자기 노래로 사뇌(東歌)라는 말을 썼다
면, 형식의 실험 끝에 최종적으로 당도하게 되는, 감탄사를 한 곳
에만 두어 감정처리를 정제시키고 길이를 10구로 한정시키는 歌
體 곧 사뇌가로의 이동이 이루어진다. 문화의 세련자로서 신라인
의 역할은 여기서도 발휘되는 것이다.

---

31) 尹澈重, 「身空詞腦歌 揷疑」, 『상명여대논문집』14(상명여대, 1984), pp.133
~134.

32) 북의 학자 현종호의 다음과 같은 논의는 하나의 실마리가 된다 : "시가의
형식도 일반 사물 발전의 논리와 마찬가지로 어떤 형식이 갑자기 이루어지
지 않는다. 조선 국어국문시가는 원시 및 고대에 걸쳐 오랫동안 무정형한
형식 속에 방황하다가 4구체의 형식에 정착함으로써 「영신가」, 「공후인」,
「황조가」, 「인삼노래」, 「저서가」 등을 산생시키었으며 마침내는 「동동」같은
본사 4구의 월령체 절가를 창조하게 되었다. 그것은 「내원성」이나 「연양」
등에서 이미 이루어졌다고 인정되는 장가적 창작경험과도 관련된 것이다.
고구려 서민들 속에서의 가창민요나 무용가요의 장편성은 그들의 국중 민
속놀이로 되어 있는, 밤낮으로 계속된 '동맹'의 시가에서 축적되기도 하였
다."(현종호, 『국어고전시가사연구』, 보고사, 1996, p.78)

사뇌가가 확정된 이후에도 異體의 노래가 나온 것은, 단가 형식이 완성된 뒤에도 장가가 쓰인 일본의 경우에서 확인되는 바, 상황과 시인의 기호에 따라 여러 시형이 그에 맞게 쓰일 수 있기 때문이다.

5. 마무리

'萬葉東歌'는 그대로 일본문학사에 남았다. 그러나 詞腦는 詞腦歌로 개념이 넓고 커진다. 그것은 모든 면에서 변방이었던 신라가 문화의 중심으로 擴變한 탓이다. 게다가 신라는 받아들인 외부의 문화를 자기화 시키는 데 능했고, 그것이 삼국의 통일 곧 한반도의 주인으로 나가는 데 밑거름이 되었다. 사뇌가의 탄생은 東에서 東方으로 가는 신라인의 의식세계의 확장과 궤를 같이 한다.

그러나 이 글에서 이 같은 결론에 도달하기 위한 세밀한 검토와 증거 대기는 아직 턱없이 모자라다. 그럴만한 백제 노래가 전해지지 않는 상황에서 앞으로 어떤 진전이 이루어지리라 예상하기도 힘든 상황이니, 결국 이러한 논의가 도로에 그칠 위험성은 다분하지만, 돌아가는 방법은 개발하기에 따라 생길 수 있다고 본다. 고대문학에서 제 나라말을 쓰는 시가는 산문보다 먼저 자리를 잡았는데, 시와 산문 사이의 장르적 屬性差를 감안하여 그 탄생의 기제를 밝히는 것도 그 가운데 하나다.

다른 한 가지는 이미 정형화된 형태를 보여주는 사뇌가의 사뇌가만의 연구이다. 『삼국유사』 소재 향가가 14수에 불과한데, 여기서 다시 잘게 나누어 논의하는 일이 오히려 문제의 해결보다 논의의 협소성을 불러 올 소지가 다분하다 할 것이나, 사뇌가만의 집중적인 연구가 새로운 지평을 열 수도 있으리라 기대하고 있다.

그런 점에서 먼저 『삼국유사』 소재 사뇌가 8수만을 대상으로 사뇌가의 서정세계와 그 전모를 구명해 나가려 한다. 이 논의는 그것을 위한 예비단계에 불과하다.

향가와 그 배경설화의
수록 양상에 대한 재검토
-『萬葉集』의 物語歌와의 비교를 통하여

1. 머리에

역사서 같은 이야기책으로서의『삼국유사』와 가요집으로서『萬葉集』은 직접적이고 선념적인 비교대상이 되기 어렵다. 전자가 목적한 바는 이야기에 비중이 있을 뿐만 아니라 더욱이 13세기에 와서 편찬되었고, 후자는 이미 9세기 초에 성립되었을 것으로 보이는 순수한 노래집이기 때문이다.

그것은 향가에 한정시킨다 해도 마찬가지다. 다만, 이야기를 신고자 했으나 부분적으로 노래가 실린『삼국유사』와, 노래를 신고자 했으나 부분적으로 이야기가 실린『萬葉集』의 異同을 비교해 볼 수 있다. 특히 향가가 배경설화를 가지고 있다는 점에서, 후자의 일부분에 실린 배경설화를 가진 노래[1]와 흥미로운 비교

대상이 된다. 배경설화를 가진 노래라는 측면에서 접근이 가능한 것이다.

그러나 그러한 비교도 바로 들어가기는 쉽지 않다. 전자는 노래를 포함한 이야기에 비중이 높고, 후자는 배경설화를 가졌다한들 역시 노래에 비중이 높아서다.

어떤 비교를 위해서는 『삼국유사』에서 노래가 실린 조를 한 곳에 모으고, 그 가운데서도 직접적으로 노래와 관련된 배경설화 부분만을 추출해 볼 필요가 있다. 필자는 배경설화의 핵심 화소를 여기서 토픽topic이라 부르기로 한다. 향가가 실린 조는 대체로 상당히 복잡한 서사적 줄거리를 가지고 있다. 그러나 노래와 직접 관련된 부분은 의외로 단일한 서사인데, 이것만으로 노래와 이어보면 이야기로서의 성격이 다소 탈각되고, 노래에 비중이 높아진다.

또한 『萬葉集』의 경우, 배경설화를 가진 노래의 모음인 권16, 그 가운데서도 모노가타리우타(物語歌)라 불리는 부분만을 떼 내어 이야기의 유형별로 분류해 본다. 이는 이야기로서의 성격을 부각시켜, 향가와의 비교를 가능하게 하려는 수순이다.

주지하는 바 『삼국유사』의 향가는 14수다.[2] 이에 비해 『萬葉

---

1) 배경설화란 우리 용어이고, 『萬葉集』에서는 由緣이라 부르고 있다. 유연을 가진 노래를 총칭해 有由緣歌라 한다.
2) 한편, 배경설화를 가진 漢譯 노래가 다수 있다. 이것도 비교의 관점에서

集』권16의 物語歌는 모두 30수,[3] 이를 由緣의 토픽에 따라 분류하면 모두 12편이다. 우연의 일치일지 모르나 향가와 그 양에서 비슷하다. 그러나 이보다 더 중요한 것은, 이런 비교를 통해 궁핍한 자료 속에서 해석의 여지가 넓지 못한 향가 연구의 새로운 방법이 열리지 않을까 기대해 보는 일이다. 비슷한 시기에, 歸化人[4]이라는 존재를 통해 서로 영향관계에 있었을 두 지역의 노래가 어떤 점에서든 비교의 여지는 넓은 편인데, 그 가운데서도 배경설화를 가졌다는 공통점에 착목하여 보면 향가와 物語歌는 여러 가지 생각할 점을 던져주고 있다. 이 글은 그 같은 생각의 일단을 적어 본 것이다.

모두 다룰 필요가 있다. 다만 여기서는 일단 제외한다.

3) 『萬葉集』의 歌番 3786부터 3815까지다.

4) 渡來人이라고도 부르는 이 용어는 일본의 관점에서 나온 말이리라. 8세기 이전 귀화인의 역사를 저들은 대체로 3기로 구분한다. 1기는 王仁을 비롯한 백제계, 2기는 백제와 고구려가 멸망한 다음의 그 유민들, 3기는 奈良 정부가 중국에 遣唐使를 보내면서 접촉한 중국인이다. 백제계가 그 중심을 이루지만, 비공식적으로는 신라계도 다수 포함된다. 『萬葉集』권15는 신라에 사신으로 가는 사람들의 노래로 온통 채워져 있을 정도다. 귀화인의 역사에 대해서는 大野 晋,「文字と言語」,『岩波講座 日本歷史23』(岩波書店, 1964), pp.55~65를 참조하였다.

2. 자료로서 物語歌와 그 由緣에 대하여

전체 20권으로 된『萬葉集』에서 권16의 성격은 매우 특이하다. 『萬葉集』에 실린 여타의 노래와 구분되는 큰 특징 두 가지는 첫째, 서민적인 민요라는 점 둘째, 由緣이라 부르는 배경설화를 가지고 있다는 점이다. 대체로 귀족들의 놀이 가운데 불리는 여타의 노래와 비교되는 이 점에서 일부『萬葉集』노래의 서민적 서정성을 살펴볼 수 있는데,5) 이보다 더 주목되는 점은, 序文을 달아 노래가 지어진 경위를 알려주는 노래가 다른 권에 더러 있지만, 권16의 노래들이 이에 비해 더 분명한 서사적 틀을 가지고 있다는 것이다.6) 사실 이런 점 때문에 권16의 노래들은 萬葉 노래 연구자들보다 그 이후 시대에 나타나는 모노가타리(物語)의 연구자들에게 더 큰 관심을 준 것이 사실이다. 모노가타리의 기원을 바로 여기서 찾을 수 있기 때문이다.7)

그러나 권16의 노래는 그 자체로『萬葉集』의 다양한 부면 가운

---

5) 이는 사실 권16의 제1부보다 제3부에서 더 두드러지는 특징이다. 또 민요적인 성격의 노래는 아즈마우타(東歌)나 사키모리우타(防人歌)에 더 본격적으로 나타나는 바이기도 하다. 久松潛一 편저,『新版日本文學史1 上代』(至文堂, 1981), pp.399~403.

6) 권16의 전반적인 성격에 대해서는 益田勝實,「有由緣歌」, 久松潛一 감수,『萬葉集講座4-歌風と歌體』(有精堂, 1973)를 참조하였다.

7) 이 같은 점이 종합적으로 정리된 글로 藤井貞和,「カタリとモノガタリ」, 日本文學協會 편,『日本文學講座4-物語・小說Ⅰ』(大修館書店, 1987)을 참조하였다.

데 하나를 차지하고 있고, 7~8세기 경 일본 고대문학의 현상을 설명하는 데 긴요한 자료로 쓰이고 있다.

일반적으로 통용되는 권16의 전체 구성을 보이면 다음과 같다.

第1部 物語歌
    a. 題詞만 가진 노래 : 「昔」로 시작하고, 左注는 있어
      도 由緣을 말하지 않는다.(3786~3805)
    b. 左注만 가진 노래 : 「右, 伝하여 말하기를」로 시작
      한다.(3806~3810)
    c. 題詞·左注가 共存하는 노래 : 由緣은 左注에서 말
      한다.(3811~3815)
第2部 誦詠歌, 戲笑歌, 여러 종의 사물을 읊는 노래 3816~
    3859
第3部 歌謠
    a. 地方의 民謠 3860~3884
    b. 藝謠 3885·3886
第4部 무서운 것을 읊는 노래 3887~3889[8]

이렇듯 4부로 나눈 것은 내용보다 기술과 수록방법에 따른 것이다. 이 가운데 제1부를 비교분석의 대상으로 한다. 그것은 제1부의 a, b, c가 배경설화를 가진 노래의 대표적인 형태를 보여주

---

8) 이는 新編日本古典文學全集9, 『萬葉集』4(小學館, 1996), pp.476~477에
  서 따와 재정리한 것이다.

고, 그래서 이를 따로 物語歌라고 부를 만큼 현저한 특색이 있기 때문이다.9)

예컨대 a의 경우, 제목을 대신하여 배경설화가 실리는데, "옛날에…"로 시작하는 공통점이 있다. 이를 題詞라 한다. b는 노래가 먼저 나오고 그 끝에 설화가 실리는데, "오른 쪽은 전하여 말하기를…"로 시작한다. 이를 左注라 한다. 마지막으로 c는 두 가지가 다 있다. 다만 설화는 좌주에 실린다.

노래와 달리 설화는 모두 일정한 문체의 漢文으로 쓰여 있다. 산문에서는 아직 고유한 자신들의 문체를 찾아내지 못한 시절의 모습을 반영해줌과 동시에, 전승되던 이야기가 한 편찬자에 의해 일괄적으로 정리되었음을 짐작하게 해주는 부분이기도 하다.10)

한편, 배경설화가 제사에 실렸는가 아니면 좌주에 실렸는가에 따라 문장의 형태상 차이는 있지만, 그 내용상의 성격은 크게 다를 바 없다. 이 점은 향가의 수록 양상과 비교할 때 매우 중요한 점이다. 후술하겠거니와 향가의 수록 양상은 더 다양한데, 거기서 物語歌의 그것과 닮은 것은 10구체 사뇌가이고, 여기서 두 지역의 노래 사이에 있는 어떤 異同을 비교해 볼 만 하다는 점에서

---

9) 다만 제2부의 3857은 제1부의 c에, 제3부의 3860~3869는 제1부의 b에 묶어 볼 수 있다.

10) 古橋信孝, 『物語文學の誕生－萬葉集からの文學史』(角川書店, 2000), pp.35~42.

그렇다.

3. 物語歌의 이야기와 노래의 결합양식

(1) 由緣의 토픽별 유형

앞서 예시한 바 物語歌는 모두 30수이나 토픽별로 분류해 보면
12편이다. 곧 이야기 하나에 노래가 한 수 붙은 경우가 대부분이
지만, 적게는 2수에서 많게는 12수까지 여러 수가 붙어 있는 경우
도 있기 때문이다.

먼저 '昔'으로 시작하는 경우인 a가 노래로는 20수이나 토픽별
로는 5편이다.

> ① a-1 3786, 3787 : 한 여자를 두고 벌이는 남자들의 결투
> 와 여자의 죽음.
> ② a-2 3788, 3789, 3790 : 이는 ①의 변종이다.
> ③ a-3 3791(長歌[11]) 3792, 3793(이상 反歌[12]) 3794~3802

---

11) 長歌는 5 7 · 5 7로 반복하다가 마지막을 5 7 7로 맺게 하는 것을 기본형으
로 한다. 그러나 시대가 오래된 長歌에서는 5 3 7로 맺게 하는 것, 5 7 7
7로 맺게 하는 것, 결구를 반복하는 것 등도 있다. 길이는 9구부터 29구가
많으나 모두 홀수구인 것은 아니다. 連의 전개를 보아도 다양했던 것이 〈단
구+장구〉의 5 7조로 통일되어져 있다. 장가에는 반가가 붙지만 옛날에는
그렇지 않은 경우도 있었다. (櫻井滿 편수, 『必携 萬葉集要覽』, 櫻楓社,
1976, p.31)

(이상 화답가) : 노인과 아홉 처녀가 만나서 나누는 대화. 인생의 무상 등을 노래하고 있다.

④ a-4 3803 : 부모에게 알리지 않고 남자를 만난 대담한 여자.

⑤ a-5 3804(증) 3805(답) : 신혼에 공무로 헤어져 그리움에 지친 부부.

다음, '右伝曰'로 시작하는 경우인 b가 5수이나 토픽별로는 5편이다.

⑥ b-1 3806 : 이는 ④의 변종이다.

⑦ b-2 3807 : 葛城王(가츠라기노오호기미)의 속 좁음을 꼬집는 采女.

⑧ b-3 3808 : 野遊에서 마주친 부인의 미모를 찬탄하는 남편.

⑨ b-4 3809 : 사랑이 식은 남자에게 보내는 여자의 揶揄.

⑩ b-5 3810 : 이는 ⑨의 변종이다.

마지막으로, 두 가지가 공존하는 c가 5수이나 토픽별로는 2편

---

12) 反歌는 長歌에 붙여졌던 노래다. 한 예를 제하고 다른 것은 모두 短歌 형식이다. 반가는 記紀歌謠에는 없고, 萬葉集의 장가에도 붙여져 있지 않은 것(합계 45수)도 있다. 반가의 성립은 장가의 誦詠法과 漢詩의 反辭에서 유래하는 것에 있는 듯 하다. 본디, 장가의 주제를 반복하는 것에 있었다고 생각된다. 그것이 이윽고 장가의 내용을 보완하기도 하고, 발전시키기도 하는 것이 된다. (櫻井滿 편수, 앞의 책, 같은 부분.)

이다.

⑪ c-1 3811(장가) 3812, 3813(이상 반가) : 소식이 없는 남편을 그리워하며 노래 부르는 車持氏(구루마모치우치).
⑫ c-2 3814(증) 3815(답) : 혼자되었다가 재혼한 여자와, 이를 모르고 그리워하는 어떤 남자의 이야기.

이렇듯 토픽은 모두 12편이다. 그러나 ②가 ①의, ⑥이 ④의, ⑩이 ⑨의 변종이므로 최종적으로는 9편의 이야기가 있는 셈이다.13)

(2) 物語歌의 토픽이 지닌 성격

아홉 편의 토픽을 내용별로 다시 대분해 보자. 남녀간의 문제(첫째·셋째·일곱째·아홉째), 부부간의 사랑(넷째·여섯째·여덟째), 인생의 무상을 교훈적으로 가르침(둘째), 사람의 度量(다섯째) 등이다. 편수로 보아 남녀 간의 사랑이나 그리움을 노래하는 경우가 압도적으로 많음을 알 수 있다. 후술하겠거니와 이는 향가 14수가 각각 개성 있는 자기 이야기를 가지고 있는 점과 대비된다.

---

13) 한편, 제2부의 3857은 佐爲王(사이노오기미)의 宮에서 近習하는 여인이 남편을 그리워하며 부른 노래이고, 제3부의 3860~3869는 海人荒雄(아마아라오)가 宗形部津麻呂(무나카타베노츠마로)를 대신하여 바다에 나갔다가 죽었는데, 그 처자가 이를 슬퍼하여 부른 노래이다. 이 두 토픽을 합치면 11편이 된다.

그 가운데 가장 먼저 나오는 토픽을 노래와 함께 전문 인용해 본다.

> 옛날에 여자가 있었는데, 이름을 사쿠라코(櫻兒)라고 했다. 그때 두 남자가 다같이 사쿠라코를 그리워했다. 목숨을 걸고 다투기를 죽음마저 두려워하지 않고 싸웠다. 그래서 사쿠라코는 눈물을 흘리면서, "옛부터 들은 적도 본 적도 없네, 한 여자가 두 사내한테 시집갔다는 것을. 이제 두 사람의 마음을 가라앉힐 도리가 없다. 내가 죽어서 싸움을 끝내는 것이 상책이다"라고 말하고, 그대로 숲 속으로 헤쳐 들어가, 나무 가지에 목을 매어 죽고 말았다. 두 남자가 비탄스러운 나머지 피눈물을 옷깃에 흘리며, 각자 느낀 바를 펴서 부른 노래 두 수.

> 봄이 오면 머리에 꽂아 주려 생각했었는데
> 벚꽃은 흩어져 달아날지도…(3786)

> 그대의 이름에 걸린 벚꽃
> 꽃이 피면 언제나 그리워질 것을, 해마다(3787)

이 노래의 유연이 가진 첫 문장의 구조는 '昔有…名…也'이다. 이는 物語歌의 a형이 공통적으로 가지고 있다. b형이 '右傳曰'로 시작하는 공통점을 가지고 있는 것과 비교되지만, 그 다음의 흐름은 비슷하다. 노래가 자신들의 언어구조를 그대로 살리는 문체를 일찍 개발하여 자신들의 표기방법으로 적은 데 비해, 산문은 한문

문장의 스타일을 그대로 받아들이고, 표기마저 한문으로 했다는 데에서, 아직 산문 문체를 가지지 못한 시점의 사정을 반영해 주고 있다.[14)

물론 이 같은 노래는 유연이 없이도 독립적인 노래로서 존재할 여건을 갖추었다고 할만하다. 비슷한 스타일의 노래가『萬葉集』의 다른 데서 보이는 것도 이 같은 주장을 뒷받침해준다.[15) 그러나 유연이 있음으로 해서 노래는 스스로의 개성을 획득해 가고 있다. 이 점이 物語歌만의 특색이다.

物語歌를 포함 권16의 有由緣歌는 "재미있는 이야기와 함께 전해질 수 있었던 것"[16)이며, 그렇기에 이야기와 노래가 독립되기 이전의 모습을 충실히 보여주는 것[17)만은 사실이다. 그러나 "유연을 새로운 각도로 기능시켜서, 유연과 노래로 만들어내는 새로운 노래의 세계를 발견했다는 점을 중시"[18)하자는 것이 그 특색에 대한 바른 지적인 듯싶다. 이는 향가와 배경설화의 관계를 설정해 나가는 데도 참고가 된다.

---

14) 古橋信孝, 앞의 책, pp.43~55. 古橋는 여기서 출발하여 平安時代에는 산문에서도 스스로의 문체와 스스로의 문자로 기록된다고 말한다.

15) 益田勝實, 앞의 글, pp.337~338.

16) 이는 鴻巢盛廣의『萬葉集全釋』에 나오는 말로, 益田이 앞의 글, p.340에서 인용하고 있다.

17) 이는 淸水克彦의「萬葉集卷十六論」에 나오는 말로, 益田이 앞의 글, p.341에서 인용하고 있다.

18) 益田勝實, 앞의 글, p.353.

4. 향가와 그 배경설화의 수록 양상

(1) 토픽과 노래의 연관 관계

향가와 배경설화가 가진 관계에 대해서는, 향가를 논하는 한에 있어서 일정한 거리를 유지할 필요가 있지만, 그 긴밀성 자체를 전면적으로 부인하지 못한다.

그러나 배경설화를 보다 정치하게 구분 지을 필요는 있으리라 본다. 곧 廣義와 俠義의 배경설화로 나눠 보자는 것이다. 광의의 배경설화는 한 조 전체 나아가 그와 관련된 그 시대의 전반적인 분위기까지 포괄될 것이나, 협의에서는 한 조 안에서 직접적으로 관련된 부분만을 따로 떼 내어 노래의 해석에 적용시키는 것이다.

예를 들어, 〈제망매가〉의 경우 「월명사 도솔가」조에 실려 있다. 이 조는 경덕왕이 월명을 만나 〈도솔가〉를 듣게 된 경위부터 시작하여 여러 삽화가 겹쳐져 있다. 그러나 〈제망매가〉에 한한 경우 그 협의의 배경설화는 "월명이 또 일찍이 죽은 누이를 위해 재를 올릴 때, 향가를 지어 제사지냈다. 그러자 갑자기 일어난 바람이 종이돈을 날려 서쪽으로 사라졌다. 노래는 이렇다"까지 만이다.[19]

그렇게 협의의 배경설화를 토픽이라는 단위로 묶고 세밀하게 들어가, 노래가 이야기 가운데 어떻게 들어가는지, 또는 어떻게

---

19) 이러한 협의의 배경설화를 앞서 정의한 토픽에 가까운 것으로 볼 수 있다.

배열되는지를 기준으로 분류하면 다음과 같다. 곧 노래는,

    a. 이야기에 바로 이어 나오는데(5편)
        a-1. 이것으로 모든 이야기가 끝나는 경우(〈彗星歌〉〈千手大悲歌〉 2편)
        a-2. 다른 이야기로 넘어가는 경우(〈安民歌〉〈祭亡妹歌〉〈怨歌〉 3편)
    b. 이야기 중간에 들어가는 경우(5편, 〈處容歌〉〈薯童歌〉〈兜率歌〉〈功德歌〉〈遇賊歌〉)
    c. 다른 이야기까지 끝낸 가장 나중에 들어가는 경우(4편, 〈慕竹旨郎歌〉〈獻花歌〉〈讚耆婆郎歌〉〈願往生歌〉)

이다.

여기서 a-1의 경우, 두 노래가 모두 광의와 협의를 구분할 필요 없이 배경설화는 조 전체를 이루고 있다. 이에 비해 a-2는 광의의 배경설화 속에 협의의 한 부분을 차지하고 있다. 그런데 a의 5편이 모두 10구체 사뇌가라는 점을 기억할 필요가 있다. 그것은 노래를 싣는다는 쪽에 비중이 더 가있다는 판단을 하게 한다. 그만큼 노래는 제한적이나마 독립되어 있다.

b의 경우 민요적인 성격의 노래가 주류를 이룬다. 물론 여기서는 10구체 사뇌가라는 점에서 〈遇賊歌〉가 제외되지만, 모든 노래는 이야기의 전개에 보다 적극적으로 참여하고 있다. 산문의 서사적 흐름에 동반하여 어떤 계기를 만드는 결정적 힌트나 전환의

국면을 맡아 하고 있는 것이다. 그렇다면 이는 역으로 노래가 노래로서 독립되어 있지 않다는 말이 된다. 곧 서사적 흐름의 하나로 간주된다는 것이다.[20]

　c 또한 10구체 사뇌가가 중심을 이루지만, 이야기와의 연관성이 미약하거나, 아무리 협의의 배경설화를 적용한다 해도 이야기의 내용이 충분하지 못하다. 〈모죽지랑가〉와 〈원왕생가〉의 경

---

20) 예를 들어 〈서동가〉를 보자. 협의의 배경설화와 노래를 따오면 다음과 같이 될 것이다.

　（전략）

　　어느 날 신라 진평왕의 셋째 공주인 선화가 세상에서 둘도 없이 아름답다는 소문을 들었다. 그는 머리를 깎고 신라 서울로 갔다. 동네 여러 아이들에게 마를 나눠주었더니, 아이들이 그에게 가까이 붙었다. 그래서 노래를 짓고는 아이들을 꾀어 부르게 했다.

　　　선화공주님은
　　　남 모르게 짝지어 놓고
　　　서동 서방을
　　　밤에 알을 품고 간다.

　　노래는 서울에 쫙 퍼지고 대궐까지 들리게 되었다. 모든 신하들이 강력히 요청해, 공주를 먼 곳으로 유배 보내게 되었다. 결국 떠나게 되자 왕후가 순금 한 말을 여비로 주었다.

　　공주가 유배지에 도착할 즈음이었다. 서동이 길 위로 나타나 절하고는 모시고 가려 했다. 공주는, 그가 어디서 온 사람인지 몰랐지만, 우연이라 믿고 기뻐하였다. 그래서 서동이 공주를 따라가게 되고 몰래 정도 통하였다. 그런 후에야 서동이 이름을 알렸는데, 이는 분명 노래대로 이루어진 것이다.

　　（후략）

　여기서 보듯이 노래는 서사의 중간에 위치하여 그 전개에 적극적인 역할을 하고 있다. 노래가 없었다면 선화가 왜 쫓겨나게 되는가를 서사적으로 설명하기 곤란하다.

우 앞의 이야기가 전체적인 분위기에서 배경설화의 역할을 하지 않는 것은 아니지만 구체적이지 못하고, 〈찬기파랑가〉는 이 노래를 집어넣기 위해 의도적으로 경덕왕과 충담사의 대화 가운데 한마디 집어넣었다는 생각이 들 정도다.[21] 노래가 산문에서 독립적이기는 이 그룹이 가장 현저하다.

a와 c의 10구체 사뇌가들이 『삼국유사』에서 이야기와 독립적인 모양새를 가지고 기술된 점이 인정된다면, 우리는 다음 단계로 여기에는 편찬자 일연의 의도적인 배려가 깃들어 있지나 않은지 의심해 보게도 된다.

(2) 향가의 배경설화와 그 성격

말머리를 잠시 돌려본다. 앞서 이른 바 향가 14수의 배경설화는 분류가 불가능할 정도로 각각 독특한 개성을 지니고 있다고 하였다. 이는 『萬葉集』 권16의 物語歌와 매우 다르다. 14편 향가의 배경설화를 내용별로 대분해 볼 수 있으나 두드러지게 나누기는 어렵고, 비슷한 내용이라 할지라도 구체적인 데에서 서로 다른 결말을 지향하고 있다. 이는 『삼국유사』가 역사적인 이야기를 전하자는 목적에서 편찬되었으므로, 여러 가지 유형의 이야기를 다루게 되고, 유형 가운데서 대표적인 한두 가지를 가려서 싣다 보

---

21) 물론 〈獻花歌〉는 4구체라는 점에서, 또 분명한 배경설화를 가졌다는 점에서 예외다.

니 전체적으로 내용이 다양해질 수밖에 없었다.

그러므로 내용상의 분류란 『삼국유사』소재 향가에서는 무의미한 작업이 될지 모르겠다. 그러나 앞서 살펴본 바 그 수록 양상을 따라 분류해 보면, 민요적인 향가는 이야기와의 긴밀한 연관관계 속에서 일정한 기능을 하면서 종속 내지 융합되어 있는 데 비해, 10구체 사뇌가는 배경설화와의 관계가 미약하든지, 거의 보이지 않는 것 등을 통해, 그 수록이 노래 자체를 전하기 위한 목적이었음을 알게 된다. 이런 독립적인 양상은 어디서 기인하는 것일까? 〈혜성가〉를 가지고 설명해 본다.

진평왕 때였다. 제5 거열랑(居烈郎)·제6 실처랑(實處郎)·제7 보동랑(寶同郎) 등 세 화랑의 무리가 풍악산에 놀러가려 했다. 그 때 혜성이 나타나 심대성(心大星)을 치는 것이었다. 그들은 이것이 의심스러워 가는 길을 멈추었다. 융천사(融天師)가 노래를 지어 부르니, 괴이한 별자리가 사라지고 일본병이 돌아가, 나라는 도리어 복된 경사를 맞았다. 대왕은 기뻐하며 화랑들을 보내 금강산에서 놀게 했다.

노래는 이렇다.

예전 동해 바닷가
건달파(乾達婆)가 논 성을 바라보고
"왜군이 왔다"
봉화불 피운 변방이 있었네

세 분 화랑 산 구경 오신단 말 듣고
달도 부지런히 등불을 켜는데
길 쓸 별을 바라보고
"혜성이여" 사뢴 사람이 있구나
아, 달은 떠서 가 버렸더라
이보게들 무슨 혜성이 있단겐가.

-〈융천사 혜성가〉 전문

전문의 이야기가 배경설화를 이루고 있으면서, 배경설화가 끝나는 지점에 노래가 바로 시작하고 곧 그것으로 전문이 끝나는 a-1의 전형적인 예다. 서사구조 또한 그다지 복잡하지 않은데, 이런 점들이 物語歌의 그것과 매우 유사하다.

물론 배경설화는 한문으로, 노래는 향찰 곧 고유표기법으로 적혀 있다. 이는 13세기 일연의 손에 의해 정리되면서 생긴 자연스러운 현상이라 하겠다. 그러나 본디 자료가 이미 이 같은 형식으로 되어 있었거나, 口承되던 설화가 일연에 의해 정리되면서 한문화 되었을 가능성 등이 다양하게 존재한다. 어쨌건 설화 부분을 한문으로 적을 수밖에 없었던 사정은 우리에게 13세기까지 엄존했거나 오히려 강화되었을 터다. 앞서 物語歌의 표기에서 나타났듯이, 한문문화권의 주변을 이루는 한국과 일본에서 같은 사정이 보이는 데에서, 고대문학의 형성과정에 노래와 이야기 또는 이야기가 있는 노래의 自覺性이 하나의 독특한 장르를 만들어 나가는

機制*mechanism*가 되었을 것으로 확인된다. 그것이 '새로운 노래의 세계'인지도 모른다.

한편, 앞의 인용문에서 설화 부분은 "진평왕 때였다"로 시작한다. 그러나 이것은 필자의 자의적인 번역이다. 원본에서는 '융천사 혜성가 진평왕대'라고 題하여져 있다. 이 제목에서 '진평왕대'를 필자는 본문으로 처리해 본 것인데, 그럴 수 있는 근거를 『삼국유사』 안에서 찾아볼 수 있다.

먼저 '○○王代'가 제목에 나타나는 경우는 앞서 「융천사 혜성가 진평왕대」를 포함 여섯 군데이고,[22] 제목에 이어 본문 첫 자리에 나타나는 경우는 일곱 군데다.[23] 「효소왕대 죽지랑」조는 '○○王代'가 먼저 나오고 다시 본문에서도 그렇게 시작한다. 물론 제목에 붙였을 때는 본문에서 생략하는데, 이 때 어느 쪽이 더 자연스러운지, 더 자주 등장하는지[24]에 따라 定型을 따져 본다면, 후자가 거기에 더 가깝지 않은가 한다. '○○王代'가 제목으로 올라간 것은 아마도 일연의 원고가 정리되어 판각될 때 생긴 오류가 아닐까?

---

22) 다음과 같다 : '金闕智 脫解王代', '布川山五比丘 景德王代', '大城孝二世父母 神文代', '向得舍知割股供親 景德王代', '孫順埋兒 興德王代'

23) 다음과 같다 : '水路夫人', '處容郎望海寺', '景明王', '郁面婢念佛西昇', '廣德嚴莊', '憬興遇聖', '正秀師救氷女'

24) '○○王代'가 본문 중간에 나오거나 '○○王時'·'○○王朝'까지 더하면 '○○王代'가 본문에 나오는 경우는 더 많아진다.

이렇게 열네 군데 모두의 공통점을 들라면 개인의 전기 또는 그에 가까운 내용이라는 것이다. 곧 개인의 전기에 바탕을 둔 옛 날이야기다. 여기서 우리는 일연이 가진 記述上의 취향을 짐작해 보게 된다. 그는 옛 이야기를 적어 나갈 때 흔히 'ㅇㅇ王代'로부터 시작한다. 그렇게 전제된 이야기는 설화적 사실성을 담보하면서, 時空의 무대를 가시화하여 주는 데 크게 기여한다. 『삼국유사』가 역사적 서사물을 지향한 바에 이것은 당연하게 채택된 방법이겠으나, 향가가 포함된 조에 오면 그 원형이 과연 일연 개인에게서 나온 것인지, 좀 더 거슬러 올라갈 역사를 가진 것인지 탐색해 보지 않으면 안 되는 과제에 봉착한다.

'ㅇㅇ王代'로 시작하는 이야기의 틀에서 향가를 포함하고 있는 곳이 다섯 군데다.[25] 이 가운데, 앞서 지적한 오류를 인정한다면, 「융천사 혜성가」조는 가장 전형적인 예가 된다. 이런 틀은 우리 고대시가 제작의 한 전형을 이루면서 우리만의 어떤 것으로 굳게 자리 잡고 있었던 현상은 아니었을까? 그것이 도래인들을 통해 이웃 일본에 전해지면서까지 말이다.

---

25) 'ㅇㅇ王時'까지 포함한다면 일곱 군데로 는다. 향가 14수의 절반이다.

5. 마무리

物語歌에서 보이는 내용이나 주제는 향가와 같을 수 없다. 역사적 이야기를 전하려는 책에 실린 노래와 노래를 모아 놓은 책에 실린 노래 사이에서 어쩔 수 없이 벌어지는 결과일 것이다. 다만 고대한국에서 物語歌와 같은 노래가, 일본에서 향가와 같은 배경설화가 있었고, 거기서 고대문학의 한 틀을 추론해 보는 것으로 이 글을 썼다. 현상에 대한 보다 많은 자료 제시와 그에 대한 정치한 해석은 계속되는 연구의 과제로 돌린다.

도래인이라는 존재로 하여 두 지역 간의 영향관계는 간단히 끝맺을 일이 아니다. 이 글에서 그에 대해 좀 더 자세히 설명하지 못한 점 또한 아쉽다.

노래와 산문이 둘이 아니었다는 점, 거기서 한문문화권 속에서도 각기 자신들만의 독특한 장르를 개척하려는 의지가 있었다는 점으로 결론을 삼는다. 다만 우리 쪽에서, 『삼국유사』라는 자료가 13세기에 와서야 이루어졌다는 데에서, 고대문학의 현상을 설명하고자 할 때 여전히 극복해야할 문제로 남는다.

다만 10세기 이후 일본이 시에 이어 산문으로까지 자신들의 고유 표기법을 확대해 나간 데 비해 우리는 한문에 대한 의존도를 더 높였다는 점, 행인지 불행인지 모르나, 그로 인해 두 지역 사이의 문학은 가는 길을 크게 달리 했다는 것만은 분명하지 않을까.

〈祭亡妹歌〉와 서정 그리고 기형도

'鄕歌'라는 이름이 언제부터인가 '향수' 같은
찐한 정감으로 다가왔었다─황패강
향가는 우리 문학의 뿌리요 그 모태다─박노준

1. 머리에

일연 탄생 800주년의 해를 넘기며 『삼국유사』를 다시 생각한
다. 그 사이 이 책은 고려의 멸망과 조선의 건국 그리고 다시 이
왕조의 멸망과 그 역시를 같이했다. 그러는 동안 『삼국유사』는 어
떤 대우를 받는 책이었던가? 췌언의 필요성을 느끼지 못한다. 잊
힌 책이었고 그나마 매우 제한적으로 읽힌 책이었다. 20세기 들어
서서야 주목을 받았고, 연구자들 또한 이때부터 본격적인 연구를
시작한 극적인 재발견의 책이었다.

향가에 대해서도 같은 생각을 하게 된다. 『삼대목』같은 책이
향가의 전승을 맡았으리라 추정하고, 『삼국유사』가 힘겹게 그 끈
을 놓지 않았지만, 어느 일정한 시점 이후 향가는 잊힌 노래가 아
니었던가? 그렇지 않다 해도 매우 제한적으로 읽히고 불린 노래는

아니었던가? 냉정히 말하자면 최소한 조선 500년의 역사에서 문학적 그늘을 어디에도 드리우지 못한 노래가 향가였다. 그러므로 『삼국유사』의 재발견 이후 그에 맞먹는 위력을 부릴 재발견은 바로 향가였다.

다소 거친 전제 아래 글을 시작하는 것은, 향가의 아름다움을 그 자체로 따지기에 앞서, 과연 아름다움이 있다손 쳐도 어떤 승전(承前)의 틀을 타고 이어져 향가가 기억되었다는 것인지, 그 전통의 문제에 일순(一瞬) 회의(懷疑)가 들기 때문이다.

기왕의 거친 전제를 하나 더 달기로 하자. 잎서 말한 대로 향가의 미적 전통은 20세기에 들어 향가의 재발견으로 재구(再構)되었다. 그동안 학계는 고려가요에서 시조까지 연면(連綿)한 전통을 많이 논했지만, 복류(伏流)하는 맥을 눈에 보이지 않는다고 해서 외면하는 어리석음을 저지르지 않으려 해도, 전통시대에 신라 향가를 논하는 어떤 구체적인 자료를 쉬 구득(求得)하지 못하는 상황에서 연면함의 논의란 다소 부질없어 보이기까지 한다.

그런데도 우리는 향가와 그 전통을 생각한다. 실로 6~700년의 공백이 있는데, 오늘날의 연구자는 전통에 잇댄 향가의 정서를 파악하는 데 민첩하게 움직였고, 시인은 거기에 잇닿아 비의(比擬)한 작품을 내놓았다. 어떻게 그렇게 재빨리 눈이 맞았을까? '복류하는 맥'이라는 신비로운 현상을 일단 믿어 의심치 않을 수 없는 대목이다.

다만 최근 들어 연구자들 사이의 향가 해석은 민첩함을 넘어 다소 지나친 데로 흐르고 있지 않은가 반성하게 된다. 나는 여기서 〈제망매가(祭亡妹歌)〉를 예로 들어 그 논의를 하고자 하는 바, 중유(中有)의 선택이니 대속적(代贖的) 구도니 수사도 현란하지만, 망매(亡妹)가 저 세상에서 오빠를 위해 기도한다는 견해에 이르러보면, 애도와 추도의 시 정도에서 논하던 지난날은 소박하기 그지없어 보인다.[1] 그러나 그러기에 평정심을 되찾아야 할 필요는 있지 않은가? 단순히 소박한 데 그치지는 않되, 억설(臆說)의 잔치자리가 되어서도 곤란하겠기에 하는 말이다.

평정심의 자리를 위해 먼저 최철의 소론(所論)[2]을 재검토해

---

1) 〈祭亡妹歌〉에 대해서 1990년을 전후하여 독창적인 세 가지 새로운 해석이 학계에 제출되었다. 양희철, 「〈제망매가〉의 의미와 형상」, 『국어국문학』 102(국어국문학회, 1989) ; 구본기, 「〈제망매가〉의 시적 구성과 의미」, 『한국고전시가작품론1』(집문당, 1992) ; 김완진, 「〈제망매가〉와 정토사상」, 『학술원논문집』32(대한민국학술원, 1993). 서로 약간의 차이가 있으나, '뜻밖의' 주장이 많다. 이제 본론에서, 해석의 새로운 차원을 연 데 대해서는 그것대로 깊이 검토해 보되, 문제가 되는 부분에 대해서도 함께 짚고자 한다.
2) 崔喆(1938~2005)은 『신라가요연구』(개문사, 1979), 『향가의 본질과 시적 상상력』(새문사, 1983), 『향가의 문학적 연구』(새문사, 1985), 『향가의 문학 해석』(연세대출판부, 1990)을 차례로 내었다. 그러나 네 권의 책이 각각 별도의 집필과정을 거친 것이 아니다. 전후간 연계가 밀접하다. 첫 책은 학위논문을, 두 번째는 이에 대한 수정 보완을, 세 번째는 재판 증보를 했다고 밝힌다. 네 번째 책의 머리말에서다. 그렇다면 다시 네 번째 책을 낸 것은 왜였을까? "첫 책을 내놓은 지 10년이 지나 다시 정리해 보니 잘못 생각했던 것도 한 둘이 아니고, 덧보태어 이야기하고 싶은 것들도 생기었다. 뿐만 아니라 10여 년 동안 향가 연구에도 새로운 논문들이 나와 필자의 관심

보기로 하였다. 그의 향가에 대한 애정은 "계속 거듭함으로써 어둡던 생각이 언젠가는 좀 더 시원스레 밝혀지지 않겠는가라는 기대"[3]로 나타나는데, 개별 노래에 대한 그의 관점이 어떻게 변화하는지 면밀히 살펴보겠다. 이를 통해 현 단계 향가 해석의 적정한 수준을 가늠해 보고, 나아가 문제의 향방을 재설정해 보는 것이다.

앞서 밝힌 바, 나는 여기서 〈제망매가〉에 우선 주목하였다. 신라 향가 14수 가운데 특히 현대 시인들의 관심을 집중적으로 받은 점, 그래서 오늘날의 서정성 논의와 상호 관련성을 따지기 쉽고, 더 나아가 도리어 현대시 한 편으로 〈제망매가〉의 숨은 기제를 엿볼 수 있다는 점에서 그렇다. 그것은 기형도의 〈가을 무덤〉이라는 작품이다. 이 시에는 '제망매가'라는 부제가 붙어 있다. 그래서 이 작품과 향가 〈제망매가〉의 상관성을 손쉽게 유추하는데, 일찍 생애를 마친 이 비극적 서정 시인의 시세계가 멀리 신라로부터 연면하는 그 세계와 수직선상에 놓인다는 결론까지 염두에 두어도 좋다.

을 일으키게 한 것들도 있었다. 북쪽에서의 향가 연구 성과가 국내에 소개되기도 하여 다시 손을 대보고자 하는 마음을 가지게 되었다."(머리말) 최철로서는 자신의 향가연구의 결정판으로 삼고자 한 것이다. 그는 학문적 전생애에 걸쳐 향가연구를 과도하지 않게, 한발 한발 꼼꼼히, 그러면서 점차 자신의 생각을 구체화시키는 방향으로 이끌고 갔다.

3) 최철, 『향가의 문학적 해석』(연세대출판부, 1990), p.2.

2. 〈祭亡妹歌〉와 서정성의 논의

(1) 기본 텍스트의 검정

이 논의를 해 나가는 구체적인 작품 〈제망매가〉에 대해서는 다음과 같이 해독하고 논의를 진전시키고자 한다.

생사의 갈림길	生死路隱
여기 있으니 두려웁고	此矣有阿米次肹伊遣
"나는 갑니다" 말도	吾隱去內如辭叱都
못 하고서 갔는가	毛如云遣去內尼叱古
어느 이른 가을 바람 끝에	於內秋察早隱風未
여기 저기 떨어지는 잎처럼	此矣彼矣浮良落尸葉如
한 가지에 나고	一等隱枝良出古
가는 곳은 모르겠네	去奴隱處毛冬乎丁
이, 미타찰 세상에 만날 나는	阿也　彌陀刹良逢乎吾
도 닦아 기다리리.	道修良待是古如

〈제망매가〉는 서정 시가로서 신라 향가 최고의 작품이다. 월명사는 죽은 누이를 위해 재를 올리면서 이 시를 썼다. 언뜻 보면 평범해 보이는 표현이지만 내면에는 속 깊은 울림이 있다. 구태여 요란을 떨지 않는 것이 진정성에 가까운 법이다.

삶의 고통은 죽음이라는 운명적 환경이 만들어 준 것으로, 도 닦는 사람이라고 해서 거기서 완전히 자유로울 수는 없다. 가을바람에 떨어지는 낙엽에 속절없는 인간의 생애를 비유한 솜씨가 비상하기만 하다. 그것도 다름 아닌 '이른 바람'이다. 아마도 이 대목이 시의 핵심이리라. 언젠가는 죽겠지만 이다지도 빨리 찾아온 죽음이 한 사람의 심금을 울린 것이 아니겠는가.

사실 이 시는 여덟째 행까지는 평범한 인간이 토로할 수 있는 슬픔을 절제된 감정 속에서도 마음껏 뱉어 놓고 있다. 한바탕 시원하게 운 셈이다. 그런데 그것으로 끝이라면 승려의 신분에 어울리지 않는 일, 아홉 번째 행에서 감탄사를 길게 뺀 다음 흩어진 감정을 추스른다. 다시 만날 것을 믿고 기다리는 마음이야말로 구도자(求道者)이면서 시인으로서 그가 택할 최선의 길이다. 그 지점이 곧 한편의 시로 완성되는 순간이다.

재를 마친 자리에 바람이 불어와 종이돈이 날아갔다고 한다. 종이돈이 날아 간 곳은 서쪽 방향이다. 이 대목에서 『삼국유사』의 저자 일연은 향가가 왕왕 천지와 귀신을 감동시켰다는 평어(評語)4)를 일부러 적어 넣고 있다.

(2) 70년대 연구 성과의 검토

일찍이 1970년대의 향가 연구 성과는 양주동과 같이 최초 향찰 해독 그룹의 제자 세대에 의해 거두어졌다. 그들은 단순 해독을

---

4) 羅人尙鄕歌者尙矣, 蓋詩頌之類歟, 故往往能感動天地鬼神者, 非一.

넘어 작품의 해석을 이루어냈다는 점에서 주목된다. 이 〈제망매가〉에 대해 어떤 해석을 내리고 있는가.

최철은 〈제망매가〉를 처음부터 월명사의 다른 노래 〈도솔가〉와의 관련성 속에서 이해하였다. 〈도솔가〉는 해가 둘 나타난 변괴를 물리치기 위해 지어 부른 곧 일(日)의 노래이고, 〈제망매가〉는 죽은 누이의 재를 올리는 밤에 부른 월(月)의 노래이다. 여기에서 그는 '일연의 삼국유사 편집' 태도를 중시하여, "〈도솔가〉는 치국의 노래인 데 비해, 〈제망매가〉는 단순한 형제간의 죽음을 애도한 사적 노래이기 때문"에, "우리가 월명사의 작품을 살피는 데 있어, 〈도솔가〉에 보다 상징적인 면모가 숨어있으리라는 것을 짐작하게 해 준다"고 하여, 〈도솔가〉에 상대적으로 작품으로서의 중요성을 부여하였다.5) 흔히 작품성만으로 따질 때 〈제망매가〉에 더 큰 관심을 가지는 일반적인 연구 흐름과는 완연히 다르다.

나아가 〈제망매가〉는 "오누이 관계를 한 나무에서 파생된 가지[枝]로 대비"시킴과 동시에, "이런 노래를 지은 분의 이름을 월명으로 상징화해서 표현시켰던 것"6)을 주목하고 있는데, 이 또한

---

5) 최철, 『향가의 본질과 시적상상력』(새문사, 1983), pp.257~258.
6) 위의 책, p.258. 여기서 최철은 "明은 日과 月이 합해진 복합단어이다"라고 규정한다. 이 같은 전제 아래 결론적으로 그는, "〈제망매가〉에서는 그 가의에 따라 일월로 각기 두 오누이를 대신했다고 보았다. 일월이 상징한 원초의 의미는 형제자매 간이다. 일월은 짝이 되는 것이다. 형제자매의 성격과 같다"(p.260)고 보았다.

"월명의 상징적 표현은 〈도솔가〉에서 보다 뚜렷이 나타나는 것"[7]
으로 보았다. 우리는 이 같은 그의 논의를 보며, 일(日)은 곧 〈도솔
가〉에 해당하되 日〉月의 관계이며, 월(月)은 〈제망매가〉에 해당
하되 日〈月의 관계라는 추정도 해 볼 수 있다.

일과 월의 상징적 표현은 그렇다고 하나 작품에 대해 최철은
"서정적이고 비애스러운 분위기"[8]임을 강조해 마지않는다.

그런데 〈제망매가〉에 대한 해석에서 최철은 초기와 후기에 중
요한 두 가지 변화를 보여준다. 첫째, 연구 초기에는, "누이동생
의 죽음을 안타깝게 여겨 부른 애도의 정이 담긴 노래"[9]라고 해석
하였다. 그러나 그의 네 번째 연구서에 이르러서는, "누이의 죽음
을 애도한 동시에 죽은 이를 위한 재의적(齋儀的) 성격을 띤 의식
요"[10]라고 바뀐다. 단순한 애도의 노래에서 '재의적 성격'을 아울
러 갖추었다고 추가한 것이다. 이는 매우 중요한 변화이다. 이 같
은 변화는 자신이 머리말에서 밝힌 대로 "새로운 논문들이 나와
필자의 관심을 일으키게 한 것"이거나, "북쪽에서의 향가 연구 성
과가 국내에 소개되기도 하여" 이에 따랐다고 하겠는데, 새로운
논문이건 북쪽의 연구 성과이건 그 가운데서 가장 적정한 내용을

---

7) 위의 책, p.258.

8) 위의 책, p.260.

9) 위의 책, p.257.

10) 최철, 『향가의 문학적 해석』(연세대출판부, 1990), p.160.

취택(取擇)했다는 점에서, 그의 관심과 생각의 변화가 어떤 궤적을 그렸는지 지켜보게 한다.

또 하나의 변화는 후렴 곧 9와 10구의 해석의 차이이다. 최철은 초기에 별도의 자기 해석을 제시하지 않고 양주동의 그것을 따랐다. 양주동은 이 부분을 "아으, 미타찰에 맛보올 내/ 도 닦아 기드리고다"[11]로 해석하였거니와, 최철은 후기의 연구에서 자신의 해석을 붙이되 "아, 미타찰에서 만날 것이니/ 내 도 닦아 기다리리라"[12]고 하였다. '나'를 9구 끝에 붙인 양주동과 견해를 달리하여 10구 앞에 붙인 것이다.

이 같은 변화는 어디서 기인하는 것일까?

최철의 향가관련 마지막 저서인 『향가의 문학적 해석』에는 홍기문과 정열모의 연구업적을 자세히 소개·분석하고 있다. 아마도 여기서 소개한 홍기문의 "아야, 彌陀刹애 맛보호/ 내 道 닷가 기드리고다"라는 번역에 좌단(左袒)한 것이 아닌가 한다.

물론 그렇다고 해서 노래의 성격에 대한 근본적인 변화를 보이는 것은 아니다. "월명사는 지극한 정성과 덕성으로 해의 괴변을 물리쳤으며 이러한 월명사의 신비한 *法力*은 죽은 누이의 *西昇*을 도와주었다"[13]는 판단이나, "〈도솔가〉에서 '딴 맘 버리고 오직

---

11) 梁柱東, 『增訂 古歌研究』(일조각, 1965), pp.558~559.

12) 최철, 앞의 책, p.284.

13) 위의 책, p.282.

미륵부처 모셨거라'와 '나는 도 닦아 기다리련다'는 같은 의미"[14)]
라는 주장은 변함없다.

그렇다면 같은 시기의 연구자들은 〈제망매가〉를 어떻게 해석
하였던가? 서정시인가 종교시인가 따져본 논의를 예로 들어 비교
해 보기로 한다. 이 시가 지닌 미적 본질은 거기서부터 갈리기
때문이다. 이에 대한 두 가지 대표적인 견해가 있다.

> 생사 길은 누이를 머뭇거리게 하며, 간다는 말도 못다 이르고
> 가게 했다. 머뭇거리는 것은 사람의 마음이고, 가지 않을 수 없
> 는 것은 정해진 운수이다.(중략) 그런데 생사의 나뉨을 겪어도
> 재회가 가능하다고 믿어, 마지막 줄에서 미타불의 서방정토에
> 서 만날 날을 도 닦아 기다리겠다고 했다.(중략) 사사로운 정감
> 을 나타내는 서정시가 종교시로 승화하게 되었다.[15)]

조동일은 '사사로운 정감을 나타내는 서정시가 종교시로 승화'
되었다는 데에서 요점을 찾는다. 일단 종교시라는 점에 무게를
둔 셈이다. 무엇보다 작자 자신이 승려의 신분이었으며, 작품의
배경에 깔린 정신이 불교의 그것이기에, 이 같은 결론은 그다지
무리 없이 받아들여질 듯하다.

이에 대해 박노준은 "이물질이 섞여 있지 않은 청순무구한 서

---

14) 위의 책, p.160.
15) 조동일, 『한국문학통사1』 제4판(지식산업사, 2005), p.173.

정의 가락"이라 전제하고 다음과 같이 논의를 전개한다.

> 화자의 애통함은 끝에 이르러 일견 불교의 내세관에 의해서
> 극복되는 듯하다. 그러나 이 부분에 삽입된 불교도 실은 거창한
> 이념이나 심오한 이치를 담은 불교는 아니다. 그 당시 사람이면
> 누구나 입버릇처럼 염송하였으리라 헤아려지는 일상의 구호와
> 같은 것이다. 그렇기 때문에 이 노래를 읽은 이들은 끝에 이르
> 러 화자의 비통함이 불교적인 신앙에 의해서 극복되었으리라고
> 믿으면서도, 8행까지의 처연한 사설에 압도되어 마침내 종교적
> 인 분위기를 잊게 된다. 이 노래의 슬픈 서정은 불교의 염송까
> 지도 뛰어 넘을 만큼 농밀한 것이다.[16]

앞서 필자는 8행까지를 '한바탕 시원하게 운 셈'이라 했지만,
박노준은 그것이 '처연한 사설'이되 독자는 거기에 '압도되어 마
침내 종교적인 분위기를 잊게 된다'고 보았다. 슬픈 서정의 농밀
함에 주의하고 있는 것이다. 앞서 조동일이 서정시에서 종교시로
의 승화를 말한 것과 거의 반대의 경로로, 박노준은 일견 종교시
로 보이지만 그 본질의 핵심에는 슬픈 서정이 자리 잡고 있다 말
한다.

종교시인가 서정시인가 논하는 일이 적절치 않아 보이기는 한
다. 그것은 표리의 관계 속에서 긴밀히 맺어져 있기 때문이다. 이

---

16) 박노준, 『향가여요의 정서와 변용』(태학사, 2000), p.19.

에 따라 그간 학계에서는 이 같은 논의의 테두리를 맴돌아왔다. 나아가 종교시이든 서정시이든 이 작품이 종국에 던지고자 하는 메시지에 무슨 차이가 있는지 모르겠다고 말한다. 그러나 어디에 무게 중심을 두는가가 작품의 전반적인 해석을 달리하게 만들고, 노래의 성격마저 다른 결론에 이르게 한다.

(3) 최근의 연구방향과 반성

시인이나 그 작시배경에 따라 종교시의 테두리에 두고 만다면 우리는 우리시의 서정적 전통을 잃게 될 수도 있다. 그러므로 나는 〈제망매가〉를 서정시의 범주 안에서 확실히 자리매김하고 해석해야 한다는 입장을 밝히면서, 그것이 구체적으로 해석되는 과정을 밝히고자 한다.

그러나 학계에서는 이 같은 정의를 쉽게 합의하지 못하고 있다. 특히 〈제망매가〉가 배경설화의 용어대로 '爲亡妹營齋'의 현장에서 불리었다는 점에서 천도재용의 그것이라는 생각을 버리지 않는다. 이는 양희철에 의해 강력히 제기되었다. 그는 불교에서의 중유[17]의 개념을 원용하여, "'生死路'는 '中有에서 태어나고 죽

---

17) 中村 元 외 편, 『岩波佛教辭典』제2판(東京:岩波書店, 2002), p.704. 여기서 中有는 이렇게 설명된다. "中陰이라고도 한다. 전세에서 죽는 순간(死有)부터 다음의 생존을 얻기(生有)까지 사이의 생존, 혹은 그때의 몸과 마음을 일컫는다. 그 기간에 대해서는 7일, 49일, 무한정 등 몇 가지 설이 있다. 오늘날 死後 7일 法要를 치르고, 49일을 滿中陰이라 하는 것도 이런 설에

는 길' 또는 '중유에서 다른 곳에 가서 낳거나 그 곳에서 죽는 길'
이다"[18]라고 풀이하여, 누이가 현재 중유에 머물러 있는 시점에
서 그 천도를 위해 부르는 노래로 보았다. 그 시점이라면,

> 나뭇잎이 이에 저에 떨어져 가는 곳을 모르듯이, 월명사는 그
> 의 누이가 윤회하여 이 곳에 다시 낳는지, 아니면 중유에서 저
> 곳인 미타찰로 가는지 아니면 중유에 머무는지를 모른다.[19]

고 보는 것이다.[20] 수행자인 월명 자신은 이미 득도해 있고, 그러

바탕을 두어서 생긴 습관이다. 이 기간의 신체는 다음 생을 누릴 수 있는
本有의 형태이고, 사람의 경우는 五蘊을 마련하는 5, 6세 정도의 어린 아이
모습이지만, 지극히 작기 때문에 산 사람의 눈으로는 보이지 않는다고 여긴
다. 또 中有는 乾闥婆라고도 불리어, 香만을 먹기 때문에 食香이라고도 번
역된다. 그러나 불교의 학파에서는 中有를 받아들이지 않는 곳도 많다."

18) 양희철,「祭亡妹歌의 表現과 意味」, 국어국문학회 편,『국문학연구총서
1-향가연구』(태학사, 1998), p.401. 저본이 되는 논문은 1989년의『국어국
문학』102집에 발표되었다. 한편 중유를 받아들이지 않는 곳도 많다는 점
을 양희철도 의식했는지, "월명사는 구사종 또는 대승종에 속한, 말을 바꾸
면 중유가 있다고 생각한 사람이라 할 수 있다. 왜냐하면 월명사는 중유에
있는 누이를 위하여 영재하면서〈제망매가〉를 지었기 때문이다"(위의 논
문, 410쪽)라고 부연 설명하는데, 이는 상호 모순된 논법이다. 월명사가 구
사종 같은 중유를 인정하는 종파에 속했다는 아무런 증거가 없는데, 그렇다
고 전제해 놓고, 아니면〈제망매가〉를 영재천도가라고 전제해 놓고 상호
증명해 나가는 형식이기 때문이다.

19) 위의 논문, p.402.

20) 그러므로 양희철은 前4句에 대해서도, "(중유의) 生死路는 이(추천재)에
있으매 다음이고(두 번째이고), (우선은) '나는 가나다'라는 말도 모두 이르
고 가나닛고?"라고 풀이하였다. 위의 논문, p.401.

므로 이 작품의 주제는, "중유에 있는 누이를 미타정토에 낳게 하기 위해, 누이로 하여금 미타행을 생각하고 선택하여 수행하게 하기"[21]라고 정리하였다.

이에 대해서는 이미 구본기의 반론이 있었다. 그는 "서정적 연가에서나 가능한 논법이지 논자 자신이 제기하는 '추천의식'의 성격과는 거리가 멀다"고 전제하고 다음과 같이 비판하였다.

> 추천은 죽은 사람을 위해 공덕을 베풀고 명복을 비는 것인데, 내가 서방정토에 가 기다릴 터이니 이승의 남매였던 나를 만나기 위해 너도 어서 서방정토로 오라는 해석은 이에 합당하지 않을뿐더러 '중유'에서 벗어나야 한다는 당위와도 전적으로 상치되는 것이다.[22]

그렇다면 노래의 본질은 무엇인가. 구본기는 "윤회의 길에 허덕이며 또다시 억겁의 연을 쌓아갈 '가는 곳 모르는' 누이를 위해" 월명사가 "代贖的 求道 의지에 의해" 부르는 노래라고 보았다. 이를 다시 요약된 결론으로 들어보면 이렇다.

> 누이의 죽음을 당하여 그 비탈속적 미망과 집착을 안타까운 심정으로 깨우치고 대속적 구도로 영혼을 편히 왕생케 하려는

---

21) 위의 논문, p.417.
22) 구본기, 「〈제망매가〉의 시적 구성과 의미」, 백영정병욱선생10주기추모논문집간행위원회, 『한국고전시가작품론1』(집문당, 1992), p.130.

추모의 시로서, 시간성의 문제인 죽음을 공간적이고 가시적인
심상으로 치환시킨 점에서 서정시로서의 탁월한 수준을 보여
준다.[23]

중유의 상태이건 대속적 구도의 행위이건, 앞서 최철이 밝힌
바, '齋儀的 성격을 띤 의식요'라는 틀에서 크게 벗어나지 않으리
라 본다. 다만 양·구 두 연구자의 논의는 의식요의 보다 구체적
인 실상을 밝혔다는 데 의의가 있지만, 지나치게 불교의례적인
틀 속에 노래를 갇히도록 했다든지, 누이가 이생에 집착하여 미망
에 허덕인다고 전제해 버린 다음의 결론에 이르러서는, 비록 서정
시로 자리매김했다손 치더라도 서정시에서 정작 고갱이가 되는
화자와 시적 대상의 긴장관계를 고려하지 못한 것이었다고밖에
말할 수 없다.

최근 해석상의 문제와 관련하여 자못 흥미를 불러일으킨 논의
는 김완진에게서 나왔다.[24] 그는 '生死路'(1행)의 路와 '道修
良'(10행)의 道가 풀리는 경우의 수를 나열해보고, 그간 가장 가능
성이 적다고 생각했던 경우를 다시 상정하여 새로운 해석을 내놓
은 것이다. 곧 路는 음독하여 '로', 道는 훈독하여 '길'이라 해보자
는 것이다. 路를 음독하는 것은 生死路가 본디 samsara(輪廻)의

---

23) 위의 논문, p.131.
24) 김완진, 「제망매가와 정토사상」, 『향가와 고려가요』, 서울대학교출판부,
    2000. 이 논문은 본디 1993년에 발표되었다.

음역(音譯)이라는 점25)에서 이미 다른 연구자들의 지지를 받아온 바이다. 그런데 道를 훈독했을 때 어떤 결과가 나오는가?

> 月明師라면 정토에 도달하여 다시 道를 닦고 있을 필요는 없을 것으로 여겨진다. 오히려 허우적거리며 來到하는 누이를 위하여 '길'을 닦아 주는 모습이 더 인간적이고 또 詩的인 것이 아닐까 하는 것이다.26)

그러나 이 또한 월명사를 '이미 성취된 존재'로 전제하는 것이 문제가 되고, 언제 죽은 다음의 세상을 갈 지 모르는 존재가 거기서 누이동생을 기다린다는 설정은 아무래도 노래의 자연스러움 향유를 가로막을 뿐이다.27) 시가 그토록 복잡하게 읽혀야 하는

---

25) 이어녕, 「신라인의 glocalism」, 『비교문학』 별권(비교문학회, 1988), p.2.
26) 김완진, 앞의 논문, p.168.
27) 김완진 교수는 위의 책의 다른 논문 「향가에 대한 두어 가지 생각」(이 논문은 2000년에 발표되었음)에서, "'맛보올 나'(逢乎吾)의 '나'를 주어가 아닌 목적어로 생각한다. 따라서 기다리는 것은 '나' 월명이 아니라 먼저 가 있을 것을 기대하는 누이동생이다"(p.184)라고 하여, 앞선 자신의 논의를 정반대로 돌려놓고 있다. '나'를 목적어로 보는 견해는 최근에 성호경 교수에 의해서도 제기되었다.(成昊慶, 「〈祭亡妹歌〉의 시적 의미」, 『한국시가학회 제40차 정기학술발표회 논문집』, 한국시가학회, 2006. 6) 그러나 그 의미해석은 전혀 다르다. 성 교수는, "그 '누이동생'은 이미 죽은 사람이고 또 곧 미타찰에 왕생할 것으로 화자에 의해 想定되었기 때문에, 그 미타찰에서 자신의 미타찰행을 위한 修道를 한다는 것은 말이 되지 않는다. 그러므로 '道修良'은 미타찰에서의 남매 상봉을 위해 누이동생이 오빠의 미타찰행을 도와준다는 의미에서 '길 닷가'(길 닦아)로 읽어야 할 것"(p.5)이라 하였

것일까?

향가는 노래시의 영향권 아래 있었지만, 이미 서정시로서의 독자성을 획득해 가는 단계에도 들어 있었다. 특히 10구체 사뇌가의 경우는 더 그렇다. 서정시가 가진 개인적이고 문자적인 특색이 발현되는 순간을 좀 더 뜻 깊게 해석해 들어가면, 굳이 종교시의 범주에서 다뤄야 할 사안들의 번거로움을 넘어설 수도 있고, 시를 향유하는 오늘 우리에게 어떤 의미를 던져주는지 그 진경(眞境)에 이를 수 있다.

3. 기형도와 〈가을 무덤〉의 경우

(1) 시적 긴장과 서정

이제 〈제망매가〉를 다시 보뇌, 현대시적 해석의 방법을 원용하기로 한다. 이 시의 수사법은 현대시의 그것과 견줄 만큼 뛰어난 면이 있는데, 이항대립을 통한 시상(詩想)의 변증법적 확장이나, 상승과 하강의 이미지를 통한 긴장*tention*의 구사가 그렇다. 거기에다 수사법으로서 직유*simile*가 어떻게 작용하는지 살펴보

다. 그러므로 9·10행을 "아아!/ 彌陀刹에서 만날 나(를)/ (그대는) 길 닦아 기다리게 될 것이오"(p.6)라고 해석하였다. 〈제망매가〉에 대한 의미 해석의 과잉을 우리는 여기서 보게 된다. 다만 이 논문은 아직 초고인 상태이므로 본격적인 논의는 다음으로 미루기로 한다.

기로 하자.

먼저 홍신선의 분석은 이렇다. 이 시에서 이항대립은 '자연이법/인간의 일'로 나타난다. 곧 1행에서 4행까지는 '죽음의 절대성(자연이법)/사람의 나약성(인간의 일)'을 노래하고, 5행에서 8행까지는 '계절의 순환(자연이법)/사람의 앎의 한계(인간의 일)'를 노래한다. 그것이 마지막 두 줄에 가서 종교적 의지의 지양을 보이고 있다는 것이다.[28] 그것이 곧 변증법적 확장이다.

자연의 이법은 불변하는 어떤 진리이다. 인간의 일은 비록 인간의 의지에 따라 변화를 추구하고 모색하지만 결국 거기에 순응해 간다. 죽음은 자연의 이법 가운데 가장 절대적이다. 인간은 바로 거기서 자신의 나약을 철저히 깨닫는 것인데, 그러나 인간은 그 죽음이 다가오는 시간마저 알지 못한다. 계절의 순환은 그 다음의 일이다. 죽음에 비한다면 계절은 인간이 사는 동안 여러 차례 경험할 수 있는 것이므로 거기서 하나의 깨달음을 얻어낼 수 있다. 그것이 곧 우리의 한계를 아는 일이다. 여기에서 유추하여 시인은 하나의 화해의 세계를 만들어낸다.

이항대립은 여기서 끝나지 않는다. 하강과 상승의 이미지를 통한 긴장의 구사는 더 현저하다. '바람에 의해 이에 저에 떨어진다는 것은 상승을 예비한 하강으로 읽도록 만드는 것'[29]이라는 설

---

28) 홍신선, 「제망매가」, 임기중 편, 『새로 읽는 향가문학』(아세아문화사, 1998), pp.196~198.

명이 적실하거니와, 현대시를 설명하는 널리 알려진 '긴장'이라는 시적 수사는 앨런 테이트가 설명한대로, 문자적 의미*extension*는 바깥 세계를 향하는 것이고 비유적 의미*intension*는 작품 내부로 향하는 것이어서, 밖과 안이라는 반대 방향에서 서로 당기는 힘 곧 긴장이 내포된 서로 반대되는 세력의 밀고 당김에서 생긴다.[30] 바람에 떨어진 낙엽이 그대로 어디론가 사라지고 마는 존재가 아니요, 어느 세계에서 다시 만나리라는 생성으로 연결되는 것은, 불교에서 말하는 윤회의 전형적인 표현이기도 하지만, 한 작품 안에 이렇듯 자연스럽게 녹아들어 독자를 내내 팽팽히 긴장하게 한다.

그렇다고는 해도 여기까지만 놓고 본다면 〈제망매가〉는 확실히 승려에 의해 쓰인 종교적 고백에서 크게 벗어나지 않는다. 그러나 거기에 한 가지 더 있다. 그것은 이항대립이나 긴장을 받쳐주는 더 튼실한 수사로서 직유이다.

직유는 흔히 은유에 비해 저열한 것으로 받아들이지만, 은유보다 사고나 표현의 명징성(明澄性)을 높여준다. 직유는 사고(思考)를 그림처럼 형상화시켜 보여줌으로써, 상상력이 다가가고자 하는 경지의 어느 끝으로 이끌어 주는 것이다.[31] 〈제망매가〉에 나

---

29) 위의 논문, 같은 부분.
30) 이상섭, 『문학비평용어사전』 개정판(민음사, 2005), p.44.
31) 이는 J.F.Genung의 견해이다. 직유의 이 견해에 대해서는 박갑수, 『일반

오는 "어느 이른 가을바람 끝에/여기 저기 떨어지는 잎처럼"은
향가 최고의 직유이다.[32] 우리는 이 직유에 대해 좀 더 깊은 의미
를 부여할 필요가 있다고 본다. 이 직유로 인해 시는 처연한 감정
의 세계로 곧장 파고든다. 은유적 간접성을 기다리지 않은 데에는
그만한 통절함이 있었으리라 보인다. 그러기에 월명이 표현하고
자 한 것은 종교적 은유가 아니라, 직유를 통한 농밀한 서정이었
으리라 보인다. 여기에 〈제망매가〉의 서정시적 당위성이 자리 잡
는다.

여기서 참고로 박제천[33]의 〈월명〉을 보기로 하자. 이 작품은

국어의 문체와 표현』(집문당, 1998), p.241을 참조. 그러나 허남춘은 이 논
문의 토론문(한국시가학회 2005년 전국학술대회, 2005. 8.18)에서, "직유
의 일반론을 너무 맹신하면서 〈제망매가〉에 다가간 것은 아닌가" 의문을
표시했었다. 다소 그 같은 혐의를 벗어버릴 수는 없다. 그러나, 역으로 말
한다면, 은유의 맹신 아래 적절한 직유의 구사를 소홀히 하는 경향도 있다.
이 시에서 직유의 적절한 구사가 그 효과를 높여주었다는 점에 착목하였음
을 다시 밝혀두고 싶다. 그것은 뒤에 거론할 기형도의 〈가을 무덤〉과도 관
련된다.

32) 향가에 나타나는 직유는 세 번 있다. 〈제망매가〉 외에 〈안민가〉의 결구와
〈원가〉의 "닷 그림제 넷 모샛/ 녈 믈결 애와티돗"(양주동)이 그것인데, 전
자는 단순 직유여서 논외로 치고 싶고, 후자는 "달님이 비취어 여리인 못에
의/ 갈 물결엣 모래애 입듯이"(양희철)라는 동조도 있지만, "달이 그림자
내린 연못 갓/ 지나가는 물결에 대한 모래로다"(김완진)로 해석하여 은유로
보는 견해도 있어서, 직유의 가능성에 아직 의문이 달린다. 그렇다면 〈제망
매가〉의 이 직유는 향가 유일의 그것이라 해도 무방하다.

33) 1945년 서울 출생. 동국대 국문학과 졸업. 1966년 『현대문학』에 시가 추
천되어 등단. 시집으로 『장자시』, 『달은 즈믄 가람에』 등이 있음. 현대문학
상(1979), 한국시인협회상(1981) 등 수상.

월명과 〈제망매가〉의 세계에 동시에 접근하려는 노력을 하고 있는데, 깊은 관조의 세계를 구축하는 데 성공하고 있으면서도, '농밀한 서정'이라는 핵심에서는 왠지 벗어나는 느낌이다.

> 한 그루 나무의 수백 가지에 매달린 수만의 나뭇잎들이 모두 나무를 떠나간다
> 수만의 나뭇잎들이 떠나가는 그 길을 나도 한줄기 바람으로 따라나선다
> 때에 절은 살의 무게 허욕에 부풀은 마음의 무게로 뒤처져서 허둥거린다
> 앞장서던 나뭇잎들은 어디론가 사라지고 어쩌다 웅덩이에 처박힌 나뭇잎 하나 달을 싣고 있다
> 에라 어차피 놓친 길 잡초더미도 기웃거리고 슬그머니 웅덩이도 흔들어 놀밖에
> 죽음 또한 별것인가 서로 가는 길을 모를밖에
>
> ―〈月明〉 전문34)

이 시에 대해서는 〈제망매가〉의 현대적 변용으로서 박노준이 선편을 잡아 논한 바 있다. 거기서 박노준은 "구태여 슬퍼할 것도 없고 그렇다고 즐길 것도 아닌 것이 곧 죽음"인 것을 말하자는

---

34) 이 시는 박제천이 1984년에 낸 『달은 즈문 가람에』에 실려 있다. 그는 이 시집에서 홍길동 같은 설화나 소설의 주인공을 소재로 한 일종의 설화시를 집중적으로 보여주고 있다. 고정희, 「박제천의 설화시에 대하여」, 『심상』, 심상사, 1984.2 참조.

이 시의 매력을 적시하면서도,

> 범인이 아닌 월명사와 같은 존재도 감당해내기 어려웠던 엄
> 청나게 거창한 죽음의 문제를 이렇듯, 단순화시켜도 괜찮은 것
> 인지, 연약하고 불완전한 인간의 보편적인 정서와 사고를 제거
> 해 버리고도 과연 죽음의 본질을 운위할 수 있을지, 그리고 얼
> 마나 많은 사람들이 냉철한 그의 해석에 수긍할지 그것이 문제
> 라는 점에서 그의 시는 계속 논란의 대상으로 남는다.[35]

는 아쉬움을 함께 표하고 있다. 시는 왜 그렇게 되었을까. 시인이
월명에 대해서 그가 승려였다는 사실과 그의 작품이 끝내 불교의
종교적 심상에 놓일 밖이라는 해석에 충실한 결과가 아니었을까
한다.

물론 그것만으로도 〈월명〉은 일정 몫의 시적 성취를 이루어냈
다. 시인이 당초 의도한 바는 삶의 고통스러운 내면의 승화에 있
다고 보기에, 이는 오히려 조동일이 〈제망매가〉를 해석하는 종교
시의 선상에 닿아있고, 거기서 더 나아가 아예 슬픈 노래 따위는
처음부터 접고 들어가는데, 그것이 〈제망매가〉의 현대적 해석으
로 진일보한 경지임을 인정하지 않을 수 없는 것이다. 특히 박제
천 시인이 '불교적 돈오의 경지나 도가적 허무의 융화'[36]에 그

---

35) 박노준, 앞의 책, p.257.
36) 최동호 편저, 『한국명시』(한길사, 1996), p.1818.

시적 작업의 주안점을 두어 왔다는 사실을 참고할 때 더욱 그렇다. 이 시가 쓰일 무렵에는 비록 '세상을 초탈한 정신세계에서 홀로 유유자적하는 것이 아니라 우리가 숨 쉬고 살아온 공간으로 관심이 전환되었다'[37]고는 하나, '우주적 상상의 바다'에서 터득한 삶의 사유방식은 크게 다르지 않다.

그러나 〈제망매가〉가 그토록 많은 이들의 기억에서 사라지지 않은 것은 통절한 직유로서의 울림을 가지고 있기 때문이다. 거기에 좀 더 비중을 두지 않고서는 아무래도 〈제망매가〉에 가깝게 다가서기 어려울 듯하다. 일반적으로 서정시의 운명은 개인의 운명과 길을 같이 간다는 믿음이 무척 강하다. 박제천의 〈월명〉이 '냉철한 해석'으로 인해 일부 독자의 '수긍'을 얻어 내지 못했다는 점과, 거꾸로 시인 자신이 비극적으로 경험하지 못한 사실의 시화(詩化)는 피상적 결과에 이를 수밖에 없다는 점 사이에는 분명 어떤 함수관계가 놓인다. 물론 박제천에게 월명과 같은 경험이 있었는지 알지 못하지만, 그런 정보와는 상관없이 〈월명〉에서 느끼는 전반적인 정서를 통해 개인적으로 경험한 '누이의 죽음'에 기초하지 않았다는 점을 알 수 있다. 이는 시의 분위기를 좌우하는 중요한 전제조건이다. 냉철한 해석이 피상적인 삶의 인식에 그치게 하는 또 다른 모습이라는 점도 기억하기로 하자.

---

37) 위의 책, p.1819.

(2) 서정의 고갱이로서 통절한 직유

이제 기형도[38]의 〈가을 무덤〉을 보면서 본격적인 논의를 해보기로 한다. 이 시에는 '祭亡妹歌'라는 부제가 붙어 있다. 먼저 그 전문을 보인다.

> 누이야
> 네 파리한 얼굴에
> 철철 술을 부어주랴
>
> 시리도록 허연
> 이 零下의 가을에
> 망초꽃 이불 곱게 덮고
> 웬 잠이 그리도 길더냐.
>
> 풀씨마저 피해 날으는
> 푸석이는 이 자리에
> 빛바랜 단발머리로 누워 있느냐.
>
> 헝클어진 가슴 몇 조각을 꺼내어
> 껄끄러운 네 뼈다귀와 악수를 하면

---

38) 奇亨度 : 1960년 경기도 옹진 출생. 연세대 정외과 졸업. 1985년 동아일보 신춘문예에 시 「안개」가 당선되어 등단. 1989년 3월, 서울 종로의 한 심야 극장에서 숨진 채 발견. 사인은 뇌졸중. 향년 29세. 그 해 5월, 유고시집 『입 속의 검은 입』(문학과지성사) 출간. 사후 10주기에 맞추어 『기형도 전집』(문학과지성사, 1999)이 나왔다.

딱딱 부딪는 이빨 새로
어머님이 물려주신 푸른 피가 배어 나온다.

물구덩이 요란한 빗줄기 속
구정물 개울을 뛰어 건널 때
왜라서 그리도 숟가락 움켜쥐고
눈물보다 찝질한 설움을 빨았더냐.

아침은 항상 우리 뒤켠에서 솟아났고
맨발로도 아프지 않던 산길에는
버려진 개암, 도토리, 반쯤 씹힌 칡.
질척이는 뜨물 속의 밥덩이처럼
부딪치며 河口로 떠내려갔음에랴.

우리는
神經을 앓는 中風病者로 태어나
全身에 땀방울을 비늘로 달고
쉰 목소리로 어둠과 싸웠음에랴.

편안히 누운
내 누이야.
네 파리한 얼굴에 술을 부으면
눈물처럼 튀어오르는 술방울이
이 못난 영혼을 휘감고
온몸을 뒤흔드는 것이 어인 까닭이냐.

—〈가을 무덤〉 전문

먼저 기형도 시인의 한두 가지 전기적 사실에 주목해 보자. 시인은 1975년 서울의 신림중학교 3학년이었다. 연보[39])에 따르면 그 해 5월, "바로 위 누이가 불의의 사고로 죽음. 이 사건이 깊은 상흔을 남기다. 이 무렵부터 시를 쓰기 시작했다"고 전한다. 그렇다면 이 시는 시인이 되는 계기를 마련해 준 직접적인 사건 곧 누이의 죽음을 거듭 시화(詩化)한 것이다.

기형도는 대학 1학년 때에, 교내 신문에서 제정·시상하는 문학상에 〈영하의 바람〉이라는 제목의 소설로 가작 입선하는데, 갑자기 중풍으로 쓰러진 아버지 때문에 생활고를 못이긴 어머니가 여러 자식 가운데 아직 어린 남매를 고아원에 맡기는 이야기이다. 이는 그의 전기적 사실과 거의 일치하고 있지만, 고아원으로 가는 버스 안에서 멀미를 이기지 못하여 "얼굴이 점점 새하얘졌다"[40]) 는 누이는 바로 기형도가 중학 3학년 때 잃었다는 그 이로 보인다.

기형도에게 이 누이에 대한 기억은 끈질기다.

　　누이여
　　또다시 은비늘 더미를 일으켜 세우며
　　시간이 빠르게 이동하였다
　　어느 날의 잔잔한 어둠이

---

39) 기형도전집편집위원회, 『기형도전집』(문학과지성사, 1999), pp.343~347.
40) 위의 책, p.119.

이파리 하나 피우지 못한 너의 생애를
소리 없이 꺾어갔던 그 투명한
기억을 향하여 봄이 왔다

－〈나리 나리 개나리〉 1연

　1975년 5월에 죽은 누이에 대한 슬픔과 분노는 그가 대학 2학년 때 겪게 되는 광주의 1980년 5월로 이어지고, 통쾌하게 입 밖으로 내지르는 성격이 아닌 그는 시를 통해 통절하게 입 속에서 우물거리는 방법을 택한다. 누이와 만나는 무덤가에서, "헝클어진 가슴 몇 조각을 꺼내어/껄끄러운 네 뼈다귀와 악수를 하면/딱딱 부딪는 이빨 새로/어머님이 물려주신 푸른 피가 배어 나온다"(〈가을 무덤〉 4연)고 노래하는 그는, 그 엽기성을 방패삼아 처절한 정서의 세계 속에 노닐고 있다.

　기형도의 〈가을 무덤〉은 향가 〈제망매가〉의 서술구조와 매우 닮아 있다. 대체로 이 시의 1~2연이 〈제망매가〉의 전4구와, 3~4연이 후4구와 대응되어 보인다. 1연과 2연에서 시인은 망초꽃 이불 덮은 누이의 무덤가에 와서 술을 붓고 있다. 이는 '나는 간다'고 말 한마디 못하고 떠난 누이를 추억하는 〈제망매가〉의 그것과 대응한다. 여기에는 어떤 감정적 표현도 억제되어 있다. 객관적 사실의 묘사일 뿐이다. 그러나 3연과 4연에서 '빛바랜 단발'의 죽은 누이를 향해 예의 엽기적인 발언이 튀어 나온다. 한 가지에 나고도 가는 곳을 모른다는 월명의 탄식이 변주된 것이다.

그러다 5~7연의 생육사(生育史)와 관련된 아픈 기억을 건너뛰면, 마지막 8연은 결구(結句)와도 같이 다가온다. 그리고 그 결구에 직유가 있다. "네 파리한 얼굴에 술을 부으면/눈물처럼 튀어오르는 술방울이" 그렇다.[41]

필자는 기형도의 누이가 당했다는 '불의의 사고'가 어떤 것인지를 들은 적이 있다. 참혹한 죽음이었다. 한 편의 서정시가 쓰이는 기저에 여러 감정적 촉발이 있겠으나, 어떤 무엇보다 참혹한 죽음만한 것이 없을 터이므로, 기형도가 써내는 제망매가는 언제나 '눈물처럼 튀어오르는 술방울'로 젖어 있다. 은유가 아니라 직유이다.

우리는 여기서 월명의 누이가 어떻게 죽었는지 가늠해 본다. 그 죽음에 대해서는 어떤 정보도 없다. 월명이 경덕왕의 눈에 띈 19년(760)을 전후한 시점에서 역사적 사실을 들추어본다고 해도 마찬가지이다. 〈도솔가〉를 짓는 계기로 작용한 이일병현(二日竝現)이, 정치적인 알력뿐만 아니라 불교 내부의 갈등[42]을 포함하

---

41) 허남춘은 앞의 토론문에서, "〈가을 무덤〉은 직유의 격정을 드러낼 뿐만 아니라, 시어에서도 격정이 지나치다. '죽음, 어둠, 눈물, 설움, 피, 뼈다귀'라는 시어의 조합만을 보면서 우리는 1910년대 센티멘탈리즘의 시를 연상하게 된다"고 하였다. 시어의 조합만을 보면 그렇지만, 시가 쓰이게 된 종합적인 정황을 가늠하여 다시 읽을 필요가 있다. 기형도의 시가 널리 읽힌 것은 과도한 듯 격정적인 시어의 사용에 기인한 바 있다고 본다. 다만 이 시는 기형도가 살아 있을 때 발표하지 않았다. 허남춘이 지적한 요지가 기형도 스스로에게도 자기 검열을 거치게 한 바 되었는지 모르겠다.

고 있음이 틀림없겠으나, 그것이 월명 개인의 가족사에 발생했을 모종의 비극을 발견할 단서가 되지는 못한다. 그럼에도 불구하고 한 가지 단언할 수 있는 것은, 기형도의 노래와 그 배경에서 알려 주듯이, 천년의 세월을 두고 바래지 않는 이 서정의 고갱이를 만들어낸 데는 그저 평범한 죽음으로 설명하지 못할 무엇인가가 있다는 사실이다.[43] 그것은 은유로서가 아닌 직유로 표현될 통절함이다. 거기서 월명과 기형도는 만난다.

4. 마무리 : 시의 전통 전통의 시

향가의 미적 전통은 단절된 것이었다. 『삼국유사』가 6~700년 동안 잊혔었다는 사실과 맞물린다. 그런데 어느 날 문득 그것은 살아난다. **'향가'라는 이름이 언제부터인가 '향수' 같은 찐한 정감으로 다가왔었다** - 노학자의 이런 고백은 '향가'와 '향수' 사이의 언어적 울림처럼 우연이면서 필연이다. 그리하여 마치 서로 이어

---

42) 김문태, 『삼국유사의 시가와 서사문맥의 연구』(태학사, 1995), pp.123~127.

43) 이에 대해 성기옥은 앞의 학회 토론 시간을 통해, 월명의 누이의 죽음은 더 참혹한 것이었을지 모른다는 견해를 나타내 주었다. 기형도의 시에 보이는 표현을 역으로 유추해 들어가, 비극적 사건이 시화하는 과정을 상상해 보았을 때, 구도자의 신분에서 내 보인 〈제망매가〉에서의 그만한 직접적인 감정적 표현은, 오히려 더한 비극적 사건을 원천으로 삼고 있을 것이라는 의견이었다. 전적으로 동감하는 바이다.

진 어떤 것처럼 보인다.

그러나 그것은 착시일 가능성이 짙다. 우리는 전통에 대해 너무 강박관념을 가지고 있는 것은 아닌가 한다. 한 시대에서 다음 시대로, 한 장르에서 다른 장르로 이어지는 맥락을 반드시 만들어 보고자 한다. 다만 그 같은 맥락은 오늘날 우리가 가진 정보와 기대 섞인 희망에 의해 만들어졌을 가능성이 더 높다. 그러므로 우리는 과연 전통이란 무엇인가를 근본적으로 돌아보아야 한다.

근대 100년 곧 20세기에 들어 『삼국유사』가 다시 발견된 것은 같은 시기 서양의 신고전주의 학자와 그 시인들을 연상시킨다.[44] 모더니즘의 다종다양한 모습들은 현란하게 근대인의 눈을 뒤흔들었고, 나아가 모든 기정의 사실로부터의 해체를 선언했다. 문제는 해체 이후의 허전함이었다고나 할까. 무엇을 다시 볼 것인가. 어디에 기준을 둘 것인가. 전통은 그런 미망의 순간에 등불처럼 다가온다. 그러기에 월명과 기형도가 전통의 선상에 있다고 말하면 착시이지만, 그들의 노래에서 찐한 정감의 동질성이 보인다면, 본인이 의식했건 그렇지 않았건, 기형도에게 월명은 **뿌리**요 **모태**가 될 수 있다.

그렇다고 기형도가 면면히 전승되는 전통 속에서 월명을 만났다고 말할 수 있을까? 신라에서 고려로, 고려에서 조선으로, 그리

---

44) 이에 대해서는 오세영, 「전통이란 무엇인가」, 『현대시의 전통과 창조』(열화당, 1998)를 참고하여 정리함.

고 현대의, 20세기 말의 어느 시점에서 한 시인이 그런 시대를 착실히 전승하여 온 〈제망매가〉를 만난 것일까? 그리고 그것을 이었다는 말인가? 그렇지는 않았으리라 본다. 기형도는 양주동이 가르쳐 준 교과서 속의 〈제망매가〉를 배웠을 뿐이다. 20세기에 들어 재발견된 향가를 읽었을 뿐이다.

혹여 지금까지도 『삼국유사』가 재발견되지 않고 향가가 운위(云謂)되지 않았다면 어땠을까? 기형도는 처절한 제 누이의 죽음을 노래하지 못했을까? 그렇지도 않았으리라 본다. 그는 어떻게든 그 죽음을 노래하지 않고는 배기지 못했으리라. 다만 그 지점에 양주동이 있었기에 기형도는 편안했다.[45]

착시이면서 착시가 아닌 어떤 것, 가르쳐 주지 않았는데도 시원(始原)으로 회귀하는 어떤 것, 뿌리이고 모태이기에 어느 날 찐한 정감으로 다가오는 미학이 전통이다.

---

45) 허남춘은 앞서 토론문에서, "우리 시가를 계기적으로 계승하고 있는 양상은 김학성 교수에 의해 이루어졌다. 그는 이를 도식화하여 ①원시민요-②주술적 서정가요-③민요적 향가-④사뇌가-⑤속요-⑥시조-⑦자유시라 했고, (중략) 그가 말하는 조부장르 계승설에 기층장르의 영향을 보태면 우리 시가의 계기적 계승양상은 인정될 만하다. 우리는 이런 계기적 영향관계를 주목해야 하고, 이미 향가는 속요에 변증법적으로 통합되었고, 후에 나타나는 시조에도 영향을 주었다."고 하였다. 기존의 이 학설에 대해서 부정할 충분한 반론의 취지를 나는 가지고 있지 못하다. 그러나 이토록 정연한 정리가 오히려 못내 불안하게 한다. 앞서 논한 바, '오늘날 우리가 가진 정보와 기대 섞인 희망에 의해 만들어졌을 가능성' 때문이다.

제2부

詩에서의 사소함에 대하여

1

어느 계간 문학지의 창간 30주년을 기념해 만들어 돌린 접시에는 벽사(碧史) 이우성(李佑成) 선생의 글씨로 '법고창신(法古創新)'이라는 말이 새겨져 있다. 범박하게 풀어보자면, 옛것을 본받아 새로운 것을 만든다는 뜻일 게다. 온고지신(溫故知新)과 맥을 같이하는 말이랄까?

이 말은 박지원의 글에 나온다. 그런데 원문을 찾아보면 "법고이지변(法古而知變) 창신이능전(創新而能典)"[1]이라 되어 있다. 그러니까 벽사 선생은 그 글귀의 앞 두 글자씩만 떼 내어 새로운 성어(成語)를 만든 셈이다. 원문은, 옛것을 본받되 변함을 알아야

---

1) 朴趾源, 「楚亭集序」, 『燕巖集』(경인문화사 영인본), 卷1 張3.

하고, 새로운 것을 만들어내되 전거를 바탕 삼아야 한다는 말이다. 정녕 '법고창신'이라고 줄였을 때 다하지 못할 메시지가 여기에 있다.

박지원은 '법고'와 '창신'을 두 개의 축으로 삼고 있다. 글을 쓰는 일이 모름지기 옛것을 본받는 일과 새것을 만들어내는 일로 세워진다는 것이다. 곧 두 가지가 서로 다른 차원의 문제이다. 옛것을 잘 살펴보면 거기에 변하는 모습을 발견하게 되고, 새로운 것을 만들고자 하면 의당 전거를 대야한다는 말이다. 이 말은 하나의 순환고리처럼 연결되어 나간다. 변함을 아는 것이 곧 새로운 것이 만들어지는 자리요, 전거가 바탕에 깔리자면 옛것을 본받은 다음에 가능하다. 박지원이 설명하는 글쓰기의 메커니즘이다. 황당한 문체를 구사한다고 해서 임금으로부터 반성문을 쓰라는 엄명까지 받은 박지원이다. 그래서 자칫 시대의 이단아로 취급받지만 기실 그는 문인이 갖춰야하는 도리의 전범을 지닌 사람이다.

알다시피 박지원은 18세기 우리 문학사의 정점이다. 그러나 이 광세(曠世)의 문인도 단 한 번 실수를 범했으니, 곧 당대의 시인 우상(虞裳) 이언진(李彦瑱)[2]을 알아보지 못한 일이다. 그를 주인

---

2) 李彦瑱(1740~1766) : 조선 후기의 역관이자 시인. 서울 출신. 자는 虞裳, 호는 松穆館. 南人의 문인 李用休에게 수학하였으며, 1759년 역과에 합격하여 역관으로 활동하였다. 그 가운데 특히 1763년 趙曮을 수행하여 일본에 다녀오는데, 이때 그곳에서 文名을 날린 일이 유명하다. 일본에 다녀온 3년 후 27세를 일기로 요절하였다.

공으로 지은 〈우상전(虞裳傳)〉은 오늘날 박지원 소설 가운데 한 편으로 분류하지만, 박지원 자신은 살아생전 만나지 못한 한 문재(文才)를 추모하고 스스로 반성하는 투이다. 둘은 어쩌다 만나지 못하였는가. 여기 소설의 한 토막으로 들어가 보자.

우상은 당시 사회에서 역관(譯官)의 신분에 지나지 않았으므로 스스로 자신의 문장을 알아주는 사람이 없음을 못내 슬퍼하였다.

연암은 몇 살 차이가 아닌 나이였으나 평생 한 번 만나보지 못하였다. 그러나 우상은 자주 그가 지은 시를 친지를 통해 연암에게 보여주며, "이 세상에선 다만 이 사람만이 나를 알아줄 수 있을 것이야"라고 하였다. 그러나 연암은 농담으로, "이건 저 남인(南人) 놈의 가는 침이야. 너무 자질구레해서 보잘 것이 없어"하고 말았다. 우상은, "제길 헐. 이 미친놈이 남의 약을 올리는구나"하고 화를 버럭 내었다.

이윽고 그는, "내 어찌 이 세상에서 오래 살겠다 발버둥 치랴"하고 한숨지으며 두어 줄기 눈물을 흘렸다. 그가 죽었을 때 나이 겨우 27세였다.

나이 차이로는 3년 터울이지만 지체로 보아 두 사람은 쉽게 가까워질 수 없는 사이였다. 신분상 연암은 명문가의 사대부요 우상은 중인계급에 속하는 역관인데다, 더욱이 당파로 보아 한쪽은 당대 권력의 핵심 노론(老論)이요 한쪽은 노론의 라이벌 남인이다.

이미 심각하게 굳어진 당쟁의 와중에서 서로 통하기 어려운 상황이었던 것이다. 그럼에도 우상이 연암에게 여러 차례 시를 보이고자 했던 까닭은 무엇이었을까?

연암은 일찌감치 과거시험에 붙는 데 유리한 글공부를 작파한 사람이었다. 그리하여 벼슬로는 보잘 것 없어도 그것은 그가 추구하는 삶의 궤적이 아니었을 뿐더러, 오히려 문장은 과거에 급제하여 출세가도를 달리는 이들과 비교할 수 없는 새로운 경지를 열어가고 있었다. 우상이 자신의 시를 보이고자 했던 것은 연암의 이 같은 측면 때문이다. 그런데 연암은 비록 농담이라고는 하나 일언지하에 거절하는 모습을 보이고 있다. "이건 저 남인 놈의 가는 침이야. 너무 자질구레해서 보잘 것이 없어"라는 말에서 우리는 두 가지를 읽는다. 먼저 연암이 우상의 소속을 분명히 확인하고 있다는 사실, 다음은 자질구레하다는 평가. 하나는 사회의 구조적 모순에 기인한다면, 다른 하나는 연암의 개인적 성향에 관련된다.

광세의 시인이게도 어떤 편견이 있었던가, 시대적 한계였을까. 이 두 가지가 합하여 한 시인에 대한 정당한 평가를 가로막고 있고, 우리는 여기서 시작(詩作)에 관한 중요한 사실 한 가지를 확인한다.

오늘날 '중인출신의 천재 시인'3)이라 불리는 우상 이언진은 누구인가? 그에 대해서 설명하자면 잠시 조선 후기 문인사회의 한 변화를 살펴보아야 한다.

조선 중기 이후, 좀 더 좁히자면 임병양란(壬丙兩亂)이 끝난 다음 조선사회는 극심한 신분상의 불안정을 보이고 있는데, 그것은 대체적으로 기존 양반사회의 경제적 기반이 붕괴하는 데 기인한다. 그런데 그 틈을 중인계층이 비약적으로 파고들어오게 되거니와, 물론 그 또한 경제적 능력의 제고가 바탕이 되고, 그 같은 바탕에서 인문적 교양을 쌓게 되는 그들은 문학에서 사대부들을 넘보는 경지에 이르게 된다. 이른바 조선 후기 중인문학의 성장이다. 중인 그룹은 역관(譯官), 하급관리, 의원 등이 주축을 이룬다.

그러나 그들에게 분명한 한계가 있었다. 경제적으로 윤택해지고 인문적 교양에 눈을 뜨지만, 신분적 질서는 엄연한 것이어서 그것을 뚫기가 쉽지 않았고, 자신의 위치에서 자존적 선언을 하기보다 사대부 계층으로의 신분상승에 더 관심을 두게 되는 바, 인문적 교양이라는 것도 허울뿐이고 실속을 갖추기 어려웠다. 실속 없는 교양, 그것은 허위의식만을 낳을 뿐이다.

---

3) 임형택, 「계미 통신사와 실학자들의 일본관」, 『창작과비평』 1994 가을(창작과비평사), p.325.

이 같은 상황에서 이언진은 매우 독특한 존재였다. 중인계급의 성장과 때를 같이하는 그의 등장은 여느 중인계급 시인들과 같지만, 사대부적 허위의식에 눈을 돌리지 않은 희귀한 경우를 보여주기 때문이다. 그것을 강명관은 다음과 같이 요약하고 있다.

> 기성의 지식과 세계관을 버리라. 아무것도 그려지지 않은 종이는 기성의 지식과 세계관에 의해 은폐되지 않은 참모습이다. 기성의 지식과 세계관에 매몰되지 않은 참다운 인식주체로서의 '나'를 찾아라. 이것이 이언진이 매달린 화두였다. 〈동호거실(衕衚居室)〉은 세계의 참모습을 왜곡시키는 중세적 지식과 세계관으로부터 벗어나기 위한 치열한 노력의 과정을 서술한 것이다.[4]

'동호거실'은 우상이 쓴 연작시의 제목이다. 모두 157편으로 된 이 연작시는 한 줄을 여섯 글자로 맞춘 특이한 형식을 가지고 있다. 강명관은 이 연작시를 다른 말로 총평하기를 "규범적 미학을 벗어난 그의 충격적인 언어구사와 기성의 관념과 사고방식을 뒤엎는 주체와 세계에 대한 새로운 인식"[5]이라 하였다. 이 같은 평가가 나오게 한 작품을 들어보자.

---

4) 강명관, 『조선후기 여항문학연구』(창작과비평사, 1997), p.311.
5) 위의 책, p.306.

그림을 그려보면 삼분의 일 정도가 참이다
옷 접힌 자취, 털과 머리카락
그리지 않았다면 모두 참일 텐데
흰 종이 깨끗이 두면 곧 그것이 부처.6)

107번째 시이다. 이 시기 사람들은 초상화를 그린 다음 이를
진(眞)이라고 했는데, 있는 모습을 그대로 그렸다는 이 관습적인
인식에 우상은 정면으로 반기를 들고 있다. 차라리 그리지 않는
것이 참이라는 생각, 그리고 그것이 바로 부처의 세계라고까지
발전한다.

그는 "세계는 큰 감옥/ 벗어날 사다리 한 토막 없네(15)"라고
자신의 처지에서 바라본 세계를 인식하고 있다. 중인이라는 신분
은 그에게 어떤 능력이 있다할지라도 벗어나지 못할 엄연한 한계
이다. 오히려 일본 사행길에 연도에서 그를 붙들고 문장 하나 남
겨주기를 간청하는 왜인(倭人)들을 보고 눈물 흘려야 했던 그이
다. 하지만 자기가 사는 조선으로 돌아오면 한바탕 꿈에서 깨어
난다. 여전히 중간의 일만 해야 하는 중인의 신분이다. 그러나 그
것이 기존 사대부의 권력적 영향관계 속으로 편입된다고 해서 해
결될 일이 아니다. 도리어 인간성의 저 깊고 내밀한 곳으로 돌아

---

6) 원문은 이렇다 : "畫時有三分眞/衣褶痕毛和髮/不畫時十分眞/淨白紙卽
是佛"

가 그 본성을 찾아야만 할 것임을 분명히 자각하고 있다. 신분적
불이익은 아예 세상살이에 뜻을 두지 않을 때 해결될 일이지만,
거기에는 다른 더 큰 문제가 도사리고 있다. 바로 참된 세상이란
화두이다. 다른 시에서 보여주는 삽화를 통해 그 같은 태도를 확
인한다.

> 밥 한 그릇 배부르면 그만
> 큰길가에서 머리 박고 잠든다네
> 처량타, 저 거지 승지를 불쌍히 보나니
> 눈 내린 새벽길 밟으며
> 날마다 출근하는 신세.[7]

　현세의 복락을 따지는 자에게 승지(承旨)와 거지는 감히 비교할
대상이 아니다. 그러나 배불리 먹는 한 그릇 밥으로 족한 줄 아는
사람은 승지라는 높은 벼슬도 부러울 일 하나 없다. 오히려 그
자리 지키자고, 아니 더 높은 자리에 오르자고 눈이 오나 비가
오나 새벽길 출근하는 그들의 모습은 가련하게만 보인다. 이렇듯
희화화된 풍경은 물론 정설 아닌 역설이다. 그런데 그 역설에서
바른 삶의 결이 보인다.
　이언진에 대하여는 "시문(詩文)이 앞사람의 것을 베껴오는 데

---

7) 13번째 시이다. 필자가 의역을 하면서 다섯줄로 바꾸어 보았다. 원문은 이
　렇다 : "一盌飯飽卽休/大道傍抱頭眠/寒乞兒憐承旨/雪曉裏每朝天"

그치지 않고 오로지 자기 자신에게서 나온 경우를 나는 이언진에게서 보았다."8)는 발문의 한 대목이 그다지 과장됨 없는 평가로 받아들여진다. 이는 그의 스승이자 남인의 거두 이용휴(李用休)가 쓴 서문의 "자기로부터 일어나 보여준 것"9)이라는 말의 변주이다. 비록 서문과 발문이 책의 저자에 대한 애정을 전제로 쓰이지만, 객관적으로도 이언진의 시는 독창성에서 크게 평가받고 있다.10)

스물일곱 살 되던 해 병이 극심해진 이언진은 돌연 자신이 쓴 시 원고들을 불태웠다. 해와 달의 빛에 겨루지 못할 것이면 내 시 또한 초목처럼 썩어갈 것과 무엇이 다르랴 한탄한다. 부인이 황급히 달려와 타다 남은 원고를 추스르니, 이것이 그나마 지금 전하는 이언진의 편린이다. 그의 문집 이름이 '송목관의 불타다 남은 원고(松穆館燼餘稿)'가 된 연유이다.

3

그런데 어찌하여 연암은 이언진을 만나지 않았고 그의 시에 대

---

8) 김숙, 「跋」, 이언진, 『송목관신여고』(영인본)
9) 이용휴, 「송목관집서」, 이언진, 위의 책.
10) 연암의 제자이자 조선후기 문장4대가로 불리는 李德懋는 이언진의 시를 당나라의 시인 李賀에 비교하기도 한다.

한 정당한 평가마저 외면했던가? 나는 앞서 그 이유를 사회의 구조적 모순과 개인적 성향이라 제시하였다. 사회의 구조적 모순은 당쟁을 일컬음인데, 이에 대해서는 선학의 지적이 있었다.

　　대체 우상은 연암에 비하여 겨우 3년 후생으로서 24년 동안을 병세(竝世)한 같은 문학가였으나, 그들은 죽을 때까지 서로 일차의 면식이 없었음은 무슨 까닭일까? 이에 오로지 당파적인 장벽이 그 사이에 가로 놓여있었던 것을 부인하지 못할 것이다. (중략) 우상과 연암은 비록 신분적으로는 많은 차이가 있을망정 같은 불우한 문학가일지라도 오랫동안 누적하였던 전통적인 감정이야말로 쉽게 사라지지 않을 것도 사실이었다.11)

　당파에 관한 한 도량의 크고 작음을 가지고 따질 일이 아니다. 이른바 조선후기의 문장 4대가가 모두 연암의 손을 거쳐 나오지만, 그 가운데 세 사람이 서자출신이었다는 사실에서, 신분을 헐고 교유한 연암의 도량은 널리 알려진 바 있다. 그와는 달리 적당(賊黨)에 대한 태도는 매우 경직되어 있음을 여러 군데에서 볼 수 있는데,12) 비록 사회적 분위기 탓이라 변명한다 해도 아쉬움

---

11) 이가원, 『연암소설연구』(을유문화사, 1965), p.412.
12) 예컨대 남인의 이름을 거명해야 할 경우에도 적당히 피해간다. 李用休를 거명할 자리에 '有輓之者:그를 추모한 어떤 자'(〈우상전〉)라거나 蔡濟恭을 거명할 자리에 '善事雄南:남인의 우두머리를 잘 모시기라도 하면'(〈양반전〉) 등이 그렇다. 특히 후자는 숫제 비아냥거리는 투이다.

은 남는다.

　그러나 이 같은 관계보다 연암의 개인적 성향이 더 큰 이유가 아닐까 한다. 그리고 이 부분이 우리를 더 아쉽게 한다.

　'저 남인 놈의 가는 침'이라는 표현에는 '남인'보다 '가는 침'에 더 무게가 실려 있다. 그것은 뒤이어 '자질구레해서 보잘 것 없다'는 말이 놓여있으므로 구체적인 확인을 받는다. 가는 침만큼이나 자질구레해서 보잘 것 없는 시 – 연암은 과연 어떤 근거로 이 같은 말을 했는가? 이에 대해서는 더 이상 자세한 언급이 없으므로 저변을 따져볼 길 없지만, 연암은 마지막에 이 같은 악담의 이유를, 우상이 아직 나이 어리니 두고두고 좋은 글을 세상에 내놓기 바라는 마음에서였다고 변명한다. 그러나 연암은 불과 우상보다 세 살 위이다. 어리기로는 마찬가지였던 것이다. 연암에게는 우상에 대한 선입견이 몇 가지 겹쳐있는 것으로 보이는데, 그것은 한마디로 역관 일을 하고 있는 덜된 지식인이라는 인상을 강하게 받았던 것 같다. 앞서 소개한 대로 조선후기 중인계급의 성장은 놀랍지만, 그들의 소양은 인정한다 해도 학문적 온축이나 세련미에서 기존 사대부들에 미치지 못한 점 사실이다. 우상도 여기서 예외는 아니다. 그러나 좀 더 사려 깊게 그를 살폈다면 우상이 지닌 특이성을 간파해 내지 못할 리 없었다. 연암 자신 "붓만 잡으면 한(漢) 당(唐)의 글귀를 생각하여 그와 유사한 발상을 빌려오거나 자구(字句)를 표절하려는 고식적인 태도가 아니라 대상의 참을 참

되게 그리려는 창조적 정신에서 씌어진 시"[13]의 당사자인 만큼 최소한 우상은 이 점 연암과 필적한다. 연암은 우상에 대한 평가에서 당파보다 신분에 걸려 넘어졌다.

연암은 이즈음의 표현대로라면 거대담론의 소유자였다. 삶과 우주를 논하는 그의 붓끝은 광대무변한 곳으로 뻗쳐있고 관심영역 또한 그렇다. 조선조 사대부들의 전통에서 발견되는 바, 문장이 곧 경국(傾國)의 사업이라는 생각을 그 또한 강하게 소유하고 있었다. 문장이 개인의 능력을 재는 척도였던 시대에서 이것은 당연하다. 그런 그에게 우상이 써 보낸 시는 인정세태의 곡진함은 있을지언정, 사소한 문제에 얽매어 울고불고 애달파하는 모습으로 비쳤던 것 같다. '가는 침'이니 '자질구레함'은 곧 사소하다는 말의 구체적인 표현이었다. 심지어 연암은 시라는 장르 자체에 심히 회의적이기까지 하였다.[14]

사소함이란 무엇일까? 사전적으로 본다면 작거나 적은 것이다. 일상적으로 일어나는 자질구레한 일들 또는 생각이 그렇다. 그런데 사소함이 그렇게 사소한 것으로 끝난다면야 논의의 여

---

13) 송재소, 「연암의 시에 대하여」, 간행위원회, 『우전신호열선생고희기념논총』(창작과비평사, 1983), p.34.

14) 연암은 시 쓰기에 그다지 열심을 내지 않았다. 전후 수백 권 분량의 전집에서 시는 고작 기십 편 남짓할 뿐이다. 물론 그가 남긴 몇 편 안되는 시는 수준에서 괄목상대하지만, 시를 통해 표현할 수 있는 것의 한계를 분명히 한 것으로 보인다.

지가 없다. 그러나 인생의 어떤 기미(機微)란 사소한 데에서 출발하고 거기서 실마리를 얻어 나간다. 이때 사소함은 결코 사소한 데 머무르지 않는다. 그러므로 우리는 인생사의 사소한 문제에 시선을 고정시키고 그 의미의 저 너머를 생각해야 한다. 시가 시로서 역할을 하자면 인정세태의 곡진함을 이렇듯 사소한 데에서 발견하고 그것으로 표현하며 국면을 개척해 나가야 한다. 지난 세대의 탁월한 시적 업적이 "거대한 집단적 정체성을 유지하면서 새로운 독창성을 얻어내기 위해 미세한 것들과 어떻게 싸워가고 있는가"[15]에서 나왔다는 지적은 천금의 무게를 가진다. 미세한 것들과의 싸움은 그만큼 시인의 눈이 정치해지기를 바란다. 그러므로 시에서의 사소함이란 새로운 것을 이끌어내는 예리하고 섬세한 촉각이다. 시인은 감수성을 가지고 사람들이 놓치는 인정(人情)의 기미(機微)를 적확하게 잡아내는 것인데, 그것은 거대한 담론 체계를 띄는 것이 아니다. 우리 문학사에서 시는 거대담론의 틀 걸이 속에 있지 않았다. 오히려 그 틀 걸이로 들어가면 시는 공소(空疏)해지거나 형상화에 실패한 비시적(非詩的)인 면모가 확연히 드러나고 만다.

　사소한 표현이 옛것에서 새로운 것을 찾아낸다. 옛것을 곧 전통이라는 개념어로 대치한다면, 전통을 이어받아 새로운 전통을

---

15) 이영진, 「역사의식과 시」, 『현대시』 1998. 6(한국문연), p.49.

만들어내는 일이 거대한 입론체계여야만 가능한 일이 아님을 우리는 연암의 '법고'와 '창신' 논의에서도 우회적으로 설명 받는다. 그렇게 해서 발견된 새로움은 곧 우리 시대의 거대한 세계를 드러내 보여준다. 그러므로 사소함이 결코 사소함으로 끝나지는 않는다.

서른 안팎의 연암이 '세계는 큰 감옥'이라는 발견자를 오직 자질구레하다는 평가로 단도질 하고 만 데 대한 아쉬움은 적지 않다. 요컨대 당쟁의 와중에 형성된 분파의식과 중인신분의 시인이라는 선입견으로 제 모습을 파악하지 못한 경솔함의 결과였다. 젊은 날의 연암에게는 거대한 세계인식이 큰 과제로 그를 압박해왔던 듯하다. 입신양명(立身揚名)이 지식인의 임무였던 시대에, 그것이 과거시험을 통하지 않고는 가능하지 않음을 분명히 알고 있으면서도 일찌감치 접어버린 연암의 심리 이면에는, 압박을 받은 끝의 조급함이 있지 않았는가 한다. 자질구레한 문제로 시를 쓰고 그것을 보여주며 품평해 달라는 한 중인계급의 시인은 그의 눈에 차지 않았을 것이다.

연암이 "옛것을 본받되 변함을 알아야하고, 새로운 것을 만들어내되 전거를 바탕 삼아야 한다"는 매력적인 문학관을 가지기는 그보다 한참 후의 일이다. 그러기에 그는, 지난날의 반성처럼, 〈우상전〉을 쓴다.

4

 사소하되 사소하지 않음, 곧 사소함의 변증법으로 나는 오늘날 우리 시의 한 정처(定處)를 삼는다. 사소하지 않은 일이 되려면 무엇이 필요한가?

 중심의 해체, 탈이데올로기 등으로 요약되는 포스트모던의 시대에 이즈음의 시는 그 근본적인 뜻을 천착하지 못하고 흔들리는 모습이다. 부숴버리고 벗어나야 할 것은 고착된 이념의 틀, 전제적(專制的)인 계도(啓導)의 폭력이지 상상력과 정서의 우물이 아니다. 최근 우리 시가 80년대의 거대담론을 벗어나는 데 해체주의에서 영향 받은 바 크고 일정 부분 의미를 지니지만, 사소함 그 자체에 빠지고 만 혐의 또한 있다. 일상과 개인의 사소한 일들을 소중하게 건사함으로써 인간의 문제를 보다 크게 해명하는 것이 관건이되, 이를 위해서는 전통과 창조 사이에 놓이는 견결한 이어짐을 충분히 이해해야 할 것이다. 거기서 사소함이 곧 거대함으로 확장되는 계기가 마련될 것이다. 그 같은 의미에서 나는 연암이 세운 바 '법고'와 '창신'의 두 기둥을 말하였다.

 좀 더 구체적인 논의를 위해 이성복(李晟馥)의 〈남해 금산〉을 다시 읽어볼 필요가 있다. 나는 이 작품이, 시인의 의도가 어디에 있건, 사소함과 사소하지 않음의 변증 그리고 현재와 역사의 연결을 보여주는 좋은 예라고 생각한다.

한 여자 돌 속에 묻혀 있었네
그 여자 사랑에 나도 돌 속에 들어갔네
어느 여름 비 많이 오고
그 여자 울면서 돌 속에서 떠나갔네
떠나가는 그 여자 해와 달이 끌어 주었네
남해 금산 푸른 하늘가에 나 혼자 있네
남해 금산 푸른 바다물 속에 나 혼자 잠겼네

이 작품에 대해서는 시집의 해설에서 김현이 "치욕은 죽음의
길에서 지혜롭게 수용되고, 치욕의 누이는 그 수용의 지혜를 보여
주는 설화의 자리가 된다."[16]라고 하여 분석의 선편을 잡은 바
있다. 분석의 핵심은 '치욕'이었다. 이는 〈또 비가 오면〉과 연결
하여 논한 정과리의 분석[17]에서 확대되는데, 다만 이 치욕이 구
체적으로 무엇인지 분명하지 않다. 이성복의 초기 작업부터 그의
시어 속에조차 빈번히 등장하는 치욕스러움은 구체적인 사건에
결부되기보다 시적 분위기에서 찾아지는 것이 아닌가 한다.

그런데 이 작품을 이렇게 떼어놓고 읽어보면 치욕이나 죽음의
흔적은 그다지 강하지 않다. 그의 시 전체를 두고 분석해 나갈
때와 사뭇 다른 분위기를 느끼게 되는 것이다. 그렇게 되면 김현

---

16) 김현, 「치욕의 시적 변용」(해설), 『남해금산』(문학과지성사, 1986), p.96.
17) 정과리, 「이별의 '가'와 '속'」, 『문학과사회』 1989 여름(문학과지성사),
    p.556.

이 "치욕을 당한 누이는 화자의 사랑으로 덮혀져 울면서 떠나간다"[18]고 말한 근거를 찾아내기 어렵다. 무엇이 치욕인지 분명하지 않은 판에 본문의 의미맥락에서 보자면, 그 여자의 사랑에 내가 돌 속으로 들어갔는데 비가 많이 온 다음 여자는 울면서 떠났다고 해석한다면, 혹여 오독이 아닌지 의심스럽기까지 하다. 화자의 사랑이 여자 곧 누이를 덮혀주었다는 상황은 행간에서도 발견할 수 없다. 울면서 떠나는 여자가 곧 누이라는 등식 또한 문제인데, 이성복의 작품이 시집 전체로 하나의 의미망을 구성한다는 점 때문에 출연자를 같은 인물로만 연결시키는 과도한 해석이 작용한 탓은 아닐까. 그 같은 무리를 피하자니 여자를 여자인 채로 놓고 보면서 다른 해석이 시도되기도 하였다.

> 떠난 그 여자와 나는 각기 혼자이되, 또한 혼자가 아니다. 만약 이런 해석과 달리 우리가 '나'의 "혼자" 남겨짐을 강조한다 하더라도, 분명한 것은 '돌' 속의 '나'와는 달리 "남해금산"에 있는 '나'는 이제 모성의 원리가 지배하는 세계를 완전히 전유한 존재라는 사실이다.[19]

---

18) 김현, 위의 글, p.97. 이 점은 최현식도 그대로 수용하고 있다 : "또 다른 치욕("비가 많이 오고") 때문에 '그 여자'는 돌(견딤) 속에서 떠나가지만 어떤 보편적 질서를 상징하는 "해와 달이 끌어"줌으로써 다시 그 '치욕'에 빠지지 않게 되는데, 그것은 나의 사랑 때문에 가능한 것이었다." 「이성복론 -'관계' 탐색의 시학」, 한국문학연구회 편, 『현역중진작가연구2』(국학자료원, 1998), p.151.

이성복의 세 번째 시집으로 넘어가기 전, 이 두 번째 시집의 마지막 작품이 〈남해 금산〉이란 사실을 염두에 두면 '모성의 원리가 지배하는 세계를 완전히 전유한 존재'로서 화자는 분명히 자리매김 된다. 그러나 이 또한 여성화자의 존재의미에 관한한 시집 전체의 맥락 속에서 추구되었다는 점 앞선 논자들과 다르지 않다.

나는 남해 금산의 지역적 유래로부터 시를 다시 읽는다. 남해의 금산에는 보리암이 있고 거대한 바위들로 둘러싸인 이 암자는 우리나라 3대 관음영지(觀音靈地)[20]의 하나로 일컬어지는 바, 이런 지명을 굳이 내세운 저변을 중시하여 관음신앙의 시화(詩化)를 바탕으로 해석해 들어가 보자는 것이다. 시 〈남해 금산〉과 연결시킬 수 있는 직접적인 조건은 산의 정상에 우뚝 우뚝 솟은 바위와 그곳의 보리암이 관음사찰이라는 점이다.

서기 683년(신라 신문왕 3년) 원효는 이곳에 초당을 짓고 수도하였는데 관음진신(觀音眞身)을 친견(親見)하고 보광사라는 절을 짓는다. 이 절의 이름을 보리암으로 고친 것은 1660년(조선 현종 1년)이다. 그런데 우리 불교설화에서 관음진신은 여자의 모습으로 현신(現身)한다는 공통점을 지니고 있다. 『삼국유사』에서, 원효가

---

19) 최현식, 앞의 글, 같은 부분.
20) 관음진신을 친견하고 난 다음 그 이적으로 세워진 절을 말한다. 동해안의 낙산사(양양), 서해안의 보문사(강화) 그리고 남해안의 보리암이다.

처음 관음진신을 친견하려다 실패한 낙산사의 관음진신은 빨래하는 여자와 벼 베는 여자로 등장하고 있고, 향가 〈원왕생가(願往生歌)〉의 주인공 광덕의 처는 19응신(應身)의 하나인 관음이며, 천한 노비로 태어나 근실히 수행하여 서승(西昇)한 욱면이라는 계집종도 기실 관음진신의 현신이었다. 노힐부득과 달달박박에게 찾아온 길 가던 여자 또한 그렇다. 굳이 여자인지 여기서 자세히 설명하기란 어울리지 않지만, 통상적으로 그들은 조력자로서 임무를 수행하고 있다.21) 신라시대에 널리 퍼져 있었던 미타신앙의 한 줄기로, 수행자들은 염불이나 공덕을 통해 아미타 세상에 가기를 근실히 기원하는데, 여기에 도움을 주는 존재가 관음진신들이었던 것이다.

이성복의 〈남해 금산〉에서 한 여자는 돌 속에 묻혀 있다. 그리고 그의 사랑으로 화자가 돌 속으로 들어가는 구도는 불교설화 속에서 수행자에게 나타나는 관음진신의 그것과 매우 닮았다. 돌 속의 여자는 관음진신이며 화자의 조력자로 설정되었다고 보는 것이다. 그런데 여자가 울면서 떠나갔다. 무언가 불길한 상황이

---

21) 한 예로 노힐부득과 달달박박의 이야기는 대강 이렇다. 두 사람은 친구이다. 근실히 수행하여 아미타 세상에 태어나자 약속하고 각각 암자를 정해 거처한다. 어느 날 밤 한 여자가 길을 잃고 박박의 암자로 찾아든다. 그러나 원칙주의적인 박박은 여자를 들일 수 없다며 거절한다. 여자는 부득의 처소로 가는데, 부득은 '중생을 따르는 것도 부처님의 길'이라며 빈방을 내준다. 그런데 사실 이 여자가 두 사람을 시험하러 온 관음보살이었다.(『三國遺事』, 「塔像」, 〈南白月二聖 노힐부득 달달박박〉)

지만 왜 떠났는가는 분명하지 않고 '어느 여름 비 많이 오는 날'이라는 배경만 묘사되고 있다. 떠나는 여자를 해와 달이 끌어주었다는데, 이를 "해와 달, 다시 말해 자연이나 세월이 이끌어준다는 점에서 그 여자의 모습은 설화적"[22]이라는 지적은 중요하다. 그러나 여기서 해와 달은 단순한 설화 속의 그것이 아닌 관음설화와 관련된 어떤 존재가 아닌가 한다. 여자는 해와 달이 끌어주는 전능적인 존재이다. 화자는 그 여자의 도움을 받고자했으나 실패하고 있다. 왜 실패했을까? 어느 비 많이 오는 날이었다는데, 이는 무엇을 암시하는가? 아상(我相)에 사로잡혀 끝내 진신을 알아보지 못했다는 것인가?

여기서부터 설화의 변용이다. 전형적인 불교설화의 구도를 비켜나서, 실패한 것 같으나 실패하지 않은 화자의 인식세계를 그린다. 혼자 남았지만 혼자남음의 쓸쓸함 대신 푸른 하늘이나 푸른 바닷물처럼 명징한 세계의 자신을 발견하고 있다. 그러므로 떠나는 여자의 울음은 실패에 따른 슬픈 울음이 아니다. 화자는 전통적 불교설화에서 걸어 나와 그 세계의 변용된 현재에 눈뜨는 것이다. 설화의 시대를 흘려보낸 다음에 태어난 시인의 운명으로 바라보는 현실세계의 형상이다.

나는 기본적으로 〈남해 금산〉이 그린 세계가 매우 사소한 데

---

22) 김현, 위의 글, p.97.

서 출발했다고 본다. 〈남해 금산〉의 주제가 치욕의 그것이라 할지라도 거기에 그려지는 세계의 출발은 언제나 사소한 일상이다. 그런데 그 같은 일상이 설화로 찾아가는 역사의 저 뒤안에 서성거린다. 그리하여 몇 줄의 시를 가지고 심상치 않은 세계의 논리를 소화하고 있다. 사소하되 사소하지 않음, 곧 사소함의 시적 변증법이다.

19세기 漢文敍事詩의 리얼리티와 近代性

─李建昌*의 〈田家秋夕〉 분석

1. 머리에 : 근대의 端初

연세대출판부가 간행한 『담원정인보전집』[1]은 도합 6권에서
위당(爲堂) 평생의 학문적 온축이 고스란하지만 상당한 경비가 안

---

* 李建昌(1852~1898) 본관은 전주. 아호는 寧齋, 당호는 明美堂. 이조판서인 小
論의 沙磯 李是源의 손자이며 증이조참판인 象學의 아들. 할아버지가 개성유수
일 때 유수 관아에서 태어나 출생지는 개성이지만 선대부터 강화도에 살았다. 열
다섯에 문과에 급제하고 열여덟에 옥당에 들었으며 스물세 살에 사행의 서장관으
로 중국을 다녀왔다. 스물네 살에 충청도 암행어사를 나가고 서른한 살에는 堂上
通政에 올랐다. 참판급에 해당하는 한성소윤, 함경도 안핵사, 동부승지 등의 벼
슬을 차례로 했는데, 갑오경장이 일어나자 일체의 벼슬을 사양하고 고향인 강화
도로 내려가 가업으로 계승되던 양명학의 연구에 몰두했다. 1895년 그의 나이 마
흔 네 살 때였다. 고종황제가 고향인 해주관찰사를 제수했지만 이를 거부하여 고
군도로 유배를 가게 되었는데 여기서 돌아온 이듬해인 마흔 일곱에 세상을 마쳤
다. 내년은 이건창의 사후 100주년이 되는 해이다. 어머니의 3년상을 치르던 서
른세 살 무렵부터 저술한 『黨議通略』은 정약용의 『목민심서』에 버금가는 대저이
다. 사후 묶어진 문집 『明美堂集』이 전한다.

1) 鄭寅普, 『薝園鄭寅普全集』(연세대출판부, 1983). 담원 또한 정인보의 호
이지만, 이 글에서는 위당으로 부르겠다.

팎으로 들었으리라 짐작되는 전집에서도 화보는 초라하기 그지 없어 전후 열장을 넘지 않는다. 그 가운데서 위당의 열일곱 살 경으로 보이는 가장 어린 사진은 제2권에 실렸는데, 흰 두루마기에 정자관을 쓴 모습이 아연 우리의 시선을 끄는 것은 그 생애와 관련된 어떤 사건 때문이다. 바로 이 해에 위당은 단발(斷髮)을 한다. 그러니까 사진은 그가 구식 복장을 한 최후의 모습을 보여 준다.

위당이 서울의 회동 집을 떠나 충청도 진천으로 옮긴 것은 1903년 그의 나이 열한 살 때였다. 저간의 사정을 복잡하게 옮길 지면이 허락하지 않지만 이미 기울어가는 나라의 형편과 궤를 같이하고 있었다. 열세 살에 장가를 들었는데 정작 신행을 차린 것은 열여섯 살, 그리고 그 이듬해 다시 서울로 올라와 머리를 자르고 신식 차림을 하는 것이다. 1909년, 경술국치(庚戌國恥)를 한 해 앞둔 시점이었다.

무슨 이유가 거기에 개재되는 것일까? 머리를 자른다는 상징적 의미에 대해서는 이미 부언이 필요 없지만 성년을 앞두고 이미 혼례까지 치른 그가 신식으로 옷차림을 바꾼 데에는 어떤 필연이 있을 터이다.

공자(孔子)가 말한 서른 살의 의미를 위당에 와서 열여덟 살로 끌어 내린 것은 그의 제자 민영규(閔泳珪) 선생이다. '하나의 가치의 결정'2)이 판단의 근거이다. 결정이란 그가 단발을 한 이듬해

난곡(蘭谷) 이건방(李建芳)3)의 문하에 들어가 제자가 된 사건을 두고 이름이다. 사실 이 일은 단발과 더불어 바야흐로 스무 살을 바라보는 위당에게 일어난 의미심장한 사건인데, 이건방은 하곡(霞谷) 정제두(鄭齊斗)로부터 시작한 이 나라 양명학(陽明學)의 계보를 잇는 마지막 사람이었다. '마지막'이라는 극한의 표현을 쓴데는 그만한 사정이 있다. 조선의 양명학이라면 무슨 거창한 계보처럼 들리지만, 주자학에 코를 박고 다른 학설이라면 모조리 이단시하던 조선조의 분위기에서 실상 미미한 세력이었거니와, 그나마 19세기 말에 들어 이른바 강화학파(江華學派)로 명명된 일군의 인물들로 인해 상당한 번성을 이루기는 했다. 그 대표적인 인물이 이건창(李建昌), 이건승(李建昇) 형제와 재종형제였던 이건방 그리고 황현(黃玹)과 이시영(李始榮) 등이다. 다만, 19세기 지식인 사회의 한켠을 넉넉히 담당한 이들이 강화도 벽지 사기리 골방에 모여 양명학을 강독하며 시대의 새로운 사상을 익혔음을 우리는 지금까지 과소평가해 왔다. 그런데 어이 이다지 아쉬운 일인가. 이건창은 1898년 세상을 등졌고, 황현은 한일합방의 치욕을 끝내 삭이지 못하고 자결하였다. 이건승은 이시영 등과 더불어 황현이

<hr />

2) 閔泳珪,「爲堂 鄭寅普先生의 行狀에 나타난 몇 가지 문제:實學原始」,『江華學 최후의 광경』(우반, 1994), p.73.

3) 李建芳(1861~1939) 이건창의 재종형제. 호는 蘭谷. 별달리 벼슬을 지내지는 않았고 종형인 건창을 따라 양명학을 배웠는데, 참된 선비의 도리를 밝힌 글 「原士」가 유명하다. 문집으로『蘭谷存稿』가 전한다.

자결하던 무렵 만주로 떠난다. 남은 이는 오로지 이건방 하나였다. 새로운 조류를 이루어 시대의 이념으로 떠오를 수 있다는 포부는 사라지고, 오직 명맥만 유지해야 하는 책임은 오로지 그에게 있었거니와, 거기에 홍안의 소년 위당이 나타난다. 마음은 형제들과 더불어 만주로 달아나 있었던 이건방이 "내 생애에 남길 일이란 오직 그대 하나일 뿐[一生惟汝在]"[4]이라는 탄식을 위당에게 보내는 편지에 적고 있다.

단발한 위당은 이건방의 문하에 들어 양명학의 세례를 받는 것인데, 이건방은 기실 구한말 이 나라의 우뚝한 문장가 이건창의 대리자였다. 나는 이 계보에서 다름 아닌 우리의 근대를 읽는 한 단초를 발견하고 있다.

2. 李建昌과 江華學派

김택영(金澤榮)은 망명지에서 『여한구가문(麗韓九家文)』을 엮는다. 다분히 중국의 당송팔가문(唐宋八家文)을 의식한 이 책에 김택영의 눈으로 뽑힌 동국의 문장가 아홉 가운데 마지막을 이건창이 장식하고 있다.[5] 자타가 공인하듯 조선 최고의 문장가로 박지

---

4) 李建芳, 「書寄鄭景施」, 『蘭谷存稿』, 卷一.
5) 실린 사람은 다음과 같다. 김부식, 이제현, 장유, 이식, 김창협, 박지원, 홍석주, 김매순, 이건창. 고려에서 두 사람을, 나머지는 조선에서 뽑은 것도 당나라 두 사람을, 나머지는 송나라에서 뽑은 唐宋八家文과 비슷하다.

원(朴趾源)을 꼽지만, 이건창이 거기서 뒤지지 않는다는 점을 김택영은 자주 언급하고 있다. 서른세 살, 돌아간 어머니를 위해 지은 〈선모숙인 파평윤씨행략(先母淑人坡平尹氏行略)〉은 그 가운데서 대표적인 글이다.

이건창은 생애에 도합 세 번 귀양살이를 한다. 처음은 스물네 살(고종12년, 1885)에 충청도 암행어사로 내려가 조병식(趙秉式)의 탐학을 처벌하다 중앙관계와 연결된 그의 역습에 넘어가 당했고, 다음은 마흔두 살(고종 30년, 1893) 가을에 동학민란의 처리 관계로 어윤중(魚允中)과 시비 끝에 전라도 보성으로 간 것이었으며, 마지막은 해주관찰사와 고군도(古群島) 유배의 둘 가운데 하나를 택하라는 고종황제의 엄명에 후자를 택한 마흔 여섯 살 때의 일이다. 3개월의 귀양살이에서 돌아온 이듬해 이건창은 마흔 일곱의 나이로 세상을 뜬다.

세 번의 유배가 그에게는 모두 그 나름의 의미를 가지고 있다. 첫 유배지에서 이건창은 〈전가추석(田家秋夕)〉이라는 작품을 남긴다. 이 글에서 분석할 대상인 이 작품은 이건창의 눈에 발견된

唐宋八家가 논란의 대상이 되듯이 麗韓九家라는 것도 김택영의 개인적 취향이 많이 반영되어 있지만, 그 마지막을 이건창으로 장식했다는 사실만 주목하기로 하자. 이 책은 나중 김택영의 제자인 왕성순이 그의 스승의 글을 보태 『麗韓十家文抄』로 중간하였다. 이건승이 만주로 망명하기를 준비하며 개성에서 숨어 지내던 곳이 바로 왕성순의 집이었다. 중간본의 서문을 쓴 이는 梁啓超이다.

민중의 풍경이었으며, 당대 지식인 시인의 시적 리얼리티를 한 차원 높이고 있다. 두 번째 유배지 보성에서는 남도 일대의 뜻 있는 선비들을 두루 만나는 계기를 얻는다. 이미 황현과는 오랜 교분 관계에 있었지만, 유배지 보성에서 멀지 않은 곳이 고향인 그와의 교유가 더욱 돈독해진 것은 이 유배와 관련이 있다.6)

세 번째 유배와 관련해서는 보다 긴 설명이 필요하다. 두 번째 유배에서 돌아온 이건창은 서울생활을 청산하고 강화도 사기골의 향리로 돌아간다. 갑오경장이 일어나던 해 봄이었다. 열다섯 살 소년이 문과 급제를 하자 조선 오백 년 최연소의 급제자에게 조정에서는 무슨 벼슬을 주어야할 지 몰랐었다고 한다. 3년을 기다려 열여덟에 기거주(起居注)로 옥당(玉堂)에 나아간다. 이후 그의 벼슬생활은 탄탄하기도 하면서 끊임없는 적들과의 투쟁이었다. 청렴결백한 데다 지나치게 까다로운 일면도 있어 가까이 하려는 사람이 적었다고 한다. 마흔을 넘기면서 이건창은 벼슬에 염증을 느꼈을 뿐만 아니라 그보다 더 중요한 일이 있음을 통감했다. 기식(氣息)이 엄엄(奄奄)해진 양명학의 계보를 잇는 것이었다. 몇 사람의 동지와 더불어 향리 사기골로 내려갔으니, 그들이 모여 강

---

6) 교분한 인사 가운데는 광주의 雲藍 鄭鳳鉉이 있다. 필자는 최근 후손을 통해 雲藍이 이건창과 수차례의 서신왕래를 통해 학문적 의견교환을 한 것으로 확인하였다. 雲藍은 현해탄에서 가수 윤심덕과 함께 자살한 근대 희곡문학의 거장 金祐鎭의 장인이다. 雲藍은 사위 김우진의 일본 유학을 적극 주선하였다고 한다.

론을 펼쳤던 강화도의 이 작은 집에서 불과 이십여 리 거리에 정제두의 묘가 있었다. 고종 황제가 벼슬을 할 테냐 귀양을 갈 테냐 반 협박조로 나왔어도 이건창은 끝내 결심을 돌이키지 않았다. 세 번째 유배는 그렇게 벌어진 사건이었다.

이건창의 본질을 설명하자면 다음과 같은 글에 답하는 것으로 대신할 수 있다.

> 미상불 영재장(寧齋丈)은 완고하다. 보수적이고 배타적인 일면도 없지 않아 보인다. 그는 한사코 단발령에 반대했다. 그리고 갑오경장(甲午更張)을 용서하지 않으려던 것처럼 동학(東學)의 민란(民亂) 역시 엄단하기를 주장했다. 과연 영재장(寧齋丈) 이건창(李建昌)은 그저 완고하기만 했을까.[7]

물음 뒤에는 당연히 그렇지 않다는 결론부터 밝히고 시작해야 할 것 같다. 오늘날 학계에서 이건창의 문장과 양명학과 관련된 그의 사상을 높이 평가하다가도 주춤하는 결정적인 이유가 여기에 있다. 이건창은 동학민란을 받아들이지 않았다. 어윤중과의 다툼이란, 농민들의 반란이 지방 관리들의 가렴주구(苛斂誅求)에서 발단한 것임을 익히 알면서도, 관아(官衙)의 기강이 해이해져 철저히 대응하지 못한 데 대한 처벌을 놓고 벌어졌다. 이건창은 관(官)과 민(民) 양쪽 모두의 엄벌을 주장했다. 이 점 황현이나 그

---

7) 閔泳珪, 「李建昌」, 앞의 책, p.91.

양명학 동지들도 마찬가지였다. 그런가하면 갑오개혁세력에 대해서는 더욱 비판적이었다. 그들의 태도는 "아닌 밤중에 일본 군대가 기습해 들어와서 서울의 요소와 궁궐의 안팎을 점령한 것이 무엇이 그리 경사라고 이리 뛰고 저리 뛰며 나라 체모를 뜯어고친다고 하니 이것이 욕이 아니고 무엇이겠느냐"[8]는 말로 요약된다.

그렇다면 무엇이었을까? 이건창이 견지한 태도에서 우리는 무엇을 긍정적으로 받아들일 수 있을까?

이건창은 할아버지 사기(沙磯) 이시원(李是源)으로부터 양명학의 요체를 "일의 성패(成敗)가 문제가 아니다. 동기(動機)의 순수성 여부가 문제일 따름이다. 질(質)의 참됨만이 네가 갈 길이다. 결과의 대소고하(大小高下)는 물을 바가 아니다"고 물려받고 있었다. 위당은 양명학을 한마디로 '심학(心學)'이라 규정하고 "오직 자심(自心) 은미한 속에 스스로 체험하여 그 합부(合否)를 생각하라"고 이른다. 심학(心學)은 "우리의 마음이 타고난 그 본밑대로 조그만 협사(挾詐)가 없이 살아가려는 공부"라는 것이다.[9] 그런 이건창에게 나라의 기강은 무엇보다 중요한 것이었고, 나라를 판

---

8) 閔泳珪, 앞의 책, p.36에서 재인용.
9) 鄭寅普, 「陽明學演論」, 앞의 전집 3, p.124. 양명은 理氣二元을 근본으로 설명하는 朱子學과 다른 길을 걸었다. 心은 곧 理이니 知行合一에서 근본취지를 이룬다. 이 대목을 양명은 "知는 곧 行이라 알았다 하자. 알기는 하였으되 行하지는 못하였다 할진대 그 알았음이 참 앎이 아니니 알기 곧 있을진대 行이 곧 거기 있을지라."고 설명한다. 범박하게 보자면 이는 栗谷의 實心과 통한다. 조선조 후기의 실학에 대해서도 개념상의 재정립이 필요하다.

돈으로 도박을 하려는 무리들은 사기꾼에 불과했다. 갑오경장 이후 그에게 내려지는 숱한 벼슬자리를 물리치고 고향으로 돌아와 양명학의 강론에 몰두하는 그의 모습은 고집스럽게 지켜야 할, 또는 새로운 이념체계를 세워야 할 때의 고심(苦心)으로 보인다.

그러나 그에게서 어떤 완성은 이루어지지 않았다. 그러기에는 그의 생애가 너무 짧았다. 다만 강화도 토론의 방에는 그가 가장 아끼던 재종형제 이건방이 있었다.

3. 〈田家秋夕〉의 劇的構成과 리얼리티

남겨진 작품 가운데 이건창의 고시(古詩)를 한문서사시(漢文敍事詩)로 분류하는 바 우리의 주목을 끄는 것은 다섯 편이 있다. 곧 〈전가추석(田家秋夕:시골의 추석)〉, 〈협촌기사(峽村記事:산골의 일을 적다)〉, 〈숙광성진기선중새신어(宿廣城津記船中賽神語:광성진에서 자며 배에서 하는 비나리를 적다)〉, 〈연평행(延平行)〉, 〈한구편(韓狗篇)〉이 그것이다. 서민의 삶에서 취재한 소재에다 이야기가 내재하는 형식으로 진행되는 작품들이다.

이 같은 시의 양식은 이미 두보(杜甫)의 '삼리삼별(三吏三別)'에서 한 전형을 얻고 있다. 조선조에 들어와 두보가 급격히 부상되면서 위민시(爲民詩)의 전통으로 굳어졌는데, 아마도 가장 주목할 업적을 내기는 다산(茶山) 정약용(丁若鏞)일 것이다. 물론 정약용은 이건창의 이른바 강화학파 가운데 끼이지는 않는다. 그러나 이건창의 조부 이시원이 정약용을 흠모하고 그가 지은 『목민심서(牧民心書)』를 교과서처럼 애독하며 정치와 수신의 교본으로 삼았다거나 손자에게도 그의 이름을 자주 일컬었다는 기록[10]으로 서로의 관계를 알 수 있다. 이건창은 정약용이 두보를 비의(比擬)하여 지은 '삼리삼별(三吏三別)'과 〈애절양(哀絶陽)〉같은 작품의 영향을 받았으리라 보인다.

이 가운데 가장 뛰어난 〈전가추석〉을 분석해 보기로 한다. 이 작품은 이건창이 스물여섯 살(1877)에 지었다. 그 전 해 곧 병자년에 충청도 암행어사를 나가, 황현의 표현을 빌리면, 샘물이 모두 마르고 백성들은 입을 다문 채 죽기만 기다리고 있는 처참한 형국[11]을 보고 돌아 왔었다. 시는 크게 두 부분으로 나뉘어져 있다.

서울은 잘 사는 땅이라	京師富貴地
철마다 좋은 절기도 많지만	四時多佳節
시골은 가난한 사람만 모여	鄕里貧賤人

---

10) 閔泳珪, 「爲堂 鄭寅普先生의 行狀에 나타난 몇 가지 문제」, 앞의 책, pp.82~83. 여기서 閔 선생은 더 적극적으로 다산을 오늘날의 다산이 되게 한 공이 강화학파에게 있다고 주장한다 : "고독했던 茶山의 최초의 발견자이자, 가장 가까운 사이의 이해자였고, 그리고 가장 알뜰한 전승자가 되어 준 것이 다름아닌 江華學派 계열 또는 그 영향하에 이뤄진 것이었음을 열거하기에 그렇게 어려운 일은 아닐 것이다."

11) 黃玹, 『梅泉野錄』, 권一.

추석밖에 다른 날 없네   莫如仲秋日

가을이라 한낮은 햇빛이 맑게 빛나고   秋日揚明暉

밤이 되니 밝은 달 떴구나   秋宵有明月

이 풍경 진실로 아름답지만   風景固自佳

우리들 위해 베풀어지진 않은 것…(1)   非爲我輩設

보아라, 사방으로 뻗은 들판에   但見四野中

여무는 곡식 알알이 드리우는데   嘉穀正垂實

올벼쌀 벌써 타작마당에 오르고   早禾已登場

또한 콩이야 팥이야 거두고   豆菽亦採黏

마당가에선 해바라기 씨 터는가   中庭剝旅葵

뒤뜰에선 알밤을 깐다네   後園摘苞栗

둥싯한 질화로   團團土火爐

부채로 바람 일어 마른 등걸 불피우고   吹扇紅菁檾

밥 짓고 국 끓여   煮飯作羹湯

온 가족 먹고 마시기 한바탕…(2)   大家劇簌饕

배 부르면 기분도 살아나   一飽便意氣

저마다 한마디씩 와자지껄하네   散漫雜言說

지난 해 큰 흉년엔   去年大凶年

거의 죽은 목숨 살길이 없었지   幾乎死不活

올해는 대풍년   今年大豊年

하느님 우리를 죽이시지는 않는구먼   天意固不殺

배가 북처럼 컸으면   恨不腹如鼓

입이 둘로 갈라져 있었으면   恨不口雙裂

한 번에 열흘 치 해치우더라도	一食十日糧
주린 배 실컷 채워보자…(3)	快意償歉簇
어르신네 아랫목에 있더니만	父老在上座
그만 떠들라 하시고는	呼語勿亂骰
사람살이 어렵고 괴로우니	民生實艱難
세상 이치가 차고 넘치지만 않을게야	物理忌盈溢
오늘 마음껏 배부르다고	莫以今醉飽
굶주리던 옛날 행여 잊어선 안될 일	惑望舊飢渴
나 같은 늙은이 경험으로 친다면	吾老頗經事
너무 먹다간 배탈 난단다…(4)	過食則生疾

   첫 연이다. 서른여섯 줄의 오언고시 형식을 갖춘 이 부분[12]은 분석을 위해 임의로 갈라보자면 크게 네 대목으로 나뉜다.

   첫 대목은 시골의 추석이 백성들에게 어떤 의미로 다가오는가를 서울과 비교하여 간명하게 밝힌 다음, 아름다운 가을 풍경을 읊었는데, '우리들 위해 베풀어지진 않은 것'이라는 마지막 줄에서 아연 긴장감을 조성한다. 이 시가 지닌 큰 장점이다. 전체적으

---

12) 이 부분을 林熒澤 교수는 다음과 같이 해설하고 있다. "무서운 재난을 겪고 나서도 강인하게 살아남은 농민들이 재기하여 부지런히 농사를 지어 풍년을 구가하는 내용이다. 마침 추석 명절을 맞은 농부들의 풍년의 환희와 삶의 생기가 편폭에 넘쳐나고 있다. 특히 모처럼 풍성한 음식상을 앞에 놓고 무지근 먹어대는 장면은 인정의 묘미요 재미다. '너무 먹다간 배탈나느니'라는 노인의 말씀에서 농민의 질박하면서도 충직한 생활의식을 엿보게 된다." 林熒澤 편역, 『李朝時代敍事詩』 상(창작과비평사, 1992), p.301.

로 평온하면서 추석의 들뜬 분위기를 유지하지만, 꼭 필요한 곳에 가서 역전시키듯 돌려 치는 구절은 시의 긴장감을 유지하게 할 뿐만 아니라 사실적 묘사에도 크게 기여한다.

둘째 대목에서 시인은 가을걷이에 바쁜 농촌의 풍경을 빠른 템포로 전환시키며 묘사하고 있다. 들판, 타작마당, 밭, 마당, 뒤뜰로 바뀌는 장면은 온통 마을이 추수로 손 쉴 틈 없이 분주하다는 표현일 것이다. 그런 다음 마른 등걸로 불을 피운 질화로에서 밥과 국이 끓고 있는 장면으로 넘어가는 데에서 드디어 더욱 진한 사람의 냄새가 피어오른다. 시골은 '추석밖에 다른 날 없다'는 첫 대목에서의 선언적 규정이 여기와 구체적인 묘사를 적실히 얻는 셈이다.

이미 풍성히 거두는 곡식에 배가 불렀거니와, 밥 짓고 국 끓여 한바탕 먹고 난 다음이니, 오랜만에 기운을 얻은 이들은 저마다 한마디씩 한다. 셋째 대목이다. 큰 흉년을 겪은 지난해에는 이제 모두 죽었다 했는데, 올해엔 풍년이 들었으니 농민들로서야 하늘이 원망스러웠다가도 이제는 언제 그랬냐싶기만 하다. 다만 이런 기회가 자주 오지 않는 법, 있을 때 흠뻑 누리게 배가 북처럼 크고, 먹을 때 빨리 해치울 수 있도록 입이 두 쪽으로 벌어져 있지 않음만 한탄스러울 뿐이다. 그들의 고통이 얼마나 큰 것이었으며, 그러면서도 그들의 소망이 얼마나 소박한 것인가를 시인은 역설적으로 묘사해 놓고 있다.

넷째 대목에 가면 흥청거리는 분위기가 추슬러진다. 역시 나이 많은 경험 많은 노인네의 한마디가 곁들여질 차례이다. 날마다 오늘 같으면 얼마나 좋으랴만, 굶주림은 언제 다시 찾아올지 모르는 법, 좋아만 말고 배탈이나 나지 않도록 조심하라 이른다.

첫 연은 비록 가난한 살림살이 끝의 사람들이 가진 피해의식이 바탕을 이루고 있지만 흥청거리는 가을걷이 끝의 분위기가 잘 나타나 있다. 우리는 거기서 시인이 설치한 하나의 복선만 잊지 않고 있으면 된다.

앞마을에선 막걸리 거르고	南里酯白酒
뒷마을에선 황소 잡는데	北里宰黃犢
오직 한곳 서촌의 이웃집에	獨有西隣家
섧디 섧게 밤새도록 곡소리	哀哀終夜哭
누가 그리 슬프게 우는가	借問哭者誰
유복자 끌어안은 과부라네…(1)	寡婦抱遺腹

서방님 세상에 살았을 적엔	夫君在世日
두 식구가 한 집을 지켜	兩口守一屋
문앞의 멍석만한 땅 가지고	門前一席地
일년 농사 근근히 죽이라도 끓였건만	歲收僅糜粥
지난해 가을엔 이른 서리 내려	去年秋早霜
빗자루로 마당을 쓴 듯 반톨 콩도 없었다오…(2)-1	掃地無半菽

겨며 밀기울에 소나무 껍질을 섞어도 　　糠籺雜松皮

겨울나기 턱도 없었는걸 　　　　　　過冬猶不足

봄이 오자 있는 집에 가서 　　　　　春來向富人

두 손에 움켜쥘 만큼 나락을 얻어…(2)-2 　乞禾得滿踘

한톨이라도 입에 넣기 아까워라 　　　一粒惜不嚥

고스란히 두었다 종자로 썼었지 　　持爲種田穀

기력은 날로 약해지고 　　　　　　氣力日以微

위장은 날로 오그라붙고…(2)-3 　　腸胃日以縮

이렇듯이 함께 굶었어도 　　　　　同是一般飢

내사 나무처럼 질긴 몸이던가 　　妾何頑如木

나는 간다 서방님 떠나시니 　　　却送夫君去

앞산 기슭에 가신 님 묻었다오…(2)-4 　去埋前山麓

묻힌 사람 그이 뼈는 썩어가는데 　埋人人骨朽

심은 곡식 그 알곡은 익어간다네 　種穀穀頭熟

곡식 익어 무엇하리 　　　　　　穀頭熟何爲

문닫아 차마 볼 수 없구나…(2)-5 　閉門不忍日

언제라도 마음 먹고 따르자 해도 　卽欲決相隨

기어 다니는 이 아이 어찌하리 　奈此兒匍匐

아이 비록 제 아비 알지 못해도 　兒雖不識父

서방님 오직 한 혈육인걸…(2)-6 　猶是君骨肉

아이 안고 영전에 혼잣말 　　　　抱兒向靈語

기가 막혀 그 말씀도 잇지 못하는데 　氣絶久不續

홀연히 들이닥쳐 문 두드리는 아전들 　忽驚吏打門

세곡 받으러 왔네 외치누나…(3) 　叫呼覓稅粟

둘째 연이다. 이 부분[13]은 첫 연과 마찬가지로 서른여섯 줄의 오언고시이지만 내용상으로는 크게 세 대목으로 나누면서 그중 둘째 대목은 그 안에 여섯으로 갈라보았다.

결론부터 말하자면 이 시는 결국 두 번째 연에 초점이 맞추어져 있다고 보아야 할 것이다. 첫 연의 추수하는 농촌 풍경이 유독 더 활발하게 묘사된 데에는 그 뒤에 감추어진 비극적인 상황을 돋보이게 하자는 의도로 보인다. 그 분위기는 이를테면 다음과 같이 잡아나갈 수 있다.

시골 농가에선 명절이래야 일년 열두 달에 추석날 하루가 있을 따름이다. 한 해 동안 굶주렸던 배를 마음 놓고 채울 수 있는 날이 이 날 하루이기 때문일 것이다. 앞마을에선 막걸리를 거른다 뒷마을에선 황소를 잡는다 밥이야 국이야 법석들인데, 서쪽 마을 저만큼 오두막집 한 채에선 젊은 여인의 울음소리가 연기 새듯 들려 나온다. 유복자 어린 것을 무릎위로 끌어안으며 지난 여름을 넘기지 못하고 죽어간 남편을 생각한 것이다.

모진 흉년의 지난 한 해를 밀기울과 송쿠로 보내고 초봄에 씨앗한다고 어디서 구했던지 벼 한 줌을 움켜쥐고 사립문을 들어

---

13) 이 부분에 대한 林熒澤 교수의 해설은 이렇다. "화폭이 슬프고 어둡게 바뀐다. 유복자를 안은 청상과부의 사연이다. 배고파 죽을 지경에도 결코 종자를 먹지 않고 간수하여 뿌리고 가꾸다가 마침내 기진해 쓰러진 농부, 그야말로 우리 농부의 전형이다. 그리하여 거둔 결실로 남편의 영전에 제사를 지내다가 통곡하는 여인의 이야기는 더없이 애절하면서도 깊이 감동을 주고 있다." 林熒澤, 앞의 책, p.302.

서며 바들바들 떨던 그 손. 이 씨앗 한 알인들 굶주린 창자를 달랠세라 한되지기(一升落) 아닌 한줌지기 논배미에 심어 놓고 죽어간 내 남편. 한 해 한 겨울 굶주리기는 부부가 일반이었건 만, 이 몸은 나무토막이던가 남편 따라 죽지도 않고 살아 남아서 오늘이 추석이라네. 아기야. 누렇게 익은 저 황금물결의 주인은 지금 어디에.

그나마 이런 시름도 더 계속되지 못한다. 난데없이 달겨든 나으리들이 세속 받을 것 있다고 문짝을 발로 차며 호통치는 서슬의 푸름이어.[14)

슬픔은 '황금물결의 주인'이 부재한다는 사실이다. 첫 대목의 처음 두 줄에서 앞 연의 분위기를 요약하여 이어받지만, 곧장 섧디 설운 곡소리로 강렬한 대비를 이루는데, 둘째 대목은 그 설운 사정을 직접화법으로 장황히 전개하여 나가고 있다. 모두 여섯 장면이다.

첫 장면은 지난 해 가을로 돌아간다. 젊은 부부는 근실히 살아가며 생계를 유지하고자 하나 이른 서리는 무참히도 생활을 짓밟고 만다. 둘째 장면은 봄으로 옮겨간다. 다시 뿌려야 할 씨앗 한 줌 얻어오는 모습이며, 다음 장면에서 한 톨도 입으로 넣지 못하는 모습은 농민의 심정을 여실히도 묘사한 것이다. 그런 마련이니 넷째 장면에 오면 결국 남편은 죽고 마는데, 부인이 자신을 '나무

---

14) 閔泳珪, 「李建昌의 詩世界」, 앞의 책, pp.20~21.

처럼 질긴 몸'이라고 자학하듯 내뱉지만 그것은 아마도 이미 뱃속에 자리 잡은 핏덩이를 보전하려는 모성애의 끈질긴 투쟁이었을 터이다. 이어지는 다섯째 장면은 이 작품에서 절창이라 할 만하다. '매인인골후(埋人人骨朽)/종곡곡두숙(種穀穀頭熟)'의 절묘한 대비는 사무친 부인의 통한을 보여주면서 나아가 사람살이의 덧없음까지 의미는 확대되고 있다. 누렇게 익은 곡식은 다름 아닌 죽은 남편의 뼈를 거름으로 자란 것이려니 어찌 즐거운 마음으로 바라나 볼 수 있겠는가? 마지막 장면은 유복자로 태어난 아이를 안고 부르는 마지막 통곡이다. 남편은 비록 죽었다고 하나 그의 오직 한 혈육을 굳은 마음먹고 키우리라는 다짐을 해볼 뿐이다. 그것은 내일에 대한 하나의 희망이기도 하다.

그러나 그 같은 마지막 희망이 다시 무참히 깨지면서 시는 파국으로 치닫는다. 셋째 대목이 그렇다. 흉년은 하늘이 내리는 것이니 어쩔 수 없다 하더라도, 그들을 더욱 고달프게 만드는 것은 세금 받으러 오는 관리들의 횡포이다. 이쯤 되면 도대체 나라란, 관리란 무엇인가를 심각히 회의하게 된다. 백성을 하늘로 삼고, 그들이 곧 주인이라고 가르치는 것은 저 경전 속의 이론에 불과하다. 현실생활에서는 오히려 해롭고 짐만 되는 존재가 나라요 관리이다. 시인은 고달픈 백성의 생활을 묘사하면서 기실 저 깊은 속에 숨은 시대의 모순을 끌어내 함께 통곡하고 있다.

이건창의 〈전가추석〉이 거둔 문학적 의미가 여기에 있다. 그는 결코 과장하거나 흥분하지 않는다. 매우 사실적인 필치, 이것은 근대 문학의 형상성과 매우 가까이 가 있는데, 전통적 위민시의 관습적 묘사가 여기서 한 단계 올라서 있음을 우리는 확인하게 된다. 이건창이 영향 받았을 바로 앞 세대 시인 정약용도 그의 대표작 〈애절양〉 등이 "현실의 과장이거나 전체와 유리된 일단면만의 묘사라 보기는 어렵다"[15)]는 평가를 받지만, 시 전체가 과도하게 긴장되어 있으면서 극단적인 소재가 주는 충격요법적인 데에 머물렀다는 비판이 가능하다. 〈전가추석〉은 이 점을 극복하고 있는 것이다.

또한 극적구성은 두보의 〈석호리(石豪吏)〉가 받는 찬사[16)]와 비교하여 결코 뒤지지 않는다. 이 점은 앞의 사실과 맞물려 시적 감동을 배가하는 요인인 바, 그것을 곧 19세기 말 근대적 맹아의 발견 가운데 하나로 보는 데 주저치 않는다.

---

15) 宋載邵, 『茶山詩 研究』(창작과비평사, 1986), p.75.
16) 이병주는 '소설처럼 엮어 놓았다'[『詩聖杜甫』(문현각, 1982), p.109]고 하였고, 정민은 '영화의 한 장면을 보는 듯 생생하다'[『한시미학산책』(솔출판사, 1996), p.444]고 하였다. 두 평가가 모두 극적 구성의 탁월성을 말한 것이다.

4. 短篇敍事詩의 樣式과 傳統

팔봉(八峰) 김기진(金基鎭)이 단편서사시(短篇敍事詩)의 양식을 발견하고 그 의미를 부여한 것은 1920~30년대 리얼리즘 시 논의의 뚜렷한 발전이었다.[17] 임화(林和, 1908~1953)의 시에서 촉발된 이 논의를 확대발전시켜 김기진은 그의 대중화론(大衆化論)에 일정 부분 산입하고 있지만 바람직한 단편서사시의 요건에서 핵심은 두 가지였다 : 첫째, 소재가 사건적, 소설적임에 유의하여 주요한 부분을 추려 시로서 인상적이고, 선명 간결히 압축하여야 하며 둘째, 문장은 소설처럼 느리고 둔하여도 못쓰지만 심하게 연마 조각하여 깊이 아로새길 필요가 없다.[18]

김기진 이래 많은 연구자들이 이 문제를 천착하고 있음에도 그 연원(淵源)에 관한 한 뚜렷한 제시가 없음은 못내 아쉽다. 과문의 탓이지만 임화는 어디서 그 같은 착상을 얻게 되었는지, 김기진은

---

17) 이는 오성호 교수의 다음과 같은 지적을 염두에 둔 것이다 : "이러한 평가 (김기진이 임화의 〈우리 옵바와 화로〉를 단편서사시로 규정하고 높이 평가한 것-필자 주)를 액면 그대로 받아들이기는 어렵지만, 그가 임화 시의 새로움을 명확히 짚어낸 것이나 그것을 통해 프로시가 지향해야 할 목표가 리얼리즘의 길로 나아가는 것임을 지적하는 것은 대단히 날카로운 것이었다. 특히 사건적 요소의 도입이 시의 리얼리즘에 기여할 수 있다는 점을 간파한 것은 상당히 정확한 지적이었다고 할 수 있다."(오성호, 『1920-30년대 한국시의 리얼리즘적 성격 연구』, 연세대 박사논문, 1992, p.134)

18) 金基鎭, 「短篇敍事詩의 길로」, 『팔봉김기진전집1』(문학과지성사, 1988), p.143.

어떤 바탕에서 임화를 읽어내고 나아가 단편서사시라는 용어를 만들어 내었는지 궁금하다. 김기진이 흥분해마지 아니한 임화의 〈우리 옵바와 화로〉를 보이면 이렇다.

　　사랑하는 우리 옵바 어적게 그만 그럿케 위하시든 옵바의 거북紋이 질火爐가 쌔여젓서요/언제나 옵바가 우리들의 「피오닐」족으만 旗手라 부르는 永男이가/지구에 해가 비친 하로의 모―――든 時間을 담배의 毒氣 속에다/어린 몸을 잠그고 사온 그 거북紋이 火爐가 쌔어젓서요

　　그리하야 지금은 火젓가락만이 불쌍한 永男이하구 저하구처럼/쏙 우리 사랑하는 옵바를 일흔 男妹와 갓치 외롭게 壁에 가 나란히 걸녓서요/옵바 ―――――/저는요 저는요 잘 알앗서요/웨 ――――――그날 옵바가 우리 두 동생을 쩌나 그리로 들러가실 그날 밤에/언접허 말는 卷烟을 세 개시이나 피우시고 게섯는지/저는요 잘 아럿세요 옵바

　　언제나 철업는 제가 옵바가 工場에서 도라와서 고단한 저녁을 잡수실 째 옵바 몸에서 新聞紙 냄새가 난다고 하면/옵바는 파란 얼골에 피곤한 우슴을 우스시며/――――네 몸에선 누에똥내가 나지 안니 ――― 하시든 세상에 偉大하고 勇敢한 우리 옵바가 웨 그날만. 말 한마듸 업시 담배 煙氣로 房 속을 메워버리시는 우리 우리 勇敢한 옵바의 마음을 저는 잘 알엇세요./天罪을 向하야 긔여 올라가든 외줄기 담배 연긔 속에서 ―――― 옵바의

鋼鐵 가슴 속에 백힌 偉大한 決定과 聖스러운 覺悟를 저는 分明히 보앗세요/그리하야 제가 永男이의 버선 한아도 채 못 기엇슬동안에/門지방을 째리는 쇳소리 마루로 밟는 거치른 구두소리와 함께 ---- 가버리지 안으섯서요

　그러면서도 사랑하는 우리 偉大한 옵바는 부상한 저의 男妹의 근심을 담배煙氣에 싸두고 가지 안으섯서요/옵바 ---- 그래서 저도 永男이도/옵바와 또 가장 偉大한 勇敢한 옵바 친고들의 이야기가 세상을 뒤줍을 째/저는 製絲機를 써나서 百장의 一錢짜리 封筒에 손톱을 쑤러트리고/永男이도 담배 냄새 구렁을 내쏫겨 封筒 쏭문이를 뭄니다/只今 --- 萬國地圖 갓흔 누덕이 밋헤서 코를 고을고 잇습니다

　옵바 ------ 그러나 염려는 마세요/저는 勇敢한 이 나라 靑年인 우리 옵바와 핏줄을 갓치한 계집애이고/永男이도 옵바도 늘 칭찬하든 쇠갓흔 거북紋이 火爐를 사온 옵바의 동생이 아니에요/그리고 참 옵바 악가 그 젊은 남어지 옵바의 친구들이 왓다갓습니다/눈물나는 우리 옵바 동모의 消息을 傳해 주고 갓세요/사랑스런 勇敢한 청년들이엇습니다/世上에 가장 勇敢한 靑年들이엇습니다/화로는 깨어저도 火적갈은 旗ㅅ대처럼 남지 안엇세요/우리 옵바는 가섯서도 貴여운 「피오닐」 永男이가 잇고/그리고 모--든 어린 「피오닐」의 싸듯한 누이품 제 가슴이 아즉도 더웁습니다

　그리고 옵바 --- /저쌘이 사랑하는 옵바를 일코 永男이쌘이

굿세인 兄님을 보낸 것이겟슴니가/슬지도 안코 외롭지도 안슴
니다/世上에 고마운 靑年 옵바의 無數한 偉大한 친구가 잇고
옵바와 兄님을 일흔 數업는 계집아희와 동생 저의들의 貴한 동
모가 잇슴니다.

　　그리하여 이 다음 일은 只今 섭섭한 憤한 事件을 안꼬 잇는
우리 동무 손에서 싸워질 것입니다/옵바 오늘밤을 새어 二萬장
을 붓치면 사흘 뒤엔 새 솜옷이 옵바의 썰니는 몸에 입혀질 것
입니다/이럿케 世上의 누이동생과 아오는 健康히 오늘마다를
싸홈에서 보냄니다
　　永男이는 엿해 잠니다. 밤이 느젓세요　　　－누이동생－

　모종의 사건으로 옥살이하는 오빠에게 부치는 편지 형식으로
된 이 작품은 프롤레타리아 문학의 전범으로 받아들여진다. 모
름지기 리얼리즘적 창작의 방향을 명확히 제시했다는 평가가 그
것인데, 거기에는 사건적 요소의 도입이라는 양식적 특질이 개
재한다.[19]

　그러나 그것이 30년대 프롤레타리아 문학에서 돌출적으로 나
타나는가? 나는 조선조 후반기까지 꾸준히 창작된 한문서사시에
서 한 전범을 찾고자 한다. 오언(五言)이나 칠언(七言)의 고시(古
詩) 가운데 서사성이 담긴 작품을 서사시라고 명명한 임형택[20]은

---

19) 김기진, 앞의 논문, pp.139~144. 이 시에 대한 보다 정치한 작품분석은
　　오성호, 앞의 논문으로 미룬다.

그 서술형식을 세 가지로 구분하고 있다. 제1형 : 시인과 주인공의 대화적 서술 방식. 제2형 : 주인공의 고백적 서술 방식. 제3형 : 객관적 서술의 방식.[21] 대체로 제1형의 서술방식이 가장 흔하지만 실제 작품에 들어가 보면 여러 가지 형식이 두루 원용되고 있음을 보게 된다.

앞서 분석한 이건창의 〈전가추석〉 또한 마찬가지이다. 서술형식을 보자면 제1형에 가까운데 서사구성은 시공(時空)을 축약한 극화(劇化)의 수법이다. 극적 리얼리티를 극대화시키는 이 같은 작품에서 김기진이 말한 단편서사시의 조건이 떠올려진다면 너무 무리일까? 극적인 것은 근원적으로 서정시와 서사시 원리의 상호 매개적 통합이라는 헤겔의 말[22]은 여기서 매우 유용하다.

물론 이건창의 시는 전통성과 근대성을 공유하고 있다. 전통성이라면 문자가 한문으로 표기되었다는 점과 조선조 위민시 계열의 연장선상에 있다는 점이다. 우리가 근대성의 논의를 하자면

---

20) 林熒澤, 「現實主義의 발전과 敍事漢詩」, 앞의 책, p.11. 임 교수는 15세기의 김시습부터 19세기의 이건창까지 104제를 뽑아 앞의 책을 냈다. 그는 이 작품들을 '체제 모순과 삶의 갈등, 국난과 애국의 형상, 애정갈등과 여성, 藝人 및 市井의 모습'으로 구분하고, 현실주의의 발전과 현실주의를 풍부하게 한 작품들이라고 규정하였다. 나는 이같은 양상이 곧 우리 문학의 근대성 논의의 기초가 될 것으로 짐작하고 있다.

21) 林熒澤, 앞의 글, pp.26~27.

22) J. W. F. Hegel, 『헤겔시학』(열음사, 1987), p.210. (오성호, 앞의 논문, pp.127~128에서 재인용)

무엇보다 이 한문이라는 표기수단에서 걸리고 만다. 또한 위민시가 이미 15세기부터 자리 잡고 있으니 이건창의 시가 새삼스러울리 없다. 그러나 한문학적 지성의 중심에 선 지식인의 경우 한글의 사용은 아직 이르고, 정약용을 전환점으로 시에 그려지는 생활의 형상은 매우 치밀하고 지향점 또한 현실주의적인 데 있다. 정약용과 이건창의 영향관계는 앞서 밝힌 바 있다. 이건창의 시가지닌 극적구성과 리얼리티는 20세기에 들어와서야 논의되는 우리의 근대성과 멀지 않다.

5. 마무리

위당(爲堂)은 1922년에 연희전문학교(延禧專門學校)의 교수가된다. 주시하다시피 연희전문은 서양 선교사에 의해 세워졌고, 그런 마련해서 영문학이나 근대 서양의 수학, 물리학 그리고 상학등이 강세를 이루었던 학교이다. 서양식 교육이라곤 근처에도 가보지 않은 이 한학자가 어찌 양식학교(洋式學校)의 선생이 되었는지 속사정은 그의 제자조차도 잘 알지 못한다.[23] 이때까지 그의스승 난곡(蘭谷) 이건방(李建芳)은 살아있었다.

---

23) 閔泳珪, 「爲堂 鄭寅普선생의 行狀에 나타난 몇가지 문제」, 앞의 책, pp.68~69.

양명학을 부지런히 배우며 근대의 전환기에 강화학파(江華學派)라는 이름을 남긴 일군(一群)의 지식인들이 근대의 사상을 창출할 가능성은 매우 높았다. 그러나 대체적으로 그들의 일생이 기구하였을 뿐만 아니라 시대적 분위기는 너무도 급박하여 어떤 열매를 맺지 못한 점 큰 아쉬움이다. 다만 가늘고 작은 줄기가 위당에게 이어졌고, 연구의 진척에 따라 그의 출중한 업적이 우리 근대사를 다시 엮게 만들 여지는 매우 넓다. 이 글은 그 가능성에 대한 최초의 탐색이면서 앞으로 조밀하게 채워야 할 많은 부분을 열어 두고 있다.

1942년, 위당의 작은 따님 경완(庚婉)은 벽초(碧初) 홍명희(洪命熹)의 둘째 아들 기무(起武)에게 시집을 가 두 집안은 사돈간이 되었다. 이건창이 이건창으로 끝나지 않음을 우리는 이 계보에서 읽는다.

❖ 부기 – 이 글의 처음에 소개한 정인보의 사진은 전집 편집자의 실수였다. 최근 정양완이 연세대 국학연구원에서 펴낸 『담원문록』(2006)에 바로 잡아 있다.

白石의 〈修羅〉와 그 주변

−사설시조에서 유래하는 근대시의 한 유형에 대하여

1. 머리에

백석(白石, 1912~1995)의 〈수라(修羅)〉는 그의 시집 『사슴』에 열
일곱 번째로 실려 있는 작품이다. 시집이 출간된 것은 1936년 1
월, 각각의 시편을 낱낱으로 발표한 다음 묶은 것이 아니므로 좀
더 정확한 제작시기를 알지 못하나, 그나마 출간 시점을 기준 삼
을 때 〈수라〉는 최소한 1935년 이전 곧 그의 20대 초반에 쓰였을
터이다. 일본 유학중이거나, 마치고 돌아와 조선일보사에서 근무
하던 무렵이다. 다음은 그 전문이다.

거미새끼 하나 방바닥에 나린 것을 나는 아모 생각 없이 문밖
으로 쓸어버린다
차디찬 밤이다

어니젠가 새끼거미 쓸려나간 곳에 큰거미가 왔다
나는 가슴이 짜릿한다
나는 큰거미를 쓸어 문밖으로 버리며
찬 밖이라도 새끼 있는 데로 가라고 하며 서러워한다

이렇게 해서 아린 가슴이 싹기도 전이다
어데서 좁쌀알만한 알에서 가제 깨인 듯한 발이 채 서지도 못
한 무척 적은 새끼거미가 이번엔 큰거미 없어진 곳으로 와서 아
물거린다
나는 가슴이 메이는 듯하다
내 손에 오르기라도 하라고 나는 손을 내어미나 분명하 울고
불고 할 이 작은 것은 나를 무서우이 달어나버리며 나를 서럽게
한다
나는 이 작은 것을 고히 보드러운 종이에 받어 또 문밖으로
버리며
이것의 엄마와 누나나 형이 가까이 이것의 걱정을 하며 있다
가 쉬이 만나기나 했으면 좋으련만 하고 슬퍼한다

이 작품은 논자에 따라 상당한 가치를 부여받은 적이 있지만[1]
그다지 자주 거론되지 않았다. 그러나 시집 『사슴』의 주된 흐름과
다르다고 평가받는 〈수라〉에서 오히려 백석과 그의 정서를 이해
하는 데 요긴한 점을 찾는다. 오늘날 문학사가들에 의해 '현대시

---

1) 김은자, 「생명의 시학」, 고형진 편, 『백석』(새미, 1996)

가 이를 수 있는 서정의 한 정점'²⁾이라 평가받은 〈남신의주 유동 박시봉방(南新義州柳洞朴時逢方)〉도 일찍이 여기서 출발하였다고 나는 본다.³⁾

　제목의 '수라'는 물론 불교 용어다. 사람이 죽어 짐승으로 떨어지고 아귀(餓鬼)에서 수라를 거치는 지옥이 있다. 수라는 사람으로 다시 태어나기 직전이다.⁴⁾ 백석은 큰거미, 새끼거미, 무척 적은 새끼거미 세 마리를 보며 차디찬 밤에 축생(畜生)으로 살아가는 한 가족의 비극적 상황에 동참한다. 그것은 다름 아닌 자신이 전이된(또는 될) 모습일 것이다.

　도쿄에 유학중이거나, 서울에서 첫 직장생활을 시작한 때이거나 모두 그에게는 처음 맞는 타향살이다. 그리고 아직 감수성 예민한 20대 초반이다. 삶의 쓸쓸함이라든가, 전생에서 이승을 거쳐 서승으로 이어진다는 생명의 비밀스런 윤회에 처음 외경심을 갖게 되는 시인의 심정은 이처럼 작은 것에서 여실히 구체화되어

---

2) 이것은 김윤식 · 김현이 그들의 『한국문학사』에서 내린 평가이다.
3) 〈수라〉에서 '서러움–슬픔'으로 끝난 시인의 세계인식은, 훨씬 척박한 상황을 겪고 난 다음의 〈남신의주 유동 박시봉방〉에서 '굳고 정한 갈매나무라는 나무를 생각하는'보다 견고한 자세로 발전하고 있다.
4) 『占察經』에 189簡子의 이름이 써 있다. 모두 전생 · 이승 · 미래의 선과 악의 인과응보가 달라지는 모습이다. 그 가운데 173은 몸을 버리고 지옥에 들어가는 것, 174는 죽어서 짐승이 되는 것[畜生]이다. 이와 같이 하여 아귀에 이르고, 수라 · 人 · 人王 · 天 · 天王 등으로 이어진다. (『삼국유사』 권제5 「의해」편의 '心地가 스승을 잇다'에서 재인용하며 정리)

나타난다. 더 나아가, 비록 차디찬 밖이라도 한 가족이 모여 살기를 바라고 하나하나 밖으로 던져주는 행위란, 공덕을 쌓는다거나 산 것을 소중히 여기는 불교적 태도나 이와 습합된 우리네 정서의 고갱이지만, 〈수라〉에는 첫 시집을 출간한 다음 시인 스스로가 걸어갔었던 외로움이라든가 괴로움 같은 것이 예언처럼 그려져 있기도 하다.[5]

그런데 나는 여기서, 〈수라〉의 세계와 정서가 결코 개인의 그 것에만 머무르지 않고 한 시인을 이룩하게 한 도저한 요소들을 포함하고 있으며, 그것이 뜻밖에 한국의 근대시가 걸어갔던 행보의 좀 더 뚜렷한 발자국을 찾는 데에 실마리로 기능한다는 사실을 말하고자 한다. 다소 침소봉대(針小棒大)의 위험을 무릅쓰고 〈수라〉와 그 주변에 널린 여러 가지 이야기를 펼치는 까닭이 여기에 있다.

---

5) 스스로 걸어갔던 길인지, 피치 못할 어떤 사정이 개입되는지는 아직 정확히 모르겠다. 다만 그의 만주 생활 이후가 이 시처럼 전개되었고, 정작 그런 생애를 살며 〈남신의주 유동 박시봉방〉같은 작품이 나왔다는 사실만 기억해 두자.

2. 시가 지어지는 속내

어떤 경로로 한 편의 시는 완성되는가? 우매한 질문은 때로 현명한 답을 만나는 계기가 되기도 한다. 한 시인에게 그러려니와, 시의 발상과 퇴고에 이르는 다양한 모습은 여러 시인들을 두루 모아놓을 때 더욱 복잡해지기 마련이다. 그럼에도 묻는다, 어떤 경로로 시는 완성되는가?

먼저, 시상(詩想)을 떠올리는 원칙 정도는 가름하여 한두 가지 정도 추려볼 수 있다. 곧 창조적 이미지와 전통적 이미지이다.6) 전통적 이미지가 한 시대와 사회의 역사적 상황에서 나왔다면 창조적 이미지는 역사를 뒤집는 개인적 상상물의 소산이다. 물론 이 두 가지는 변증법적 관계를 이루며 크고 새로워진다.

다음의 시 한 편을 읽어보자. 김소월(金素月, 1902~1934)의 만년작에 속하는 이 작품은 대중가요의 기사로 쓰여 알려졌을 뿐 그다지 널리 주목받지 못했다. 그러나 타작(惰作)으로 일관된 소월의 만년이 결코 부질없지만 않았음을 보여주는 수준작이다.

> [1] 실버들은 천만사 늘여놓고
>   가는 봄을 잡지도 못한단 말가

---

6) 두루 통용되고 있는 개인적 상징, 대중적 상징도 이로부터 설명해 볼 수 있다. 개인적 상징이 창조적 이미지에서 출발한다면 대중적 상징은 전통적 이미지에서 출발한다. 개인적 상징과 대중적 상징에 대해서는 김준오, 『시론』 제4판(삼지원, 1996), pp.212~215 참조.

이내 맘이 아무리 아쉽다기로
돌아서는 님이야 어이 잡으랴

한갓되이 실버들 바람에 늙고
이내 몸은 시름에 혼자 여위네

갈바람에 들벌레 설니 울때엔
외론 맘을 그대도 잠 못 이루리

                           —김소월, 〈실버들〉

위 작품은 1933년 4월 7일에 쓴 것으로 되어 있다. 타계하기 불과 1년 8개월 전이다. 그러나 1978년에 와서야 『문예중앙』 봄호의 미발표 소월 시 특집으로 세상에 알려졌고, 이어 구중서(具仲書)가 편찬한 『미발표 소월시집』(중앙일보사, 1978)에 수록되었다. 소월의 민요적 성취가 시집 한 권으로 마감되어 버리고, 죽은 다음 스승의 손에 의해 출간된 『소월시초(素月詩抄)』에서도 어쩐 일로 이 작품은 외면되었는데, 소월이 그가 지닌 시적 장점을 살리기 위해 얼마나 고심했는지, 우리는 이 시의 다음과 같은 점을 통해 짐작할 수 있다.

이미 제목에서 드러난 바, 시의 핵심 제재는 실버들이다. 버드나무는 오랫동안 시의 제재로 빈번히 등장했음에도 소월의 이 작품에 이르러 새로운 면모로 다가오는데, 그것은 소월만의 독자적인 상상은 아니다. 여기 비슷한 시상을 보여주는 시조와 민요가 한 편씩 있다.

[2] 녹양(綠楊)이 천만사(千萬絲)ㄴ들 가는 춘풍(春風) 잡아
  미며
  탐화봉접(探花蜂蝶)인들 지는 곳을 어이하리
  아모리 사랑(思郞)이 중(重)흔들 가는 님을 잡으랴

[3] 녹양이 천만사나 부는춘풍을 못붙잡으며
  참하 봉접인들 지는 꽃을 어이하나
  사랑이 중타하여도 가시는임을 어찌할까

[2]는 이원익(李元翼, 1547~1634)의 시조로 알려져 있다. 왕실
출신으로 선조·광해군·인조대에 걸쳐 영의정을 역임한 그는
〈고공답주인가(雇貢答主人歌)〉의 지은이기도 하다. [3]은 임동권
(任東權)이 채록한 민요인데(『한국민요집』 Ⅲ-15-3) 기실 이원익
시조의 변주로 보인다.

실버들 촘촘히 묶어 봄을 잡으려 한다거나, 그렇지 못하는 것
처럼 가는 임도 잡을 수 없다는 시상은 소월 시의 전반 두 연과
거의 그대로 일치한다. 그런데 소월은 거기서 멈추지 않았다. 실
버들은 바람에 늙고 나는 시름에 여윈다 하면서, 시간이 흐른 다
음 가을바람 부는 쓸쓸한 계절이 오면, 떠나간 그대도 어디선가
잠 못 이루리라 맺었다. 소월은 버드나무가 지닌 전통적 심상에

착안하면서 자기 나름의 시상을 발전시켜 나간 것이다.[7]

대체적으로 시가 탄생하는 기제(機制)는 이 같은 원리에 입각하는 경우가 왕왕 있다. 물론 소월이 민요에 자신의 시적 기반을 두고 있고, 〈실버들〉 또한 거기에서 나온 인유(引諭)의 한 유형이라 가벼이 처리해 버릴 수도 있다. 그러나 개인에게도 그 같은 작시(作詩)의 원리가 적용되면서, 크게는 전체 시단의 원리로도 발전한다. 전통의 단절과 서양시의 전래로 통념화 된 근대시의 발생과 전개과정에서 전통과 창조의 변증법적 관계를 설명할 작품들이 지어진 사례를 찾기란 어려운 일이 아니다. 이 같은 부면에 대해 우리는 좀 더 적극적인 해석을 할 필요가 있지 않을까?

그런 예의 하나로 나는 백석의 〈수라〉를 들고 있는 것인데, 이 시의 분석을 위해서는 소월의 경우와 달리 좀 더 에두른 접근이 필요하다.

---

7) 이 같은 양상은 한시에서도 발견된다. 구한말의 문장가 이건창(李建昌, 1852~1898)의 매화시에 이런 대목이 있다. "盡日淸齋坐小龕/時聞廚婢語呢喃/絲絲楊柳裁衣好/粒粒梅花作飯甘" 부엌데기가 혼자 속삭이는 소리라 했으니 뒤의 두 줄은 민요에 가깝겠는데, 이를 끌어들이면서 궁한 살림살이를 재미나게 묘사한다. 그 후반부 두 줄, 그러니까 부엌데기의 민요 대목은 "실 같은 버들가지 옷 지어 좋구요/쌀 같은 매화꽃 밥 지어 달구요"인데, 이를 閔泳珪 선생은 다음과 같이 의역하고 있다 : "버들이 가늘어서 실이랍디까/무엇으로 오는 설, 꿰메어 입고//매화가 희어서 쌀이랍디까/무엇으로 빈 밥솥 안친다지요" 민영규, 『江華學 최후의 광경』(우반, 1992), pp.26~27.

3. 사설시조가 지닌 개방성

내적 연관성만이 아닌 시가 지어지는 일반적인 기제의 원리는 곧 시대와 시대를 연결하는 보다 외연적인 문제가 될 수도 있다는 생각이 이 글의 전제이다. 근대시에서 아마도 이전 시대와의 접점을 찾는 가장 좋은 경우는 사설시조가 아닌가 한다. 조선조 문학사의 최후를 장식하는 이 장르야말로 자칫 끊어질 듯한 우리 시의 사적 맥락의 한 부분을 감당하고 있기 때문이다.

사설시조의 발생배경과 장르적 성격에 대해서는 많은 천착이 있었지만 결정된 논의를 대기는 어렵다. 평시조에서 변이되는 시조의 한가지로 보는 견해에서, 근대의 자유시로 과감히 바로 연결시키는 논의까지 넓게 퍼져 있는 형편이다. 사설시조가 그 자체로 다양한 모습을 보이고 있기 때문이 아닌가 한다. 실제 사설시조는 종장의 첫 구에서 감탄사에 가까운 3자를 둔다는 시조 형식의 대원칙까지도 지켜지지 않는 경우가 허다하다. 그래서 오늘날 가집에 실려 전하는 사설시조를 문자 그 자체 곧 문학 장르로만 대할 때 우리는 당혹하게 된다. 감탄사는 그만두고라도 초·중·종의 장 구분마저 쉽지 않기 때문이다. 그런 까닭에 사설시조에서 아예 시조라는 그림자를 완전히 지워버리자는 견해까지 대두되었다.

그런데도 우리는 사설시조가 엄연히 시조라는 생각을 쉽게 버리지 않고 있다. 음악적으로 볼 때 부르는 방식이 평시조의 그것

과 같다는 점 때문에 특히 그렇다. 근대에 들어 일어난 시조부흥
운동이, 사설시조의 융성이라는 기간을 거치고 나서도 굳이 평시
조를 채택한 것은, 그 운동의 구성원들이 가지고 있는 성분적 특
성에다 평시조가 지닌 형식의 명료함에서 기인(起因)한 바이겠는
데, 한편 그런 운동의 구성원들조차 끝내 사설시조를 붙드는 미련
이 남아 있었다.[8] 무엇일까, 제 몸도 제대로 추스르지 못하고,
후대에 부활의 선택조차 받지 못한 장르가 끝내 눈길을 끌게 하는
매력이란?

　사설시조가 평시조의 변형임을 전제한 다음과 같은 논의에서
우리는 사설시조가 지닌 고민을 역설적으로 읽는다.

　　　종장은 가능하면 평시조의 그것처럼 3 5 4 3이라는 기본율로
　　아주 못을 박거나 아니면 그와 걸맞아야 한다는 이론으로 정립
　　해 버리면 어떨까. 일반자유시 혹은 산문시 등속과 형태상으로
　　나 구조상으로 구분되는 그 엄연한 이유가 된다는 점에서 가능
　　하지 않을까.[9]

　그러나 이 같은 논의는 어디까지나 사설시조를 보다 분명히 시
조의 한 하위 장르에 붙이려는 소망에서 나왔을 뿐이다. 이미 불

---

8) 시조부흥운동의 대표적인 인물 가운데 한 사람인 李秉岐의 경우 〈풀벌레〉
　같은 매우 인상적인 사설시조를 남기고 있다.
9) 서　벌, 「사설시조는 다시 성취될 것인가」, 『현대시학』 80호(현대시학사,
　1975.11), p.99.

리어진 많은 사설시조, 그 가운데 위의 형식을 지키지 못한 작품들을 이제 와서 어떻게 처리하겠는가? 이런저런 문제점을 차치하고, 시조의 형식문제에 너무 얽매이지 않는다면, 아쉬운 대로 다음의 두 가지 견해가 오늘날 사설시조의 자리매김에서 가장 넓은 지지를 받으리라 본다.

사설시조는 놀이와 풀이로서의 시조를 즐기다가 그것이 극대화될 때, 혹은 그것을 좀더 적극화해서 즐기고자 할 때 시조의 변형태로서 생성되고 향유되는 것이다.[10]

시조가 그 창곡과 분리되자, 단형시조의 경우에는 그 율격의 고정성으로 시 형태의 완결성을 지속할 수 있었지만, 장형시조는 시 형태 자체를 지탱할 수가 없었던 것이다. 율격의 규칙성도 없고 분장의 경계도 불분명한 자유시형으로 그 형태가 해체되어 버리기 때문이다.[11]

앞서의 경우, 놀이와 풀이가 시대의 변화에 따라 보다 즉물적인 묘사로 옮겨간 것을 말하였다. 논자는 풀이성과 놀이성의 극대화를 ①반복과 나열 어법의 사용을 통한 풀이성의 극대화—말하기(telling) 기법의 최대 활용, ②퍼스나의 활용에 의한 풀이성 및

---

10) 김학성, 『한국 고시가의 거시적 탐구』(집문당, 1997), p.377.
11) 권영민, 「개화기 시조의 시적 형식에 대하여」, 『한국학보』 15호(일지사, 1979), p.159.

놀이성의 극대화—규범의 일탈을 위한 가면 이용, ③대화를 통해 희화적 장면을 제시하고 그 장면을 즐김으로써 놀이성을 극대화함. 또는 서술자의 개입을 이용한 희화적 장면 제시 등—보여 주기(showing) 기법의 최대 활용, ④말놀이를 통한 놀이성의 극대화—언어유희[12]라고 설명한다. 이 같은 논의를 지켜보자면, 논자는 같은 양상을 두고 다른 견해를 보이지만, 결국 사설시조의 제작과 향유과정이 봉건윤리적 중세사회의 틀을 벗어나 근대적 삶의 양식에 눈 뜨는 데 가까이 가 있다고 주장한다.

뒤의 경우, 개화기 시조가 앞선 시대의 시조에서 음악성을 털어낸 다음을 설명한 것인데, 여기서 사설시조의 정체성에 상당한 혼란이 야기됨을 말하였다. 자유시가 등장하자 사설시조의 무정형적 형식이 그 설 자리를 잃어버리고 말았다는 것이다. 이 같은 혼란을 어떻게 수습할 것인가? 다른 논자는, 사설시조가 일상어를 시어로 채택하면서 근대적 산문정신의 소산이라는 논의를 덧붙이면서 그것은 바로 자유시라는 정의[13]까지 내리고 있다. 자유시가 나타나자 사설시조가 그 안에 묻힌 게 아니라 오히려 사설시조가 자유시의 모습을 일찌감치 보여주었다는 것이다. 다소 극단적이기는 하다.

사실 사설시조의 장르상 명칭 부여에 붙잡힐 일은 아니다. 그

---

12) 김학성, 위의 책, pp.378~380.
13) 박철희, 『한국시사연구』(일조각, 1980), pp.70~73.

이름이 무엇이든 성격과 시적 기능, 그리고 이어 바로 전개되는 근대시와의 관련양상에 착목해야 한다. 사설시조를 주목하는 이유가 바로 여기에 있다. 근대적 삶의 핵심은 개인의 발견이며, 우리 또한 더디게나마 그 변화의 흐름을 탔을 때, 문학 또한 개인의 삶과 보다 밀착된 언어로 탈바꿈하는 계제에 와 있었다. 나는 드물게도 사설시조가 그 같은 변화 속에서 변화된 문학의 역할을 자의든 타의든 수행한 장르였다고 본다.

변화를 수용하자면 반드시 개방적인 성격을 요구한다. 기실 사설시조에는 존재했던 여러 음악이나 시의 양식이 대거 편입되고 있다. 사설시조의 형식규정상 혼란스러움은 이처럼 그 속성이 변화를 능동적으로 받아들이는 개방된 구조를 가진 데서 비롯되지 않았을까? 앞선 논의에서, '적극화해서'라든지 '형태가 해체되어버렸다'는 규정은 사설시조가 그 내용과 형식에서 개방성을 지닌 장르였음을 반증한다. 적극화란 그만큼 시인들의 의욕이 충일했다는 것이며, 해체란 열린 가능성을 흐름대로 놓아두었다는 말의 다른 표현으로 보인다.

4. 사설시조와 민요 그리고 가객

개방된 형식으로서 사설시조에 우리가 특히 주목하는 부분은 누가 무엇을 그토록 적극적으로 받아들였는지다. 여기서 나는

18~9세기의 가객(歌客)들이 민요를 받아들인 데 한정하여 말하고자 한다.

시조와 민요의 교섭과정에 대해서는 몇몇 논의가 있었다.14) 시대별로 우리 시가가 그 바탕에 민요를 배경삼고 있음은 당위론적으로 선언되었지만15) 구체적인 증거 또한 많이 찾아져 있으니 별다른 이의를 제기하기 어렵다.

그러나 그런 증거의 입증에 약간의 문제가 남아 있다. 이 글의 [2]와 [3]의 시조와 민요에서 보듯 그것의 선후관계가 모호하거나, 분명 민요가 앞선다고 규정짓기 어려운 경우가 있다. 민요가 서정 장르와 교섭하는 양상은 일방적이지 않아서 생기는 문제이다. 다만 여기서는 대체적인 경우로 한정시킬 뿐이다.

사설시조가 민요와 좀 더 쉽사리 교섭했음은 이 장르의 성격상 받아들일 여지가 넓다. 민요의 속성에 가장 부합되는 형식과 내용으로 흘렀을 뿐만 아니라, 왕조 교체 이후 오랫동안 민요가 다른 시가 장르와 교섭할 기회를 가지지 못한 끝의 일이라는 점을 적극적으로 해석해 보자. 지배계층 중심의 평시조와 가사 등은 민요보

---

14) 그 가운데 하나로 조흥욱, 「민요 노랫가락의 사설시조 수용양상에 대한 소론」, 『한신논문집』 제5집(한신대, 1988)이 있다. 이는 일단 노랫가락을 중심으로 하였으므로 수용양상의 전체적인 모습을 드러내는 데는 한계가 있다.

15) 조동일, 『한국시가의 전통과 율격』(한길사, 1982)에 이 논의가 집중되어 있다.

다 한시에 더 등을 기댄 채 전개되었었다. 그런 마련해선 조선조 후기에 들어 중인계층이 자신들의 장르로서 사설시조를 확보했을 때, 그들의 성정(性情)에 맞는 민요와의 교섭은 마치 봇물 터진 듯 활발해졌던 것이다.16)

> [4] 남기라도 고목이 되면 소든 사이 아니오고
>   꽂이라도 십일홍되면 오든 봉톕도 아니오고 깁든 물이라
>   도 옛터지면 오든 고기도 아니오고 우리인싱이라도 늙어
>   지면 오시든 경판도 에도라 가는구나
>   츰아 가지로 긔가 만히 막혀서 나 못살갓네

> [5] 낭기라도 고목이되면 오던새도 날어가고
>   꽃이라도 낙화가지면 오던나부도 날어가고
>   못치라도 걸못이되면 노던고기도 없어지네
>   우리도이상 늙어지면 어느친구가 나를찾나

—임동권, 『한국민요집』 IV—14

두 노래의 관련성은 자명하다. [5]의 민요가 [4]의 사설시조 제작의 바탕이 되었을 것이다. 구조적인 면에서 볼 때, 단순 나열 형식의 민요가 사설시조 작자의 손을 거치면서 부연 내지 확장된

---

16) 여기에 雜歌가 추가되어야 한다. 그러나 잡가는 지어진 경위, 향유방법과 계층 등이 상당 부분 사설시조와 겹치고 있어 이 논의를 바탕으로 한 추론이 가능하다. 잡가와 근대시의 관련성에 대한 논의는 필자가 다음을 기약하는 부분이다.

시적 형식을 구비하는 모습을 볼 수 있다. [4]의 사설시조에는 [5]의 1행을 초장, 2~4행을 중장으로 처리한 다음 새롭게 종장이 더 붙여져 있다.

일상어를 채택하면서 누구나 공유하는 인간정서를 자연스럽게 표출하는 면면 또한 비슷하다. 이는 다음과 같은 작품에서 매우 극적으로 나타난다.

[6] 청치마 흔 환양의 쌀년 자적 장옷 뭐쳐바릴 년아
　　엊그제 날 소기고 쏘 누를 마자 소기려 ㅎ고
　　석양에 ᄀ는 허리를 한들한들 ㅎᄂ니　　　　　－김수장

[7] 죅일년아 살릴년아
　　어린자식 잠들어놓고
　　병든 가장(家長) 늬여놓고
　　활장같은 굽은길로
　　살대같이 네가 가면
　　잘 살꺼니　　　　　　－임동권, 『한국민요집』 Ⅵ-6

관련양상은 앞의 경우와 같다. 시의 상황은 그대로 닮아 있지 않지만 무엇을 노래하는지, 그리고 이런 상황에서 쓰일 수 있는 말의 유사성 같은 것을 종합해 보면 둘 사이의 영향관계를 짐작하게 한다. 그런데 이 두 노래에서 더욱 중요한 사실은 다른 데 있다.

시조의 세계가 마침내 이와같은 비속한 치정관계에도 눈을 돌렸다는 사실과 그 말투가 거침없는 욕설로 되어 있다는 점이 중요 …(중략)… 김수장의 노래는 그 뿌리를 일차적으로 민요의 세계에 두고 있다고 결론내려도 좋다.[17]

김수장(金壽長, 1690~?)의 노래가 민요의 세계에 뿌리를 두고 있음은 앞선 논의의 보충에 가름한다. 그런데 비속한 치정관계에 눈을 돌린다는 점은 곧 사설시조의 근대적 성격과 관련된 논의에서 중요하다. 봉건적 제도와 인륜도덕의 틀은 이제 점점 힘을 잃어가는 시대였다. 한문학의 의장(意匠)에 아무리 익숙해졌다한들 시에서 고유한 정서의 자연스런 표현까지 가능하지 못했던 저간의 사정은 17세기 들어 김만중(金万重, 1637~1692)의 지적으로도 충분히 설명되거니와, 비록 제한적이나마 중인계층이 집단 이데올로기의 틀에서 빠져 나와 개인의 즐거움을 구가한 것은, 완고한 계급의식에서 좀체 벗어나지 못했던 지배층에 대한 소극적인 저항의 표현이기도 했다. 고유한 정서를 만나자니 민요 쪽으로 눈을 돌린 것이고, 쏟아져 나오는 말들을 주체하지 못해 전통적인 시조의 제한된 글자 수를 깨뜨려 길어지는 것이다. 그랬을 때 그들이 사는 세상의 모습이 구체적으로 묘사되었을 뿐만 아니라, 시와

---

17) 박노준, 『조선후기 시가의 현실인식』(고려대 민족문화연구원, 1998), p.254.

노래가 스스로의 삶을 해방시키는 역할까지 해 주었다. 그런 면에서 그들이 구가한 성정의 자유로운 표출이 우리에게 그만큼 근대적 자유인의 모습으로 다가오는 것이다.

여기에 덧붙여질 존재가 바로 가객이다. 시인이 예언자적 지성을 갖춘 인생의 교사임을 자부한 서양의 근대문학적 의식은 우리에게도 전해졌다. 그와는 다르게 18~9세기적 가객의 전통 또한 한줄기를 이루는데, 누구보다 소월은 그 전통에 이어져 있다.

조선조 후기의 가객은 여러 부류로 나눠진다. 여기서 거론하는 가객은 18~9세기 무렵 주로 가사나 시조창을 하던 경기 지역의 중인출신들 곧 김천택(金天澤)・김수장・박효관(朴孝寬) 등을 말한다. 이들은 단순히 노래나 연주에만 그치지 않고 스스로 작사와 편곡을 하던 전문 예인(藝人)이었으며, 나아가 가집 편찬으로 한 시대를 정리한 비평가였다. 때로 그들은 신분상승을 꾀하고, 자신을 인정해 주는 권력자들의 비호를 받아 눈앞의 풍족함을 누리는 유혹에 빠지기도 하지만, 그들의 의식 내면에 잠재된 예술적 끼와 새로운 세계에 대한 동경은 숨길 수 없었다. 특히 그들이 아직 무너지지 않은 양반사회가 지닌 현실의 냉엄한 벽에 부딪혀 새삼 자신의 존재를 확인했을 때 이는 심화된다.

이런 가객이 어떤 의미로 우리 근대문학사 속의 시인과 연결되는가?

이것은 사설시조의 작가들 대부분이 전문적인 가단의 가객들이었다는 사실과 근대시인이 전문적인 문단인이었다는 사실과 무관하지 않다. 그것은 시조나 개화기 시가와 같이 비전문적인 시인에 의한 시작행위가 아니고, 사설시조와 근대시는 개인적인 행위로서 어느정도 현실의 묵시적 비판 또는 진실의 표현이었다. 특히 사설시조의 경우 그것은 중인계층에 의해 씌어졌으며 그 중에서도 서리출신의 가객들이 주역이었다.…(중략)… 사설시조는 자유정신의 소산으로 작가의 주관세계가 표현된 것이다.[18]

인용된 글의 후반부는 앞선 논의를 보완하게 해주지만, 특히 전문성이라는 측면에서 시인과 가객의 대비야말로 그들이 '민요－사설시조－근대 자유시'를 잇는 주체적 역할자였음을 구상해보는 데 시사하는 바 크다. 민중적 정서의 발견과 시적 변용 또한 이들에 의해 가능했다.[19]

---

18) 박철희, 위의 책, pp.71~72.
19) 물론 이와 달리 사설시조의 표현이 여전히 구시대적 그것에 머물러 있는 경우도 있다. 다음 노래는 仙界의 황홀한 풍경을 마음껏 묘사하고 있는데, 등장하는 인물이며 그들이 노는 모습은 비록 당대의 풍류를 대표한다고 하지만, 이미 흘러간 옛모습 그대로이다.

　꿈에 적선(謫仙)을 만나 악양루(岳陽樓)에 올나 간이
　고문(高門)이 만좌(滿座)흐되 두목(杜牧) 소자첨(蘇子瞻)과 노진군(魯眞君) 여동빈(呂洞賓)과 유백령(劉伯伶) 백낙천(白樂天)과 최고운(崔孤雲) 가수부(賈壽富)에 일(一隊) 군선(群仙) 모닷는디 미주(美酒)는 영준(盈樽)흐고 효핵(肴核)은 만반(萬盤)이라 여반(女班)을 도라보니 월궁(月宮) 항아(姮娥) 낙포선(洛浦仙)과 이부인(李夫人) 조비연(趙飛燕)과 절대가인

5. 백석, 사설시조의 변용

백석은 전통의 변주 속에 새로운 서정시의 세계를 연 시인이다. 평북 정주 출신인 그가 오산학교에 취학하여 신학문을 접하게 되었을 때 그다지 뛰어난 학생은 아니었다고 한다. 그는 어디서 새로운 시의 세계를 엿 본 것일까?

고당(古堂) 조만식(曺晩植)이 오산학교의 교장으로 재임하는 동안 그는 잠시 백석의 집에서 하숙을 하였다. 이 민족주의자가 지근거리에 있으면서 나중 서정시인으로 대성하는 백석에게 어떤 영향을 끼쳤는지 구체적으로 알려진 바 없다. 그러나 섬세한 민족

(絶對佳人) 다 왓는듸 향취(香臭)는 옹비(擁鼻)ㅎ고 패옥(佩玉)이 명랑(鳴浪)이라 서씨(徐氏)의 운화슬(韻和瑟)과 왕자진(王子晉)의 봉소성(鳳簫聲)과 송옥(宋玉)의 옥통소(玉洞簫)요 석련사(石蓮士)의 거문고에 곽처사(郭處士)의 죽장고(竹杖鼓)와 양태진(楊太眞)의 우의무(羽衣舞)요 채문희(蔡文姬)의 호가성(胡歌聲)과 장정원(張定元)의 채련곡(採蓮曲)과 진청(秦靑)의 긴 노릭로다 주반(酒半)에 취흥(醉興)을 못 이긔여 부지하처조상군(不知何處弔湘君)을 태백(太白)이 읊허 닉니 오초동남일야부(吳楚東南日夜浮)는 두보(杜甫)의 화답(和答)이요 낭음비과동정호(朗吟飛過洞庭湖)는 여동빈(呂洞賓)의 선어(仙語)로다 동정월락고운귀(洞庭月落孤雲歸)는 최고운(崔孤雲)의 절작(絶作)이로다
우리의 선분(仙分)이 엇더튼지 쑴에 구경(求景) ㅎ괘라

그러나 판소리의 한 대목에 비슷한 가사를 쓰고 있는 점을 참고할 때(林芳蔚은 판소리 〈수궁가〉의 토끼가 참석한 수궁잔치 대목에서 이 가사를 쓰고 있다), 이런 사설시조의 존재는 소리판에서 관객을 따져 가며 사설을 엮던 관행과 무척 닮았다. 경기도 지역에서는 사설시조가 판소리보다 더 널리 연희의 장소에서 불리었다. 육담과 재기에 넘치는 흥겨운 노래를 부르다가도 경우에 따라 점잖은 사설이 필요할 때를 대비하던 가객들의 능수능란함은 이런 데서 오히려 빛을 발한다.

적 감수성과 토착적인 정서에 심취한 백석의 시세계에 고당이 오버랩 되는 것은 추정이지만 매력적이다. 오산학교가 기독교적 정신 아래 교육을 하였고, 백석이 일본에 유학한 아오야마(靑山) 대학이 또한 같은 사정이었음에도 불구하고, 그의 시에서 어떤 기독교적 체취도 배어 나오지 않는 것과 연결 아닌 연결이 있다.

오늘날 백석 시의 창작방법을 분석하는 데에 사설시조와 대비시키는 글들이 있어 주목을 끈다. 사설시조가 진솔함과 구체성으로 개인의 감성을 발견하고, 실질적인 창작수단으로 엮음의 방법을 활용했다면, 백석의 여러 작품에서 같은 양상이 나타나 있기 때문이다.[20] 여기서 더 나아가 사설시조의 끝맺음의 원리와, 백석이 애용한 3연시 형식이 첨가된다. 3연시는 시조의 3장과 형식을 같이하는 것이고, 끝맺음의 원리란 1연과 2연을 늘어놓다가 3연의 주제로 집약시키는 시적 전개 방식이다.[21]

이 같은 선행 연구자들의 논의는 시적 형식에 기반한 작시 원리를 통해 백석 시와 사설시조의 연관성을 밝히는 데 일정한 기여를 했다. 그러나 형식의 유사성만을 따질 때 증거를 댈 작품은 한정

---

20) 대표적인 논문으로 여기 세 편을 들어 본다. 신연우, 「시조시의 전통과 백석 시의 위상」, 『조선조 사대부 시조 연구』(박이정, 1997) 고형진, 「백석 시와 '엮음'의 미학」, 인권환 외 편, 『현대시의 전통과 창조』(열화당, 1997) 정효구, 「백석의 삶과 문학」, 『백석』(문학세계사, 1996)

21) 신연우, 위의 논문, pp.285~287. 여기서 신연우는 백석의 대표작 가운데 하나인 〈모닥불〉을 가지고 분석하고 있다. 이 작품은 백석의 시 일부가 사설시조의 작시 방법에 가까이 가 있음을 증명하는 가장 훌륭한 예이다.

되기 마련이고, 심지어 우연의 소산이라는 반론에 부딪힐 수도 있다. 기왕 사설시조와의 친연성이 두드러진 이상 백석이 본질적으로 그 같은 전통의 세계에 가까이 있었음을 밝힐 좀 더 넓은 논의가 필요한 시점이다.

나는 여기에 시인으로서 백석의 의식을 첨가하고자 한다. 김억과 김소월이 근대시의 전개에 민요 같은 전통시가를 적극적으로 개입하게 만든 주인공이면서, 백석까지 세 사람이 오산학교를 통해 보다 긴밀한 인연을 맺었다는 점을 연결시킬 때, 그들의 일정한 영향관계는 두 말할 필요가 없다. 그러면서도 분명 백석은 두 선배와 다른 시를 보여주고 있다. 그것은 곧 20년대와 30년대의 차이만큼이나 큰 것이다. 다만 시인이라는 존재의 정체성을 만들어 나갈 때 다가왔을 모델은 백석에게 정녕 소월만한 대상이 없었을 터이다.

백석이 오산학교에 재학하면서 누구보다 소월을 좋아했고, 그런 직접적인 흔적이 후기 작품 〈적막강산〉같은 데에 잘 드러나 있지만, 무엇보다 시인으로서 한 생애를 모두 바친 소월의 철저한 시인의식에 매료되어 있었던 것 같다. 시를 자신의 생애에 건다는 것은 인간의 숙명적 도정(途程)에 눈뜨는 것이고, 그렇게 세계를 바라보았을 때 연민스러운 일이 먼저 눈에 들어올 것이며, 스스로의 생애가 물질적으로 풍요로워지는 것조차 죄스럽게 여기게 된다. 백석 또한, '내 쓸쓸한 마음엔 자꼬 이 나라 넷 시인들이 그들의 쓸쓸한 마음들이 생각난다'(〈두보(杜甫)나 이백(李白) 같이〉에서)고 하거나, '프랑시쓰 쨈과 도연명(陶淵明)과 라이넬 마리아 릴케가 그러하듯이' 그도 마찬가지로 '하눌이 이 세상을 내일 적에 그가 가장 귀해하고 사랑하는 것들은 모두/가난하고 외롭고 높고 쓸쓸하니'(〈힌 바람벽이 있어〉에서) 산다고 생각하는 것이다.

우리는 이쯤에서 다시 〈수라〉를 떠올리게 된다. 시인으로서 백석의 비극적 숙명에 대한 연민은 인간을 넘어 미물에 까지 미치고 있고,[22] 그 같은 상황인식은 아버지 없는 세계의 불안을 그린 「고야(古夜)」[23]에 와서 분명해진다.

백석이 지닌 정서의 밑바탕을 소월에 잇대보자면 의당 민요적

---

22) 앞서 말한 것처럼 백석의 〈수라〉에는 제목이 암시하는 바, 매우 기본적인 불교직 세계인식 같은 깃도 들어 있다. 물론 이것은 순수 불교라기보다 토속적인 신앙의식과 습합되기 쉬운 미륵사상이나 밀교 쪽에 가깝다.
『삼국유사』에 전하는 밀교승 惠通에게 이런 이야기가 있다 : "승려 혜통은 어느 집안 출신인지 잘 모른다. 평범한 사람으로 지낼 때는 집이 남산의 서쪽 기슭의 은천동 어귀에 있었다. 하루는 자기 집 동쪽 시냇가에서 놀다가 수달 한 마리를 잡았다. 살을 발라내고 뼈는 동산에다 버렸다. 아침에 보니 그 뼈가 없어졌다. 핏자국을 따라 찾아가 보자 뼈는 제 굴로 돌아와 새끼 다섯 마리를 안고 쭈그리고 있었다. 멍하니 바라보고 오랫동안 놀라워하다가 깊이 탄식하며 머뭇거렸다. 문득 속세를 버려 출가하기로 하고, 이름을 바꾸어 혜통이라 했다."(권제6 「신주」편의 '혜통이 나쁜 용을 굴복시키다'에서)

23) 첫 연은 이렇다 : "아배는 타관 가서 오지 않고 산비탈 외따른 집에 엄매와 단둘이서 누가 죽이는 듯이 무서운 밤 집뒤로는 어늬 산골짜기에서 소를 잡아먹는 노나리꾼들이 도적놈들같이 쿵쿵거리며 다닌다"

영향관계에 다가가게 된다. 우리는 종종 백석의 『사슴』에 등장하는 현란(?)한 고어(古語)와 방언의 행진에 넋을 잃고 말지만, 중요한 것은 어휘의 나열이 아니라 낱낱의 시어를 연결하는 고리로서 그 정서다. 다음의 민요 한 편을 보자.

> [8] 울어머니 천당 가고/우리 형님 시집 가고/울아버지 날줄라고/댕기가음 사러가고/내 혼자만 집볼때이/복술이개 앞에 앉고/개야 개야 복술개야/어미개는 어디 두고/너 혼자만 여기 와서/내 가슴은 네가 안고/네 가슴은 내가 안고/아침 해가 밤 되도록/울고 울고 또 울어서/내 눈물에 네 뺨 젖고/네 눈물에 내 뺨 젖어/젖고 젖고 또 젖더니/구비구비 떨어져서/전신만신 배였구나

이 노래는 김소운(金巢雲)이 1933년 평양에서 채록하였다고 한다. 백석이 〈수라〉에서 노래한 '거미'와 [8]의 민요에서 '복술개'가 비슷한 심상으로 등장하고 있음을 알 수 있다. 그런데 "엄마 없는 아이의 외로움을 '복술이개'를 매개로 삼아 적실하게 형상하고 있는 아름다운 노래인데 다른 지역에서는 흔하게 볼 수 없는 특이한 사설로 되어 있다"[24]는 설명을 받아들인다면, 우리는 이 사설을 따라 이 지역 출신들이 지닌 고유한 정서의 고갱이를 찾아

---

24) 고혜경, 「평안도편」, 임석재 외, 『한국구연민요-연구편』(집문당, 1997), p.403.

나서게 된다. 어머니 없는 서러움은 다른 지역의 민요에서도 더러 나타난다. 그러나 같은 처지의 매개물을 등장시키고, 거기에서 서러움을 구체화시키는 사설의 전개는 흔하지 않다는 것이다. 김억이나 김소월이 지닌 평안도 쪽 북방정서의 한 가닥이 여기서 잡히고, 백석 또한 이에 멀어 보이지 않는다.

그런데 과연 백석이 사설시조의 본질과 근본성향에 대한 천착을 한 다음 그것을 자신의 시에 원용했느냐는 문제가 남는다. 선행 연구자들의 논의에도 불구하고 이에 대해서 뭐라 확정지을 계제는 아직 아니다. 다만 앞서 논의한 바, 민요적 정서나, 민요와 사설시조의 교섭관계를 바탕으로 백석의 시창작 방법을 좀 더 확대해석해 본다면, 〈모닥불〉을 위시한 여러 작품에서 나타나는 매우 근사(近似)한 사설시조의 형태는 단순히 우연의 소산이 아니라는 심증을 굳히게 된다. 그의 시 전반에서 사설시조의 성격으로 매듭지어진 여러 요소가 다분하다.

그 가운데 하나가 백석이 즐겨 쓴 산문체 시의 정체를 밝히는 일이다. 산문시를 가지고 앞선 시기의 주요한(朱耀翰)이나 임화(林和)와 비교해 보면 그만의 특징이 드러난다. 백석은 산문에 가까운 운문이면서 거기에 이야기가 들어가는 시를 선호했다. 이것이 산문시 형식에서 산문에 치중했던 주요한이나, 이야기에 치중했던 임화의 방식과 다른 점이다. 백석은 산문이지만 운문적인 리듬이 훨씬 강하게 살아 있고, 시 속에 들어간 이야기는 서사적 구성요소를 구비한 것이 아닌 신비스러운, 구체적 설명을 하자면 분위기가 깨져버릴 그런 세계를 만들어 낸다.[25] 이것을 시적 구체성이라 불러도 좋을 듯하다. 시는 구체이면서 구체가 아니다.

앞선 시기의 사설시조는 이 같은 시적 구체성에 가까이 갔던 장르였다. 구체이면서도 구체가 아닌 이 묘한 시적 원리 덕분에 사설시조에서 진한 육담이나 해학과 비판이 용납되었다. 백석의 시에서 이 점은 보다 개인화되어 나타나고 있다. 백석은 북방정서의 애틋한 사연을, 〈수라〉에서처럼, 개인적 체험의 어느 부면에 긴밀히 연관시켜 구체적으로 표현한다. 그러기에 애꿎은 개미 한 마리 가지고 장난이나 치는 것 같은 광경이, 넓게는 우주 삼라만상의 철학적 배경을 가진 인간사의 희로애락으로 절절이 노래되는 것이다. 〈수라〉가 형식면에서 비록 사설시조의 그것을 따르지 않고 있지만 표현의 기교나 시의 내적 정서에서는 그 원리 안에 들어 있다. 나는 그것이 사설시조의 변용으로 보인다.[26]

---

25) 산문시가 아니라도 양상은 비슷하다. 〈수라〉나 〈남신의주 유동 박시봉방〉 같은 작품은 행을 가른 시이지만, 우리가 지금이라도 임의로 연결시켜놓으면 산문시에 가깝다. 한편 이 같은 창작 방법의 성공적인 수행을 신경림의 『농무』에 와서 다시 보게 된다.

26) 고형렬(高炯烈)의 시 〈거미〉를 보면 한 가지 흥미로운 사실을 발견하게 된다. 이는 마치 〈수라〉를 사설시조의 형식으로 바꾸어 놓은 듯하다. 시집 『사진리 대설(大雪)』(창작과비평사, 1993)에 실린 이 작품에는 '〈수라〉에 답한다'는 부제가 붙어 있다. 시작 모티브가 백석의 「수라」에 있다는 이 분명한 표지가 아니라도 우리는 그 상호관계를 쉽게 짐작할 수 있지만, 〈거미〉의 1행이 사설시조의 초장, 2행~7행이 중장 그리고 마지막 8행이 종장

잠정적이고 조심스런 결론이 된다 해도, 사설시조의 근본에 흐르던 것들, 곧 '가객이라는 존재─인간 성정의 자유로운 표출─길이에 제한두지 않는 개방된 형식' 등은 바로 다음 시기 곧 20세기에 들어서서 두고두고 시인들의 관심을 사기에 족했다. 비록 그것이 일부 시인에 국한된 것이었을지라도, 때로 무의식적으로 작용했다 할지라도, 거기서 주목할 만한 작품이 생산되었다면 면밀히 살펴볼 일이다.

　　우리 근대시는 전통이건 창조건 그 뿌리의 어떤 접점을 찾지 못하고 있다. 이렇듯 에두른 접근이 혹시 어떤 해결을 줄 지 나는 아직 기다리고 있다.

으로 보인다는 것이다. 물론 시인 자신은 이 같은 사실을 전혀 의식하지 않았다고 한다. 그럼에도 불구하고 백석의 시에 답하는 내용을 설정하면서 자연스럽게 사설시조의 형식으로 기운 것은 무엇을 말하는 것일까? 개인적으로 만난 자리에서 나는 고형렬 시인에게 이 작품이 사설시조의 형식과 같다고 하였다. 시인은 신기한 듯 웃기만 하였다.

시인인가 죄인인가

-궁핍의 시학

1

오천년 중국 역사 가운데 그만큼 부요한 때가 없었으련만 거기 예외는 있어서 시인은 당(唐)나라 시대에도 궁핍하기만 했던 모양이다. 당대의 문장가 구양수(歐陽脩)가 매성유(梅聖兪)의 시집에 서문으로 써준 '시는 궁핍한 다음에 좋아진다[詩窮而後工]'는 말은 오늘날까지 우리의 뇌리를 때린다. 그러나 왜 굳이 궁핍한 다음일까?

기실 구양수는 '시가 사람을 궁핍하게 한다[詩能窮人]'는 일반의 생각을 불식시키는 의미에서 이 말을 했다.[1] 시를 아예 마귀에

---

1) 이 글의 대강을 추리면 다음과 같다. (여기서는 '궁핍'을 '옹색하다'라고 번역하였다) "나는 세상 사람들이, 시인은 잘나가기는 어렵고 옹색하게 살 뿐이라는 말을 들었다. 왜 그런가? 대개 세상의 시들은 옹색한 옛말에서 따

까지 비유한 사람2)이 있었으니 궁핍쯤이야 한 단계 아래라 해도, 시를 쓰고 좋아하다 보면 현실의 욕심과는 멀어지고 필연코 가난을 이고 사는 처지에 떨어진다는 것이어서 시인에 대한 일반인의 고정관념 같은 것을 떠올리게 하지만, 그러나 그런 생각의 이면에는 시인의 가치를 높이자는 뜻도 숨어있기는 하다. 그래서 어떤 이는 풍요롭게 살면서도 시에서만큼 습관적으로 가난과 병을 호소한다. 그래야만 시가 된다고 보았기 때문이다. 구양수는 그런 허위의식이 싫었던가 보다. 그래서 시가 사람을 궁핍하게 하는 것이 아니라, 정말 궁핍해 본 사람만이 하늘과 사람을 울리는 작품을 내놓는다고 뒤집어 말한 것이다. 딴에는 시인이 맞닥뜨리는 궁핍한 현실을 적극적으로 받아들인 셈이다. 두 말의 어느 쪽이 사실에 더 가까운지 많은 이들의 입방아가 그 다음에 이어지기는 하나 궁핍하다는 사실 자체는 어디에서든 없어지지 않는다.

궁핍은 어느 시대에서나 있었고 지금도 마찬가지이다. 문인들의 한달 원고료 수입이 어느 정도로 참담한가는 얼마 전 한 조사

오기 십상이다. 무릇 선비가 실력을 갖추고도 쓰이지 못하면 산 속이나 물가를 찾아가 논다. 벌레, 물고기, 초목, 바람과 구름 그리고 새, 짐승을 보고 기괴한 표현을 얻고, 마음에 근심과 울분이 쌓이면 원망하고 풍자하면서, 타관으로 떠도는 신하나 과부가 한탄하는 속내를 그려내는데, 그것이 옹색하면 옹색할수록 잘한다. 그렇다면 시가 사람을 옹색하게 하는 것이 아니고 옹색한 다음이라야 좋아지는 것이다."

2) 이는 이규보가 한 말이다. 시를 마귀로 표현한 그의 글에 「詩癖」, 「驅詩魔文」이 대표적이다.

에서 나타났지만, 그것은 그다지 새삼스런 소식이 되지 못하였다. 차라리 시인을 직업으로 삼아 시를 쓰는 일만으로 생계를 꾸리겠다는 사람이 뻔뻔할지도 모른다.

구양수는 그저 뻔한 소리를 한 것일까? 마땅히 궁핍하게 살아가야 할 시인들의 운명을 그런 식으로 위로해 보자는 심산이었을까? 이제 우리가 다시 그의 말의 속뜻을 들여다 보건대 궁핍의 본질은 다른 데 있는 것 같다. 어느 시대 어느 삶에서건 경제는 일차적인 문제를 이루지만, 그의 말이 다만 경제적인 궁핍을 말하자는 것은 아니었으리라. 그것만이라면 그 문장에서 궁이 아니라 빈(貧)을 썼어야 옳다. 시인은 마땅히 어떤 것에 궁핍을 느껴야 하고, 그 궁핍을 채우는 데 다름 아닌 그에게 주어진 언어를 쓴다. 그것의 끝이 궁극이다. 남이 경험한 사실을, 남이 생각한 틀을 대충 빌려 말하지 않고, 그 스스로 끝 간 데까지 가본 어떤 삶의 진실이 그의 언어를 통해 나오는 것이다.

시인은 그에게 주어진 시적 과업에 궁핍하여야 한다. 그 궁핍의 끝에 궁극을 만나야 한다. 그것이 시와 시인의 미학이다.

2

지난 시대에 시인은 무엇에 궁핍하였는가? 너무 멀리는 가지 말자. 20세기에 들어 우리 시인들이 부딪친 가장 큰 문제는 식민지 상황 속의 근대였을 것이다. 어디까지 근대인가를 온몸을 던져 찾아 헤맸던 이상(李箱)이 그 끝 간 데 마지막 죽음의 자리 도쿄(東京)에서 남긴 고백은 하나의 상징이다.

암만 해도 나는 19세기와 20세기의 틈사구니에 끼여 졸도하려 드는 무뢰한인 모양이오. 완전히 20세기 사람이 되기에는 내 혈관에는 너무도 많은 19세기의 엄숙한 도덕성의 피가 위협하듯이 흐르고 있소 그려.3)

20세기 사람이 되려는 몸부림으로서의 시, 우리는 이상을 그렇게 한정지어도 좋겠다. 비록 그가 겉모양의 모더니즘이었다는 비판을 감수해야할지도 모르지만 이것은 이상 개인만의 문제는 아니다. 이상에게서 우리는 모더니즘의 포즈를 취해야 한다는 강렬한 자의식을 발견하는 것만으로도 일단의 의미망을 형성시킬 수 있다. 이미 각혈이 심각한 상태에서 도쿄행을 결행하고 결국 최후를 맞은 생애의 몸부림이 단순한 포즈로 보이지 않는다.

이상의 포즈는 60년대 말의 김수영에게 이어지고 있다. 20세기를 온전히 살아낸 오늘날에서도 이 문제는 그다지 시원한 해답을 얻지 못하고 있지만, 그들이 각혈을 해가며 찾아 헤맨 근대를

---

3) 이 대목에 대한 정밀한 논의는 이경훈, 「질투의 수사학─이상 연구 8」, 『연세어문학』 30·31합집(연세대 국문학과, 1999)을 참조 바람.

궁핍이라 말하고 그 궁핍으로 그들은 자신의 발언을 했다는 사실에 주목하고자 한다. 이상이 식민지라는 배경에서, 김수영이 전쟁과 분단이라는 배경에서 만났던 궁핍은 매우 닮아 보인다. 이상보다는 좀 뒤 세대에 그리고 좀 오래 살았던 김수영이 그것의 구체적인 문제로 문학의 현실참여를 주장하고 나서지만, 그것은 단순히 문학이 어떤 일의 도구가 되자 함이 아니요, 문학의 오롯함은 궁극의 진실을 담아야 한다는 소신의 표현에 지나지 않았으리라.

6,70년대의 시인들은 식민지 시절의 시인들을 차라리 행복했다고 말했었다. 식민지 시절의 시인들에게는 식민 지배자라는, 그들이 싸워야 할 적이 너무도 분명했기 때문이다. 그에 비한다면 6,70년대는 적과 아군의 구분이 점점 모호해지고 있었다. 독재나 민주는 사람들 각각의 이익에 따라 달리 해석되기 마련이다. 그런데 이즈음의 시인들은 6,70년대가 좋았다고 말한다. 그때는 싸울 명분과 찾아가야 할 목표가 그나마 분명했기 때문이다.

그러나 문학이 싸워야 할 목표가 무엇인가? 식민 지배자인가, 독재자인가? 그것들은 표면에 불과하다. 한 시절의 방편에 불과하다. 이상과 김수영이, 만해와 신동엽이 표면과 방편의 적들을 향해 싸움을 걸고 목숨을 바친 사람들이었다고 생각해서는 곤란하다. 그들은 궁극에 궁핍했고 그 궁핍 때문에 싸웠다.

오늘날 시인들이 6,70년대를 부러워하고 더 나아가 식민지 시절을 행복했다고 말하는 이유 가운데는 결코 동의 못할 부분이 있다. 김수영이 박인환을 향하여 그는 코스츔만 배웠다고 질타한 속내를 우리 또한 다시 새겨야 한다. 혹여 우리가 부러워하는 부분도 그 시대의 코스츔은 아닌가?

식민지 시대에 시인은 암울한 식민지적 분위기에 궁핍의 고리를 걸었다. 6,70년대에 시인들은 분단과 독재의 척박한 상황에 궁핍의 고리를 걸었다. 이상과 김수영의 예처럼, 식민지 시대이건 독재시대이건 그것에 맞선 싸움의 내면에는 20세기라는, 근대라는 화두의 정체가 무엇인가라는 질문이 본질에 자리 잡는다. 화두는 늘 관념적이고 희미한 실마리만을 준다. 그것을 구체화하고 몸통을 만져보기 위해서는 현실상황의 구체적인 데에 논의의 실체를 걸어야 한다. 그것이 표면이고 방편이라는 것인데, 시대에 따라서 보다 뚜렷한 명분을 만들어주는 경우와 미로를 헤매게 하는 경우가 다를 뿐이다.

3

90년대에 시인은 무엇을 궁핍해 하였는가? 한 젊은 평론가의 말대로 우리 시의 90년대는 총체적인 무기력에 빠져 있음이 분명하고, 그가 선언한 바, "시는 이제 더 이상 문학의 중심이 아니며 문학은 이제 더 이상 문화의 중심이 아니다"[4]는 진단이 옳을지도 모르겠다. 나는 그것을 궁핍해 할 대상의 부재로 이해한다.

그렇다고는 하나 정말 우리에게 궁핍한 대목이 사라졌는가? 정권이 바뀌었다고 민주화가 되었으며 돈 좀 벌었다고 누구나 가난에서 자유로운가? 정권은 여전히 권위주의적이고 나눠먹기이며, 돈 벌어 부자가 되었다가도 하루아침에 알거지 신세가 되는 경험을 우리는 지금 하고 있다. 그것보다 더 큰 문제는 이미 지난 시절의 식민지와 군사독재가 남겨주었고 어느덧 닮아가고 있는 폭력적 삶의 방식이다. 민주주의적 대화와 해결의 방식이 우리에게 정착되었다고 말할 사람은 아무도 없을 것이다. 오히려 지난 시절의 폭력적 삶의 방식이 단번에 문제를 해결하는 데 더 효과적이라고 믿는 사람들이 많다. 은근히 또는 적극적으로 박정희를 추앙하는 사람들은 그렇다고 치자. 이른바 운동권을 살아온 사람들조차 부지불식간에 폭력의 세월이 몸에 배어, 이제 그들의 손에서 또 다른 폭력이 흘러나오고, 그 같은 훈련에 철저하지 못하고 실천적 경험마저 부족한 오늘날 대학사회의 새로운 세대들은 독재적 폭력의 논리에 거의 무방비로 노출되어 있다. 이념의 푯대가 지탱해주던 기율조차 사라진 마녀사냥뿐이다.

우리는 우리가 찾아야 할 궁극적인 세상의 한 단계를 겨우 넘어왔다. 지난날의 첫 단계는 차라리 눈에 선연히 보이는 것이어서

---

4) 남진우, 「시의 종말, 종말의 시」, 정과리 외, 『21세기 문학이란 무엇인가』 (민음사, 1998), p.459.

문제의 핵심을 추리기 쉬웠지만, 이제는 보다 복잡하고 다면적인 양상의 흐릿한 덩어리가 남아 우리를 기다리고 있다. 그것을 다만 어느 시인의 노래처럼, "되돌아 온 폭력과 비리와 비참한 거짓들, 그리하여 단순한 어휘들조차 다시 상징의 두께를 거느리게 되는 이 굴욕스런 계절의 봄과 여름"이라고 규정짓는 데 그칠 수 없다. 왜곡과 오해와 편견은 폭력과 비리와 거짓을 동반하여 어느 시대에서나 있었고 있을 것이다. 그런데 시대의 양상은 정교해지고 있다. 시대의 정교함은 왜곡과 오해와 편견도 정교하게 만들고, 그런 만큼 그것을 읽어낼 눈이 더욱 정교해질 것을 요구하고 있다.

이 시대의 궁핍은 정교하다 못해 교묘하게 숨어 있다. 지난날의 거대담론이 담았던 큰 덩어리의 문제들은 분화되어 일상의 사사로운 삶 속으로 파고들어 편재하고, 상승되었다고 믿는 삶의 부면들이 궁핍의 감각마저 상실하게 하였다. 궁핍의 고리가 분명하지 않은 이 같은 시대일수록 시인의 혜안을 기다린다. 그러기에 시가 무엇의 중심에 들어가기를 희망하기보다, 시각을 달리 해, 존재해야 할 책무로서 의미를 따지자면 시인의 역할은 더욱 커져 있다. 궁핍의 꼬투리를 잡아 거기에 고리를 걸기란 매우 감각적인 일이다.

시인의 혜안을 어떤 종교와 철학적 심상으로부터 얻어지는 것으로만 해석해서는 안 될 것이다. 이는 분명 문학 안에서 구현되는 미학이다. 어떤 눈을 가지는가는 시인이 무엇을 아름답다고 말하는가의 다른 말이다. 지난 시절 시인들에게는 미학을 찾지 않아도 미학이 먼저 와 있었다. 식민지 시절에는 독립만으로도 미학이었고, 독재 시절에는 민주만으로도 미학이었다. 절대 곤궁이 휩쓰는 세상에서 시인은 가난을 노래하는 것만으로도 미학을 구현했다. 그것이 오늘날 시인들이 지난날 시인들을 행복하고 부러운 존재로 보는 이유일 것이다. 그러나 궁핍은 시대와 사회가 주는 타율적 궁핍만이 아니라, 자신의 내면으로부터 갈구하는 자율적 궁핍이어야 한다. 이 말을 자율적 미학과 타율적 미학으로 바꾸어도 좋다.

우리들의 궁핍은 무엇인가? 바로 자율적 미학의 부재요 이를 찾아가는 궁극의 노력이 부족하다는 점이다.

구양수의 논의 이래로 많은 해석이 뒤따른다고 하였지만, 조선조 전기의 문장가 이정구(李廷龜)가 한 말은 곱씹어 볼 만하다. 시는 시인이 "시에 오롯이 매달린 다음에야 좋아진다[詩專而後工]"는 말이다.5) 궁(窮)을 전(專)으로 바꾸어 놓은 이 문장에서 오늘날 시인이 미학을 찾아가는 방법의 힌트 하나가 나온다. 시에

---

5) 이 글의 대강은 이렇다. "문장은 하나의 재주이다. 오롯이 하다보면 좋아진다. 잘나고 잘살며 명성과 이익을 좇는 자들은 시 짓는 일에 오롯할 수 없다. 그러기에 옛부터 시를 잘 짓는 자들은 옹색하고, 걱정하고 떠돌며 괴로워 하다보니 때를 얻지도 못한다. 그러므로 시를 잘 짓겠다고 해서 옹색해지는 것이 아니라 옹색한 처지가 시짓기에 오롯하게 하여, 오로지 매달리다 보면 저절로 잘 짓게 되는 것이다."

오롯이 전념한 시인에게서 우리는 다음과 같이 맑은 소리를 들을 수 있다.

> 일월 아침 얼음빛 하얀, 성에꽃 흘러내린다
> 저 슬픈 마음 네 눈동자 속에서 흐른다
> 낙화를 슬퍼한 옛 시인들아, 나는 오늘
> 그 성에꽃들이 물이 되는 소리를 듣는가
> 반짝이는, 말없는, 붙잡을 수 없는 은빛 잎
> 창밖은 모래알이 떨고 있는 추운 아침
> 가질 수가 없으므로 살아 있고 아름다운
> 하늘과 마음만 얼지 않은 일월 한가운데
> 추위를 껴안고 함께 밤을 꿈꾼 소년아,
> 너에게 모두 보여준 만다라를 다 보았니
> 해가 마당에 찾아오고, 성에는 흐르는 아침
> 동햇가 그 엄동설한을 잊지 말고 살아라
> 이불을 어깨에 둘러감고 바라보던 창얼음
> 물이 되어 흐르는 은빛 부처, 찬란한 햇살
> 그때 내겐, 성에꽃을 부를 이름이 없었다
>
> ―고형렬, 〈성에꽃 눈부처〉 전문

'모래알이 떨고 있는 추운 아침'을 경험한 세대로서 시인에게는 먼저 가난과 외로움의 정서가 깔리지만, '추위를 껴안고 함께 밤을 꿈꾼 소년'이었기에 건강하다. 꽃처럼 피어난 성에가 아침 햇살을 받아 녹아내릴 때, 그 시간과 함께 간밤의 추위도 물러나는 것이나, 그 창얼음을 은빛 부처로 보는 눈은 건강함을 넘어 어떤 장엄함마저 깃들어 있는 듯하다. '성에꽃'이 현실의 지난함의 상징이라면 '눈부처'는 현실의 문제를 극복하는 승화된 그것이다. 그러면서 그렇지만도 않다. 시인은 '성에'에는 '꽃'을 붙이고 '부처'에는 '눈'을 붙였다. 성에와 꽃, 눈과 부처가 그 안에서 대립항을 이루고 있으면서 다시 성에꽃과 눈부처가 큰 대립항으로 엮여 나간다. 그 변증법적 질서가 현묘하다.

분명코 시는 재주만의 소산이 아니다. 오롯이 매달리는 시인의 투신을 요구하는 바, 원리는 평범하되 실천은 그렇게 쉽지 않다. 그러나 그 실천 뒤에만 궁극의 길에 들어서는 것임을 이 시와 시인은 보여주고 있다. 소년이었을 때 시인은 성에꽃을 부를 이름을 가지고 있지 않았었다고 말한다. 이름을 붙이기까지 시에 매달린 20여 년이 필요했고, 거기에 그가 성취한 시적 미학이 어느덧 자리 잡아 있다.

4

시인이 시인 노릇을 못해 곧 죄인이라는 말로 들려온다는 고백을 나는 등단하던 무렵 나의 스승에게서 들었다. 이 말은 70년대와 80년대 초반의 암울한 상황을 헤쳐 온 그분의 체험에서 나왔다. 그러므로 시인 노릇을 못한다는 구체적인 정황은 그 시대의 사회상황과 관련되어 있다. 독재의 시대에 시인이 할 역할은 무엇보다 시대의 진실을 말하는 것이었고, 보다 구체적으로는 반독재 민주화 투쟁에 선다는 것이었다. 스승은 시인이 그러지 못하면 죄인이라고 생각하였던 듯하다.

시인인가, 죄인인가? 이는 시가 무엇인지도 잘 모르는 햇병아리에게 너무도 무거운 자기반성과 투쟁의 화두였음에 틀림없었다. 가만있으면 중간이나 간다고, 그래서 나는 침묵을 먼저 배웠고, 남들 덕에 험악한 시절이 물러간 다음 지금에서야 값싼 입을 놀리고 있다. 그러나 중간은 없었다. 시인은 시인 아니면 보통 사람인 것이 아니었다. 시인 아니면 곧 죄인이다.

시인이 죄인으로 살기는 이 시대에서도 마찬가지이다. 교묘하게 편재한 시대의 문제를 읽어야 한다는 문제는 지난 날 용감한 시인들이 목숨을 내놓거나 감옥행을 마다하지 않으며 싸웠던 경험과 비교하여 결코 가볍지 않다. 시대의 중심에 서지 못한 채 아무도 요구하지 않는 죽음을 찾아가야 한다는 이 외로움과 고통. 그러나 궁핍 끝에 도사리고 있는 저 궁극을 향하는 발걸음이 시인의 길이고 그렇지 않으면 죄인이다.

우리들의 구체적인 궁핍을 무엇으로 잡을까? 시인에 따라 지향하여 찾아낼 고리가 많겠지만 나는 무엇보다 우리에게 물려진 가난한 모국어에 대한 궁핍을 들고 싶다.

제도적으로 말한다면 일상에서건 문학에서건 우리에게 모국어의 역사는 20세기 100년에 불과하다. 좀 더 극단적으로는 해방 후 50여 년이다. 한글 창제는 그 처음 목적이 한자의 발음기호 표기에 좀 더 정확성을 기하자는 데에 있었다. 자꾸만 변질되어 가는 한자 발음을 원음에 가깝게 적는다는 원칙[6]이 먼저였고, 그 덕분에 지금까지도 한자어 발음에서 중세 이전의 모습은 중국보 다 우리에게 더 남아 있다. 그런데 만들어 놓고 보니 썩 훌륭했다. 본격적으로 한글을 사용한 지 100년 또는 50년에 불과하지만, 오 늘날 우리가 이룩한 한글문화의 총량을 세종대왕이 다시 깨어나 본다면 그 분 자신이 더 놀랄지도 모른다. 양으로만 친다면 이토 록 풍요로워질 수가 없다. 그러나 기실 언어의 풍요로운 모습은 그 양이 아니라 실제 생활의 활용에 있다. 이런 경험을 말해 보자. 나는 가끔 네 살짜리 딸에게서 깜짝 놀랄 말을 들을 때가 있다. 그런데 오히려 어른이나 학생 심지어 말을 다루는 문인들 사이의 일상대화에 끼어들어 좋은 말을 배웠다는 상큼한 기억이 많지 않 다. 사전의 어느 구석에서 궁벽진 말 하나 찾아내 작품이라 만들 고 정작 자신의 언어생활에서 내동댕이치는 시인은 모국어를 기

---

6) 洪武正韻을 본 떠 東國正韻을 만든 사실이 이를 증명한다. 한글 창제는 동국정운 편찬의 소산이었다. 홍무정운은 그때로 치면 이미 중국에서도 한 시대가 지난 송나라 때 나왔고 거기에는 비교적 중세 이전 중국어 발음이 고스란히 남아 있었다. 대표적인 예가 p, t, k를 받침으로 쓴다는 것이다. 우리는 지금까지도 이 받침을 쓰고 있지만 명나라 이후 중국어에서는 이들 이 사라졌다.

만하는 자이다.

나는 모국어를 배우는 것이 아니라 만나는 것이라 믿고 있다. 만남은 시인의 전 활동영역에 걸쳐 있고 그것이 총체적인 삶일진대 거기에 매개자처럼 모국어는 늘 끼어 든다. '인간에게 말은 수단이 아니라 본연의 제신(諸神)들'[7]이라는 노시인의 말은 경청할 만하다.

시인이 모국어의 전도사라는 원론적인 개념에 충실하자면, 모국어를 가꾸는 일이 새로운 시대에도 시인에게는 여전히 중요한 과제로 떠오르지만, 이런 주장은 어쩌면 너무도 당연해 간과했던 문제를 재인식하자는 정도에서 그쳐 무방하다. 그러나 배움만이 아니라 만남의 관점에서 본다면 모국어는 곧 삶의 연장이며 현장이다. 시인에게 모국어와의 만남은 삶 자체이고 미학이다. 그 삶과 미학 속에 모국어가 풍요롭게 놀게 해야 한다.

새로운 세기에 시인은 무엇에 궁핍해 할 것인가? 선언적인 명제로 시작해서 구체적인 제시가 부족한 채 글을 맺는 아쉬움이 있다. 시인으로서 내 자신 궁핍에 철저하지 못한 까닭이다. 그런대로 한 가지 덧붙이자면 근대적 이성에서의 진정성을 들고 싶다. 이성이 근대에 와서 빛났던 것은 거기 자유가 동반되었기 때문일 것이다. 같은 화법으로 말하자면, 이성이 문학에 와서 빛났던 것

---

7) 이는 고은 시인이 중앙일보에 연재하고 있는 '시가 있는 아침'(1999년 4월 29일자)의 해설 가운데 한 구절이다.

은 거기 진정성이 자리 잡고 있기 때문이다. 오늘의 우리 삶은 이성만 있고 진정이 없거나, 진정은 있으되 이성이 없는 배반의 연속이다. 시인은 운명적으로 그 배반을 받아들여야 하는 존재이고 그것이 궁핍의 고리 가운데 하나이다.

슬픈 천명으로서의 문학

−문학과 종교

1

윤동주(尹東柱, 1917~1945)에게 남아있는 마지막 작품 〈쉽게 씌어진 시(詩)〉는 '동경교외(東京郊外) 어느 조용한 하숙방'[1]에서 태어났다. 이 시야말로 마지막 작품이라는 문학사적 의미에다 윤동주 문학의 정점이라는 평가에 손색이 없다.

개인적으로 본다면 경제적인 어려움, 사회적으로 본다면 전시체제의 불안한 분위기 속에서 감행된 윤동주의 유학은 그가 가고자 했던 문학에의 끝없는 도정(道程) 가운데 하나였지만, 결국 그 자신의 비극적 종말을 배태하고 있었다. "창(窓)밖에 밤비가 속살거려/육첩방(六疊房)은 남의 나라." − 우리는 여기서 내선일체(內

---

1) 윤동주, 〈사랑스런 追憶〉의 제 5연. 이 작품은 〈쉽게 씌어진 詩〉보다 20일 앞서 쓰였다.

鮮一體)의 망령이 지배하는 때에 일본을 '남의 나라'라고 분명히 말하는 윤동주의 의식 저편을 가늠해 보아야 한다.

그러나 이 작품의 다음 구절에서 우리는 시와 시인에 대한 그의 특별한 인식을 본다.

> 시인(詩人)이란 슬픈 천명(天命)인줄 알면서도
> 한 줄 시(詩)를 적어 볼가,

어찌하여 윤동주는 시인을 '슬픈 천명'이라 정의하고 있는 것일까? 적국의 심장에 유학생의 신분으로 찾아든 이 여린 시인이 말하는 슬픔은 문득 식민지적 상황을 떠올리게 하지만, 사실은 좀 더 근본적인 문제가 천착을 기다리고 있다. 시인이란 슬픈 천명, 이것은 개인적인 또는 사회적인 역학관계를 넘어선 다른 의식의 연장선상이라는 사실이다. 이는 곧 릴케가 이른바 '시인은 신의 저주받은 인간'이라는 외침의 변주이다.

절대적 신의 영향 아래에서 벗어난 근대적 지식인으로서 릴케는 신이 관장하는 일의 핵심을 건드리는 존재가 시인이라고 보았던 것 같다. 신이 관장하는 일의 핵심은 무엇인가? 그것은 곧 창조이다. 인간을 만들고 인간의 일을 관장하는 마이다스의 손, 그것이 곧 신일진대, 시인은 감히 신만이 알 수 있는 인생의 비의(秘義)를 그의 시적 감수성으로 찾아내고 신이 내리는 인생의 정의를 대신하고자 한다. 신의 영역을 침범하는 이 같은 행위야말로 신에게 저주받을 짓을 하는 것이나 다름없다. 릴케는 시인의 존재가 얼마나 엄청난가를 이 같은 역설로 보여주었다.

신의 저주받은 인간, 그러기에 슬픈 천명이다. 이는 프로메테우스가 불을 훔쳐 인간에게 가져다주고 영원한 저주를 받은 사건과 유사하다. 윤동주가 릴케의 시를 특히 가까이 했다는 증거는 여러 연구를 통해 밝혀지고 있거니와, 대표작 〈별헤는 밤〉에서 "「프랑시쓰 쨈」「라이넬 마리아 릴케」이런 시인(詩人)의 이름을 불러봅니다"라는 구절에서도, 굳이 그의 이름을 거명한 이유를 우리는 '슬픈 천명'의 의식으로 연결시켜보게 된다. 그에게 시와 시인에 관한 릴케적 사유가 깃들었음을 저간의 사정을 통해 확인한다.

재언하거니와 이는 근대적 의식의 산물이다. 모든 면에서 신에게 복종했던 시대에 문학과 종교는 아무런 마찰이 빚어지지 않았다. 시는 다만 신의 목소리를 담아내는 도구로서 기능했다. 이같이 평화로운 공존이 깨진 것은 근대적 인간의식의 성장이 가져온 산물이다. 인간은 이제 인간으로서의 사유와 그것을 담는 그릇으로서 시를 생각하고 신으로부터 도망쳐 나왔다. 시가 담을 내용이란, 그러기에 필연적으로, 신의 자리와 겹칠 수밖에 없었고, 거기서 위대한 반란은 시작되었다.

인생의 비의를 캐고 말하기, 그것은 곧 신과 시인이 만나 경쟁

하는 자리가 되고 만 것이다.

2

슬픈 천명으로서의 문학, 그것은 시에서만이 아니다. 소설에서도 조금은 다른 양상을 띠며 나타난다. 루카치가 그의 『소설의 이론』에서 "소설은 신에게 버림당한 세계의 서사시이다. 소설 주인공의 심리상태는 악마적이다"라고 말한 부분을 보자. 릴케의 시가 신과의 대립이라면 루카치의 소설 이해는 버림당한 세계의 그 무엇이다.

루카치는 그 같은 심리상태가 악마적인 데에서 나왔다고 말한다. 성스러운 것의 대립항으로서 악마성은 그러나 인간 본연의 자리를 찾아가는 또 하나의 길이다. 물론 이것은 신과의 대립점임이 분명한데, 그러므로 신에게 버림받게 되지만, 소설은 인간의 악마적 기질로부터 인간성을 탐구해가는 근대적 인간중심주의의 산물이다. 그러기에 연구자에 따라서 루카치의 말은 "소설은 원죄론적인 인간 이해와 근친적인 장르인 것처럼 보인다"(송상일, 「부재하는 신과 소설」)고 해석된다.

소설이 보다 직접적으로 종교적인 문제와 부닥치게 되는 데에는 소설 자체의 장르적 특성과 연계되는 일면이 있다.

소설은 문학의 여러 장르 가운데 가장 근대적인 성향을 띤다.

물론 소설은 근대 이전부터 존재했지만 근대적인 그것과 많은 차이가 있다. 영웅들의 신기한 일생담 위주의 이전 소설에서 변화된 근대소설의 모습은 일상인들의 평범한 생활을 소재로 하되 거기에는 세계와 불화하는 인간의식의 고뇌와 갈등이 그려진다. 인간의 세계에 대한 이해는 과학의 발달과 궤적을 같이 해 나가지만, 과학으로 알게 된 세계보다 미궁에 빠지는 새로운 의문이 더 많아졌음은 하나의 아이러니이다. 모든 일이 신의 조화와 섭리 속에 운행된다는 고대인의 세계관에서 벗어나 모든 운명적 사건을 인간으로부터 찾게 되면서 인간은 더 많은 사실을 알게 되었지만 모르는 더 많은 사실이 나타났다는 것이다. 신에게 미루었던 부분들 곧 종교적 세계에서 벗어난 다음 인간이 안게 된 더 큰 짐이다.

그러나 근대적 인간은 그 같은 고민을 거부하지 않고 자신의 운명 속에서 새로운 길을 모색해보고자 한다. 소설은 이 같은 근대인의 의식을 가장 잘 담아내는 그릇이었다. 근대를 맞는 시인이 자신의 의식세계 속에서 새로운 모습을 발견하고자 했던 데 비해 소설은 더 복잡한 사회적 구도 속에서 일상적 생활을 그려내고자 했던 것이다. 그러기에 거기에 갈등은 증폭되고 고민은 쌓여갔다. 시인은 신을 대신하려 했지만 소설가는 신이 없는 곳에서 새로운 인간을 발견하려 했다. 비록 그것이 악마적이라 한들.

상황이 그렇다고 하지만 인간은 영원히 신을 떠날 수 있는가? 사실은 버림받았음으로 해서, 버림받았다고 스스로 경계 지움으로써 확인하는 더 큰 자리가 있었다. 신의 자리, 그것은 문학과 종교를 결코 끊어놓지 못하는 줄이다.

3

문학과 종교는 같은 자리에 있을 수 없는 것일까? 근대의 세계 속에서 서로는 영영 결별하고 마는 것일까? 그렇지 않다는 답변은 이미 앞에서 암시되었다.

> 예술에 결정적인 중요성을 가지는 〈상상〉은 없는 것을 머리 속에서 형상화하는 것이요 예술이란 거기에 살을 입혀 존재를 부여하는 것이기 때문에 예술가는 창조주와 같은 일을 하는 〈창조자〉가 되는 것이다.
>
> —문익환, 〈신학과 문학의 만남〉

이 말은 기실 베르자예프가 말한 창세기 1장의 '하느님의 형상'을 '창조주의 형상'이라고 이해한 데 대한 설명이다. 절대적 존재자로서 신과의 공존은 신이 시인에게 부여한 고유의 임무를 누구도 적대적으로 보지 않는 데서 출발한다. 창조는 신의 고유 영역이다. 그 같은 영역에 동참할 인간 가운데 가장 닮은꼴을 한 존재가 시인, 곧 예술가이다. 신의 한 영역을 뺏어오는 것이 아니라 이 땅에서 대리하는 것이다. 그런 마음만이 다음과 같은 시를 만들어 낸다.

　　더러는
　　沃土에 떨어지는 작은 生命이고저……

　　흠도 티도,
　　금가지 않은
　　나의 全體는 오직 이뿐

　　더욱 값진 것으로
　　드리라 하올 제,

　　나의 가장 나아종 지니인 것도 오직 이뿐

　　아름다운 나무의 꽃이 시듦을 보시고
　　열매를 맺게 하신 당신은,

　　나의 웃음을
　　만드신 후에
　　새로이 나의 눈물을 지어 주시다.
　　　　　　　　　　　　　　　　　－김현승, 〈눈물〉

　'가장 나아종 지니인 것' 곧 궁극의 가치를 '눈물'로 표상한 이
작품에서 시인은 인간의 슬픔과 기쁨을 그가 믿는 절대자와 함께
하려는 미덕을 가지고 있다. 이 같은 마음 씀이 곧 종교와 문학이

극적으로 만나는 자리이다.

물론 '옥토에 떨어지는 작은 생명'과 같은 시구에서 이 작품이 기독교적 신앙을 바탕 삼았음을 알게 하지만[2] 좀 더 넓게 본다면 우주 삼라만상의 나고 죽음의 자연적 질서 속에서 설명된다. 꽃이 시드는 자리에 열매가 맺는 사실은 그대로 자연의 법칙이다. 자연의 법칙을 심상히 여긴다면 아무것도 아니지만 사실 이보다 위대한 질서란 없다. 그것은 생로병사(生老病死) 인간의 운명을 상징하거나 설명한다.

그런데 마지막 연을 보라. 웃음을 만든 다음 눈물을 지어주셨다. 그 사이에 '새로이'라는 부사가 끼어있다. 이 말이야말로 이 작품의 전체를 쥐고 있는 핵심이다. 신은 인간의 행복을 보장한다. 최소한 그를 거역하지 않는다면 말이다. 그런데 뜻밖의 슬픔이 닥친다. 몹쓸 죄를 지은 것도 아니요 그를 거역하지 않았는데도 어떤 불행이 한 인간의 일상적 삶을 송두리째 흔들어 놓는 경

---

2) 기존의 연구자들은 이 같은 관점에서 해석한 경우가 대부분이고 다음과 같은 논의가 그 가운데에서 가장 일반적이리라 본다. "'눈물'이라는 시적 제재는 '자기 정화'라는 물의 원형적 상징성을 강하게 띤다. 그리고 이 시의 정황은 사랑하는 아들을 잃었다는 구체적인 개인사를 배경으로 하고 있지만, 그 발상 구조는 철저히 성서적 비유에 입각한 인생론적 태도이다. 신약 성서 마태복음에 보면 '더러는 옥토에 떨어지매 혹 백 배, 혹 육십 배, 혹 삼십 배의 결실을 하였느니라'(13:8)는 구절이 나오는데, 이러한 정화의 희생, 거기에서 유로되는 부활과 재생의 이미지를 그가 빌려왔음은 어렵지 않게 유추할 수 있다."(유성호, 「김현승 시의 분석적 연구」)

우가 있다. 그렇다. 우리를 당황하게 하고 신의 존재마저 부정하게 하는 경우란 대체적으로 여기서 생긴다. 거기에 '새로이'의 의미가 살아있다. 신은 이미 처음부터 웃음과 눈물을 함께 주셨다. 다만 웃음을 먼저 주시고 '새로이', 그것은 웃음과 결부되는 어떤 부가된 의미로서가 아니라, 전혀 개별적이고 독립적으로 지어주신 것이다.

'새로이'라는 시어에는 시인인 내가 미처 모르고 있다가 '새로이' 깨닫는 어떤 것이라는 의미가 추가된다. 이것이 곧 신과 공존하고 화해하는 시인의 미덕이다.

4

지금까지 논의는 기독교와 관련된 근대의 종교와 문학의 문제가 주를 이루었다. 그렇다면 불교 쪽에서는 어떠한가?

오늘날 우리 사회에 국한한다면 불교는 첨예한 현실문제에서 비켜나 있는 듯하다. 오히려 서양사회에서 불교에 대한 관심이 높고 새로운 패러다임의 생성기제로서 효용성을 높이고 있는 것과는 대비된다. 그런 까닭에 문학에서도 몇 작품을 제외한다면 중심적이거나 긴요한 자리에 놓여있지 못하다.

그러나 역사를 거슬러 올라가 본다면 불교가 우리 사회의 핵심 화두였고 거기에 문학과의 자리매김이 문제시되기도 한 때가 있

었다. 다만 불교는 종교적 특성상 어떤 다툼의 양상은 심하지 않
다. 깨달음의 좀 더 절묘하고 적확한 표현에 힘이 실려 문학은 종
교와 병치되는 자리를 이미 일찌감치 확보하고 있었던 것이다. 한
시(漢詩)의 변용양태인 선승(禪僧)들의 선시(禪詩) 또한 불립문자
(不立文字) 견성성불(見性成佛)이라는 엄명 속에서도 오히려 활발
히 쓰였을 뿐만 아니라 그것은 경전이 다 보여주지 못한 깨달음과
가르침의 세계를 담고 있다.

우리의 경우, 그것은 한시만이 아니다. 신라시대를 풍미한 향
가는 상당 부분이 문학 속의 종교라고 보아야 한다. 문학과 종교
적 세계가 어우러진 명편을 들라면 당연히 월명사가 지은 〈제망
매가(祭亡妹歌)〉이다.

> 생사의 갈림길
> 여기 있으니 두려웁고
> "나는 갑니다" 말도
> 못하고서 갔는가
> 어느 이른 가을 바람 끝에
> 여기 저기 떨어지는 잎처럼
> 한 가지에 나고
> 가는 곳은 모르겠네
> 아, 미타찰 세상에 만날 나는
> 도 닦아 기다리리.

서정시가로서 신라 향가 최고의 명편이다. 월명사는 죽은 누이를 위해 재를 올리면서 이 시를 썼다. 일견 평범해 보이는 표현의 내면에 속 깊은 울림이 있다. 구태여 요란을 떨지 않는 것이 진정성에 가까운 법이다.

다만 삶의 고통은 죽음이라는 운명적 환경이 만들어 준 것, 도닦는 사람이라고 거기서 완전히 자유로울 수 없다. 가을바람에 떨어지는 낙엽에 속절없는 인간의 생애를 비유한 솜씨가 비상하기만 하다. 그것도 다름 아닌 '이른 바람'이다. 아마도 이 대목이 시의 핵심이리라. 언젠가는 죽겠지만 이다지 이르게 찾아온 죽음이 한 사람의 심금을 울린 것이 아니겠는가.

사실 이 시는 여덟째 줄까지 평범한 인간이 토로할 슬픔을 절제된 감정 속에서도 마음껏 뱉어놓고 있다. 한바탕 시원하게 울었다. 그런데 그것으로 끝이라면 승려의 신분으로 주책 맞은 일, 아홉 번째 줄에서 감탄사를 길게 뺀 다음 흩어진 감정을 추스른다. 다시 만날 것을 믿고 기다리는 마음이야말로 구도자이면서 시인으로서 그가 택할 최선의 길이다. 그 지점이 곧 한편의 시로 완성되는 순간이다.

배경설화인즉 재를 마친 자리에 바람이 불어와 이 시를 적은 종이를 날려 갔다고 한다. 서쪽 방향이다. 이 대목에서 『삼국유사』의 저자 일연은 향가가 천지와 귀신을 감동시켰다는 기록을 일부러 적어 넣고 있다. 천지와 귀신이 감동하는 노래, 우리는 여

기에서 종교와 문학이 합일하는 또 다른 극적인 상황을 목격하게
된다.

　다만 이것은 시만의 문제가 아니다. 소설 나아가 문학이 가지
는 종교와의 역동적인 관계이다. 또한 종교의 어느 쪽을 굳이 가
릴 일도 아니다. 그 같은 의미에서 다음과 같은 글은 깊이 음미되
어야 한다.

　　　기독교 소설에서 신앙−또는 신−은 부재(不在)의 양태로만,
　　훼손된 모습으로만 나타난다. 참으로 그래야 할, 그럼으로써 기
　　독교는 소재가 아닌, 소설의 본질적인 요소로서 내재하게 된다.
　　기독교는 작가에게 문제라야지 고정관념일 수 없다. 고정관념
　　으로서의 기독교를 옹호하거나 비난하는 이들이 붙들고 있는
　　것은 언제나 시대착오적인 기독교의 〈신화〉일 뿐이다. 그러나
　　참으로 기독교는 신화를 배척하고 불확실한 신앙의 모험을 체
　　험하는 것이며 신은 그 신앙 속에 부재로서만 존재하는 것이다.
　　〈믿음은 나타나지 않는 것을 증거한다〉고 사도 바울은 말했다
　　(히브리서 11:1).
　　　　　　　　　　　　　　　　　　　　　　　−송상일, 앞의 글

　이 글에서 기독교를 불교로, 소설을 시로 바꾸어도 그 의미는
한결같다. 윤동주가 말하는 '슬픈 천명'이란 그러므로 부재하는
신의 시대에 사는 인간의 문학적 운명이다.

제3부

사슴과 마귀할멈

−노천명 전집, 『사슴』과 『나비』에 대하여

1

한 사람의 생애가 얼마나 기구한 것인가를 보는 슬픈 시간이
있었다. 말하기로 한다면 누구든 기구하지 않은 사람이 없고 슬프
지 않을 시간이 없지만, 그 가운데에서도 특별히 우리의 가슴을
치는 경우가 있는 법이다. 원인이 자신에게서 왔든 아무 상관도
없이 외부로부터 왔든, 당하는 일이란 괴롭다. 나는 그 한 사람이
노천명(盧天命, 1912~1957)이었음을 새삼 읽는다.

> 6·25사변은 실로 한국에 뛰어든 마귀할멈이었다. 숱한 사람
> 을 못쓰게 만들어놓고 간 데마다 마귀 작대기를 휘둘러 불길한
> 씨를 뿌렸던 것이다. 아직도 이 요기(妖氣)가 자욱해 사람들은
> 제정신을 나지 않았다.
>
> −〈산다는 일〉에서

노천명이 6·25를 '마귀할멈'이라 명명한 데는 이유가 있다. 전쟁 자체가, 그리고 노천명에게 뿐만 아니라 누구에게나 닥친 시련이 그 같은 명명을 우러나오게 할 것이었다. 그러나 노천명에게 마귀는 전쟁과 시련 이상이었다.

비록 일찍 아버지를 여의었지만 유복한 집안에서 자라 이화여전을 졸업한 노천명의 생애는 공주와도 같았다. 학교를 졸업하고, 신문기자가 되고, 20대 후반에 시집 『산호림』을 펴내 서울의 고급 호텔에서 출판기념회를 가지기까지 그의 생활은 화려하기 그지없었다. 우리가 지금 알고 있는 노천명에 대한 인상, 곧 사슴과 장미로 떠올려지는 일면은 바로 이 시기에 형성된 것들이다.

그의 생애가 강퍅해지기는 일제시대 후반부터이다. 웬만큼 이름 있는 사람이면 친일(親日)의 요구에서 벗어날 수 없었던 당대 상황에서 노천명이라고 예외일 리 없고, 그는 적극적이지는 않지만 일정 수준의 친일행동을 했다. 그것은 해방 후에 씻을 수 없는 과오로 낙인찍히면서 그의 생활을 어둡게 만들었다. 다만 친일의 논리란 다양하여 변명을 하기에 따라서 그 또한 괴로운 사슬에서 벗어날 수 있었을 것이다.

그러나 불행은 거기서 끝나지 않았다. 해방의 혼란한 정국이 이어지더니 급기야 동족 간에 전쟁이 터졌을 때 노천명은 치명타를 얻어맞는다. 서울을 떠나지 않았던 그는 적치하의 문학가 동맹에 들어야했고 ,이것이 수복 후 부역활동으로 처리되어 감옥에 간히는 신세가 되었다. 전쟁이 터진 그 해와 다음 해로 이어지는 겨울의 차디찬 감방이었다.

2

돌이켜보면 우리들 독자에게 강하게 각인되어 있는 노천명의 인상이란 '모가지가 길어서 슬픈 짐승'이라 노래한 〈사슴〉의 그것을 넘어가지 못한다. 누구든 대표작으로 불리는 한두 편에 의해 인상이 좌우되기 마련이지만 나는 이번 노천명 전집을 다시 읽으면서 그의 경우 조금은 심할 정도로 단면만이 일생을 결정짓고 있다는 사실에 놀랐다. 〈사슴〉과 〈이름 없는 여인이 되어〉 등이 그의 시적 성향과 성취를 잘 보여준다는 사실에 동의하면서도, 이번 전집을 통해 확인하는 바, 그의 시의 진솔한 면은 전쟁을 겪으면서 써낸 일련의 시들에 있다는 생각이다. 특히 감옥생활을 하며 써낸 시들이 그렇다.

> 엄마는 트럭을 타고 형무소 묘지로
> 애기는 승용차를 타고 고아원으로
> 모녀는 이렇게 소원이던 출감을 했다
>
> 엄마가 감방에서 애기를 낳던 날 밤엔
> 비바람이 우짖고 뇌성벽력을 하더란다

징역 삼 년을 다 못 산 어느 날 저녁
봉화(奉化)아주머니는 이렇게 출감을 했다

　　　　　　　　　　　　　　　　−〈모녀의 출감〉 전문

　두 번째 시집 『별을 쳐다보며』(1953)에 실린 이 작품은 노천명의 시가 다다른 다른 모습을 보여주고 있다. 그의 시를 짓누르는 자아도취의 특별한 수식이나 의식의 과잉이 보이지 않는 순수한 기술이 곧 중년에 겪은 생활의 신산함에서 나왔으리라는 점 쉽게 짐작이 간다. 그에게 이제 무슨 외피가 필요한가? 그가 누려왔던 허영스런 생활의 껍데기가 벗겨지고, 탈속한 입장에서 세상을 바라보는 넓은 눈이 이 시에는 있다. 감방에서 딸을 낳은 여죄수, 산후의 고통을 이기지 못하고 결국 숨지자 고아가 된 어린 것은 고아원으로 보내지는데, 이 같은 풍경은 이 모녀만의 것이 아니요 노천명과 그의 시대를 살았던 모든 사람들이 공유하는 고통과 운명의 파노라마이다. 노천명은 그것을 마귀할멈으로 명명하지 않았는가?

　그렇다고는 하나 인생의 그 같은 곡절이 그의 문학을 세속의 허영으로부터 탈각하는 곳으로 나아가게 했으니 곧 고통이 문학이 된다는 아이러니를 실감한다. 중국의 시인은 이것을 '궁즉달'(窮卽達), 궁하면 통한다고 했던가?

3

노천명의 전집을 읽으며 떠오른 그의 다른 모습은 그가 시에서 보다 오히려 산문에 더 능하다는 데로 이어진다.

첫 시집 『산호림』에서 〈사슴〉은 스물일곱 번째에 실려 있다. 바로 앞의 〈가을의 구도〉까지 읽던 눈이 〈사슴〉에 이르면 전혀 다른 광경에 놀란다. 같은 사람이 쓴 시라고 보기에 너무도 달라진 느낌으로 다가오는 것이다. 기실 노천명의 시를 평가하면서 이 시집을 문학사 가운데 어느 정도 치켜야 하는가는 다시 생각할 일이다. 〈사슴〉 이외에 다른 시 〈장날〉을 제외하고 우리의 관심을 끌만 한 작품을 나는 선뜻 대기 어렵다. 그런데 이 두 편은 나머지 시와는 너무도 다른 호흡이다.

이 같은 불만은 이후 다른 시집에서도 이어진다. 앞서 소개한 바 감옥체험 이후의 시편에서 자아와 세계의 거리감이 균형감각을 갖추고 있을 뿐이다. 그에 비한다면 산문은 이미 초기부터 자신의 경지를 얻고 있다. 심지어 『산호림』의 첫 작품 〈자화상〉이 우리에게 각별하게 읽히는 이유도 그것이 산문시의 형식을 취하고 있기 때문이 아닌가 여겨진다. 이번 전집에서 소설로 분류된 〈오산(誤算)이었다〉를 읽다보면 노천명의 본령이 어디인가를 새삼 돌아보게 되는데, 본인이 어떤 희망을 가졌는가와 상관없이 우리는 그가 본격적인 산문가로 나섰더라면 어떤 결과를 가져왔을까 사뭇 궁금해지는 것이다.

전집의 구성과 편집에 대해서는 약간의 불만이 있다. 무엇보다 이른바 친일행위의 소산이었던 작품들을 의도적으로 배제한데는 동의하기 어렵다. 그러면서도 산문에서 「직업여성과 취미」, 「나의 신생활계획」 등이 포함되었는데, 이것은 친일적인 글임을 편집자들이 몰라서였을까? 전집은 기왕 모든 것을 보여주는 것이다.

申東曄 생각

1

지금으로부터 꼭 30년 전 봄으로 돌아가 보자. 바로 한 세대 전이다. 그리하여 이제는 세상이 한 세대보다 더 많은 양의 변화가 밀려와 그것은 까마득한 옛날이야기로만 들리는 1966년 4월로 돌아가 보자. 이 땅의 한 시인은 그 4월을 이렇게 노래하였다.

> 강산을 덮어 화창한 진달래는 피어나는데
> 그날이 오기까지는, 4월은 갈아엎는 달.
> 그날이 오기까지는, 4월은 일어서는 달.

서양의 한 시인이 4월을 일컬어 '잔인한 달'이라 했지만, '갈아 엎는 달'이라 정정한 시인은 신동엽(1930~1969)이었다. 인용한 시는 1966년 4월에 발표한 〈4월은 갈아엎는 달〉의 마지막 연.

신동엽이 4월을 갈아엎는 달이라고 한 것은 우리나라의 농사철과 관련되어 있다. 봄이 오면 이 나라는 전국 방방곡곡에서 농사가 시작된다. 농사가 겨우내 얼었다 풀린 땅을 갈아엎는 일로 시작된다는 사실을 누구든 알리라. 그러나 신동엽의 노래는 그만한 의미에서 그치지 않는다. 흔들리는 우리의 근대사를 크게 한번 바로잡았던 사건, 바로 4·19 학생혁명에 자리 잡고 있는 것이다.

우리에게 1960년대는 무한한 의미로 다가온다. 새로운 연대가 시작하는 그 해 봄, 학생들은 독재와 불의에 항거하며 일어섰다. 혁명이, 한가해서 하는 어린아이들의 병정놀이와 견줄 수 없다. 우리는 그때 기아선상의 절대빈곤에 시달리고 있었다. 해방된 조국이 제대로 격을 갖추기도 전에 동족간의 전쟁을 겪었고, 3년의 포성이 멈춘 후에도 전쟁보다 더 무서운 부패와 폭압이 계속되었다. 그러는 사이 사람들의 삶은 곤고하고 척박한 그것이었으며, 그런 세월은 언제 끝날 줄 모르게 흘러갔다. 무엇이든 특단적인 조치가 아니면 이 모순의 덩어리를 바로 잡을 수 없었다.

4·19는 한 시대의 자각이었으며 절교였다. 그리고 한 사람의 걸출한 시인을 탄생시켰다.

2

시인 신동엽은 1930년에 충남 부여에서 태어났다. 그 스스로 백제의 유민임을 자처했지만 성장기와 청년의 시대를 강파르게 살아야 했다. 전주사범학교에 입학하여 사도(師道)의 길을 걷기로 했던 그는 시대와 역사가 주는 모순을 온 몸으로 체험하면서 새로운 세기를 준비하였다. 그가 문단에 얼굴을 내민 것은 1959년, 자유당 독재정권이 마지막 기승을 부리던 때였다. 그는 조선일보의 신춘문예에 장시 〈이야기하는 쟁기꾼의 대지(大地)〉를 투고하여 입선하였던 것이다.

이 신춘문예의 심사위원이었던 양주동은 심사평에서, "대단한 요설, 줄기찬 행진, 너무 얌전한 소리와 잔재주의 단장(短章)에 물린 시단은 이런 거칠은 호흡과 구비치는 장강(長江)을 기다리기도 하였겠다"고 하였다. 과연 그의 시는 그랬다. 심사위원간의 논란 끝에 당선작 없는 가작으로 이 시가 입선되어 신문에 발표되었을 때, 시단은 경이로운 눈으로 큰 시인의 탄생을 예감했다. 그는 1963년 첫 시집 『아사녀(阿斯女)』를 낼 때까지 그 같은 거친 호흡과 구비치는 장강을 마음껏 보여주었다.

그러나 거칠다는 것의 기준은 어디까지나 당대 문단의 관행에 있었다. 오늘날 우리들이 읽어보는 신동엽의 시는 결코 일반적인 의미의 거칠음은 아니다. 초기의 대표작으로 일컬어지는 〈진달래 산천(山川)〉에서 신동엽은 전쟁의 고통과 쓰라린 추억을 지극히 서정적으로 묘사한다. 예컨대,

길가엔 진달래 몇 뿌리
꽃 펴 있고,
바위 그늘 밑엔
얼굴 고운 사람 하나
서늘히 잠들어 있었어요

꽃다운 산골 비행기가
지나다
기관포를 쏟아 놓고 가버리더군요

와 같은 구절에서 전쟁의 참혹한 피비린내를 맡을 수 없다. 그리하여 한 평자는, 신동엽이 가파른 참여주의 현실시만을 쓴 시인이 아님을 이 시는 보여준다고 말한 바 있다. 서정의 극치라는 것이다. 현실의 괴로움을 삭막하게 외친다고만 해서 다는 아니다. 이 시는 얼마나 슬픈 곡조인가. 모름지기 감당 못할 서러움은 말로 나오는 법이 아니다. 결코 통곡으로도 나오지 않는다.

3

신동엽이 4·19를 맞은 것은 그의 나이 만 30을 넘기던 무렵이었다. 공자는 이 나이를 바로 서는 시기라고 했던가. 그런 나이에 맞은 혁명을 신동엽 역시 그냥 보낼 수는 없었을 것이다. 이미 시집 『아사녀』에서 그의 감정은 폭발하고 있지만, 정작 4·19가 그에게 깊이 다가온 것은 이후의 일이다. 1966년에 발표된 〈4월은 갈아엎는 달〉이 그렇고, 그의 생애 최고의 절창으로 꼽히는 〈껍데기는 가라〉가 1967년에 발표되었다.

껍데기는 가라.
4월도 알맹이만 남고
껍데기는 가라

껍데기는 가라.
동학년 곰나루의, 그 아우성만 살고
껍데기는 가라.

그리하여, 다시
껍데기는 가라.
이 곳에선, 두 가슴과 그곳까지 내논
아사달 아사녀가
중립의 초례청 앞에 서서
부끄럼 빛내며
맞절할지니

껍데기는 가라.
한라에서 백두까지
향그러운 흙가슴만 남고
그, 모오든 쇠붙이는 가라.

이제 차분한 이성의 눈으로 바라보는 4·19는 결코 흥분의 대상이 아니다. 이는 우리 역사를 바로잡아나가는 하나의 지렛대임을 시인은 자각하였다. 더욱이 그 무렵 4월 혁명을 다시 뒤엎고 들어선 군사정부가 수상한 방향으로 나라를 몰아가고 있었다. 시인의 눈에는 그것이 '모오든 쇠붙이'요 '껍데기'였다. 이 노래는 60년대가 거둔 최대의 절창이었다.

그런데 이 시에서 매우 중요한 단서를 우리는 잡는다. 그것은 4월의 알맹이를 동학년의 아우성으로 연결시키고 있다는 사실이다. 동학년이란 다름 아닌 1894년의 동학농민전쟁을 가리킨다. 그가 4·19의 역사적 의미를 동학혁명에 잇대고 있음을 알 수 있고, 그의 이런 인식은 곧 그가 남긴 최대의 작품 〈금강(錦江)〉을 쓰게 한 원동력이었음에 틀림없다. 〈금강〉은 〈껍데기는 가라〉가 나온 그 해 12월, 을유문화사의 '한국현대신작전집'의 제5권으로 발표되었다.

장편서사시 〈금강〉은 우리 문학에서 하나의 이정표이다. 소재를 1894년 동학농민전쟁에서 취하고 있는 이 시는 우리에게는 아직 낯선 서사시의 기법으로 혁명의 전말을 보여준다. 평론가 김우창이,

　　최근에 출간된 시들 가운데 단연코 가장 중요한 시적 업적의 하나가 될 것이다. 그것은 우리의 현실에 대하여 질문하여 마지

않는 뜨거운 관심으로 역사를 용해시키고 우리로 하여금 과거
의 현재를 하나의 연속적인 역사적 현실로서 이해하게 된다. 이
시로 하여 우리의 시 의식은 하나의 새로운 차원을 얻는다

고 감탄하였지만, 〈금강〉은 이성의 역사를 말하면서도 그 역사
가 시적 감성으로 뜨거워질 수 있다는 경험을 해 준 첫 번째 경
우이다.

신동엽은 1969년 간암에 걸려 짧은 생애를 마쳤다. 그는 역사
속에 살아온, 그리고 지금 현재를 고통스럽게 살아가고 있는 사람
들의 이야기를 시로 써내었다.

4

그런데 그의 시에는 자꾸만 하늘이 등장한다. 그의 유작시이며
또 하나의 절창으로 꼽히는 〈누가 하늘을 보았다 하는가〉가 있다.
이 시는 기실 서사시 〈금강〉의 제9장 첫 대목에 나오는 것을 약간
손질한 작품이다. 시인은 간절한 목소리로 외친다.

누가 하늘을 보았다 하는가
누가 구름 한 송이 없이 맑은
하늘을 보았다 하는가.

거기서 시인은 대답한다. 우리가 본 것은 먹구름이요 지붕 덮은 쇠 항아리였단다. 그의 이런 질문과 대답은 어디에서 나왔을까? 나는 그 실마리를 다시금 〈금강〉에서 찾는다. 제23장, 전봉준의 처형 장면을 그린 부분에는 이런 대목이 나온다.

> 그는
> 목매이기 직전
> 한마디의 말을 남겼다
>
> 『하늘을 보아라』

그렇다. 그의 생애의 화두는 전봉준이 남긴 한마디 말, '하늘'이었다. 그러나 그 하늘은 이 땅에서 좀체 보이지 않는다. 그러니 외쳤던 것이다.

> 닦아라, 사람들아
> 네 마음 속 구름
> 찢어라, 사람들아,
> 네 머리 덮은 쇠 항아리

여기에 땅과 하늘의 변증법이 존재한다. 보아야 할 하늘은 엄연히 우리들의 머리 위에서 존재하고 있다. 그것을 보지 못하는 것은 우리들의 어두운 눈이요 어두운 압제의 그늘이었다. 그러니

누가 하늘을 맑게 해주는 것이 아니요 우리 스스로가 맑게 찾아 가야 하는 것이다. 나는 그의 하늘이 땅에서 출발하고 이 땅의 진실을 밝혀줄 거울이었음을 알겠다. 그 거울은 우리들 마음속에 있다.

4월은 '갈아엎는 달'이라는 시구로 이 글을 시작하였다. 그가 노래한 저변에는 정치적인 의미가 강하게 도사리고 있지만, 갈아 엎어야 하는 것은 굳이 그렇게 한정지을 필요가 없다. 우리는 우리 자신을 돌아보아 갈아엎을 것은 없는가. 우리는 참으로 이 하늘 아래 떳떳하게 살아가고 있다고 자신할 수 있는가. 그렇지 못하다면 갈아엎을 것은 분명 우리 안에 있다.

4월이 왔다. 농부들은 한 해의 농사를 위해 부지런히 땅을 갈아 엎고 있다. 도시의 회색 빛 하늘 아래에서 우리가 갈아엎을 것은 무엇인가? 곰곰이 생각하게 하는 4월이다.

가난한 시인의 보람

– 천상병 小論

그가 죽고 난 뒤 사람들은 이 땅에 마지막 기인(奇人)이 사라졌다고 말했다. 어떤 이는 더욱 비감 어린 어조로 마지막 낭만주의자가 갔다고 했고, 그 같은 시인은 다시 태어나지 않을 것이라고도 했다. 만 3년 전 한참 봄이었을 때 세상을 떠난 시인 천상병(千祥炳, 1930~1993)을 두고 하는 말이다.

그렇다. 천상병은 기인이고 다시 보지 못할 시인이었다. 하루에 맥주 두 병으로 연명하면서, 마누라에게 투정 부리듯 용돈을 타 쓰고, 거리에서 만나는 사람마다 손을 벌려 천 원씩을 꾸어가던 사람. 무엇에 쓸 것이냐고 물으면, 부산에 있는 형님 만나러 가야한다고 하면서, 정작 그날 저녁이면 인사동 어디쯤 술집에서 태연히 막걸리를 마시던 사람이다. 그런 측면에서 본다면 그는 기인 같았고 세상 물정 모르고 순진무구하게 살아가던 시인 그 자체였다. 그러나 그것만이던가. 천상병을 그렇게 괴이한 사람으로만 보고 말 것인가.

얼마 전 평민사가 낸 『천상병전집』에서 소설가 천승세는 다음과 같이 천상병을 말한다.

> 오 절통하다. 천상병은 평범한 평화주의자였다. 천상병의 지상 절대적 환희는 세상의 모든 아름다움과 평화를 '시인의 자유'로 읊을 수 있는 예술적 창의(創意)에 있었지 문학적 성과(成果)에 전도하는 '의도적 개선'의 용도로 추구된 적이 없다. 그래서 많은 문사들이 예술적 실익에 의거한 개인적 명분의 완전성(完全性)을 소망하고 있을 때 천상병은 생명의 상정적(常情的) 텃밭에 내려 앉아 부리가 닳도록 평화를 쪼았을 뿐이다.

천상병은 평범한 평화주의자였다. 나 또한 천상병에 대해서라면 무엇보다 이 말이 적확하다고 생각한다. 그는 평범했다. 세상이 더럽고 욕심 많고 그래서 인간의 모습이라고는 하나도 찾아볼 수 없게 변해 있었지, 그는 인간이 본디부터 받았고 지켜야 할 가장 평범한 순수성을 지닌 사람일 뿐이었다. 그러기에 예술적 창의를 중요시 여기고, 생명을 가진 자가 지켜야 할 가장 소망스러운 평화에 헌신하였던 것이다. 몰락한 세상에서 이것이 기이한 것으로 비친다면 그 책임은 어디까지나 세상에 있다.

내가 천상병을 처음 만난 것은 지난 늦겨울이었다. 의정부의 야트막한 산자락 시립 공동묘지에서였다. 이는 곧 살아생전 그를 만나보지 못했다는 말이 된다. 참으로 아쉽게도 나는 그것을 지금도 두고두고 후회하고 있다.

심정적인 이유는 있었다. 나는 어쩐지 그를 만나기가 두려웠다. 그 앞에 서면 나의 이기적이고 더러운 인간성의 일면이 적나라하게 드러나 보일 것만 같았다. 언젠가 한번 나의 시집을 보고 무척 즐거워 하셨다는, 그래서 한번 만나보고 싶다고 했다는 이야기를 전해 듣고서도, 나는 그를 찾아가지 못했다. 인간의 인연이란 질긴 것이어서, 만나고 싶지 않아도 때가 되면 만나게 된다는 생각으로, 나는 나의 게으름과 비겁함을 변명했었다.

마침 문학의 해를 맞으며 KBS TV가 만드는 '문화가 산책'의 특집으로 천상병의 생애를 다루기로 하였는데 나는 그 프로그램의 리포터로 참가하였다. 시인의 아내인 목순옥 여사가 경영하는 '귀천'에 들러본 것도 그날이 처음이었다. 천상병이 자신의 시에서도 밝혔듯이, '귀천'은 용돈을 만들어 주는 원천이기도 하면서, 열세 명 남짓 앉을 수 있는 세상에서 가장 작은 카페이다. 카페에 나오면 언제나 앉아 있었다는 자리는 벽지가 반질반질했고, 주인을 대신하여 주인의 모습을 담은 사진이 하나 걸려 있었다.

참으로 작은 공간, 그러나 그곳은 한 시인이 하늘로 통하던 전당이었다. 하늘 너머 저 우주 끝까지 그 상상의 나래를 펴기에 그는 이승의 공간에 크고 작음을 따지지 않았다. 엉덩이 하나 걸칠 조그만 의자 하나면 족했을 뿐.

아니다. 내가 처음 천상병을 만난 것은 1978년 겨울이었다. 그해 천상병은 『주막에서』라는 시집을 냈었다. 나는 시집에서,

골목에서 골목으로
거기 조그만 주막집.
할머니 한 잔 더 주세요,
저녁 어스름은 가난한 시인의 보람인 것을

이라고 시작하는 〈주막에서〉라는 시를 읽었다. 바쁘게 돌아가는 세상에서 시인은 한낱 귀찮은 존재이다. 그가 살아있음을 비로소 느끼는 것은 저녁 어스름이 내리고 한낮의 분주함을 떨친 사람들이 이제 한숨 돌려 제정신으로 돌아오는 시간이다. 그때에야 시인과 눈이 마주친다, 마음이 통한다. 그런 시간이니 시인에게 저녁 어스름은 보람이다. 개발독재에 사람들의 정신이 나가있던 시절, 천상병의 이 시집 한 권은 목마른 자에게 들이미는 시원한 물과 같았다.

그러나 『주막에서』는 천상병의 첫 시집이 아니다. 1971년 그러니까 그가 마흔 두 살 되던 해에 시집 『새』가 나왔었다. 그것은 '유고시집'이었다. 이것은 또 무슨 엉뚱한 소리인가. 천상병은 1967년, 유럽 유학중이던 일군의 지식인들을 간첩으로 본 동백림 사건에 연루되어 약 6개월간 옥고를 치렀다. 이때 당한 고문의

후유증은 실로 오래갔다. 워낙 건강이 좋지 않기도 하였으려니와, 정신적 충격은 더욱 심해 그는 과음을 하는 경우가 많았고, 이로 인해 영양실조로 거리에서 쓰러졌다. 경찰은 그를 행려병자로 취급하여 서울시립정신병원에 입원을 시켰는데, 이 사실이 알려지지 않아 가까운 문인들이 행방불명에 급기야 사망한 것으로 추정한 것이다. 우리 문단 사상 전무후무하게 생존해 있는 시인의 유고시집이 나온 경위는 이러하였다.

'새'는 천상병이 평생 추구했던 시의 제재였다. 그는 새를 자유이며 아름다움이며 즐거움으로 보았다. 그것은 그가 가장 동경해 마지않는 대상이었고 그 자신이었다.

　　외롭게 살다 외롭게 죽을
　　내 영혼의 빈터에
　　새날이 와, 새가 울고 꽃잎 필 때는,
　　내가 죽는 날
　　그 다음날.

이렇듯 자못 비장하게 시작하는 〈새〉는 2연에 가서 어느새 자신으로 치환되고 있다.

　　산다는 것과
　　아름다운 것과
　　사랑한다는 것과의 노래가

한창인 때에
나는 도랑과 나뭇가지에 앉은
한 마리 새.

사실 이 시집에서 두 편의 시가 사람들의 마음을 울렸다. 〈귀천
(歸天)〉과 〈소릉조(少陵調)〉가 그것이다. 새벽빛 와 닿으면 스러지
는 이슬과 더불어 손에 손을 잡고, 노을빛 함께 단 둘이서 기슭에
서 놀다가 구름이 손짓하면, 시인은, 하늘로 돌아가리라고 노래
한다. 인생을 초로(草露)와 같다고 하거니와 그렇게 부질없는 삶
을 애처로이 바라본 것 같으나 꼭 그렇지만 않다. 노을빛 아래에
서 천진스럽게 뛰어 놀던 아이들이 날 저물어 엄마가 부르면 집으
로 들어가듯이, 구름 손짓 하면 하늘로 돌아가겠다고 한 것을 보
면, 시인에게 하늘은 기실 자기가 두고 온 집이었다는 말이 된다.
그러기에 시인은 마지막 연에서,

나 하늘로 돌아가리라.
아름다운 이 세상 소풍 끝내는 날,
가서, 아름다웠더라고 말하리라

고 맺고 있다.
놀라운 시이다. 가장 완벽하게 순수한 사람에게만 보일 풍경이
다. 이 시가 발표된 것이 1970년, 그러므로 그가 만 40이 되던

해이다. 지천명(知天命)의 나이라 했던 공자의 말이 바로 이런 것이었을까. 살아온 그의 나이 40을 헤아려 본다면, 그리고 설령 그의 본가가 하늘에 있다면, 그래서 이 땅에 소풍 왔다고 한다 해도, 돌아가서 아름다웠다고 말할 어떤 한 가지라도 이 세상에서 있었는가. 문단에 나온 첫 시에서 천상병은,

> 강물이 모두 바다로 흐르는 그 까닭은
> 언덕에 서서
> 내가
> 온종일 울었다는 그 까닭만은 아니다.

라고 시작하였다. 강물이 바다로 흘러간 그 양만큼 그리고 어쩔 수 없이 울어야 할 운명으로 그는 그 자신을 파악하고 있었다. 그렇게 많은 눈물을 흘려야 했던 그가 이 세상 소풍 끝내는 날 가서 아름다웠더라고 말한다고 하니, 그간의 곡절과 마음 씀이 삭이고 삭여 평범하지만 평범하지 않은 경지에 올랐음을 우리는 알겠다.

그가 살았다는 의정부의 집에 들러본 것도 KBS의 제작팀과 함께였다. 친구처럼 함께 지냈다는 장모가 아직도 건강하게 손님을 맞는데, 볼품없는 집을 보여주기 싫다고 손을 젓는다. 정말로 작은 방이었다. 내 키로도 옳게 설 수 없을 만큼 천정은 낮았고, 두어 걸음만 떼면 방 한쪽에서 다른 쪽에 가 닿을 만큼 좁았다. 그런

데 거기가 천상병에게 천국이었다. 적어도 천상병을 좋아하는 사람이라면 누구든 자기가 사는 집 가지고 투정해서는 안 된다.

나는 천상병의 무덤 앞에 맥주를 한잔 따르고 두 번 절을 했다. 이제야 그를 찾아온 데 대해 용서를 빌며, 그러나 그는 아무렇지도 않게 생각할 것이라고 믿으면서. 늦은 겨울의 오후 진눈깨비가 흩날렸다. 그리고 가까운 나무 위에 뻐꾸기가 한 마리 날아와 아름답게 울기 시작했다.

눈물 혹은 승화

－박재삼 小論

　여름으로 접어드는 이 계절의 초입에 우리는 좋은 시인 한 사람과 영원한 작별을 해야 했다. 실로 삶과 죽음은 무상한 것이고, 한 번 태어나 죽음은 기약되어 있지만, 좋은 영화가 끝났을 때 좀 더 보고 싶은 마음이 드는 것처럼, 그의 생애가 좀 더 길었으면 하고 바라는 마음이었다. 이것은 여운이다. 깊은 인상을 받을수록 여운은 길어지는 법이다.

　　친구여 너는 가고
　　너를 이 세상에서 볼 수 없는 대신
　　그 그리움만한 중량의 무엇인가가 되어
　　이승에 보태지는가,
　　나뭇잎이 진 자리에는 마치
　　그 잎사귀의 중량만큼 바람이

가지 끝에 와 머무누나.

긴 여운이 남는 시인 – 그는 바로 박재삼(朴在森, 1933~1997)이다. 흉악한 병고 끝에 그는 이 여름의 초입, 일생을 마쳤다. 그가 부른 〈친구여 너는 가고〉에서처럼, 그를 이 세상에서 볼 수 없는 대신, 그리움만한 잎사귀만한 중량으로 기억될 뿐이다. 마지막으로 박재삼을 인터뷰한 시인 김강태는 욕창(褥瘡)을 앓는 노시인의 참담한 모습을 이렇게 그리고 있다.

> 호흡이 더 거칠어진다. 깊은 숨이 끓는다. 좀 더 냉정해지기로 하자, 하고 내 입을 앙다물지만 소용이 없다. 이제 그는 죽을 일 하나만 남은 것이다 ⋯⋯ 그가 정말 갈까. 가을에? 허망하게도 그는 여름 더위 전에 남은 우리들과 헤어질지 모른다. 발가락 없는 이 다리로, 대체 〈황천반점〉을 다니러 갈 순 있을까.

35세에 이미 고혈압으로 쓰러진 시인이다. 언어장애와 반신불수의 중증이 닥쳐오고, 더러 조금 회복되었다가도 언제 다시 터질지 모르는 폭탄을 몸 안에 달고 평생을 살아왔다. 2년 전, 욕창으로 번진 병이 결국 그의 발가락을 절단하게 만들었다.

시인의 운명이 이렇듯 모진 데에는 두 가지 이유가 존재한다. 먼저, 지독한 가난이다. 그와 같은 시대를 살아온 사람에게 가난은 너무 낯익은 말이지만 박재삼의 경우 정도가 더 심했다. 그럼에도 불구하고 그는 돈이 되는 일과는 거리가 먼 일들로 세상을 살아왔다. 시를 쓰는 일 자체가 그렇다. 그러면서 한 편의 시를 얻기 위해 너무 심하게 자신의 몸을 괴롭혔다. 이것이 그의 몸에 병을 가져온 두 번째 이유이다.

언제였던가, 내가 처음 박재삼의 시에 관심을 가진 것은 1980년 초, 군사정권이 포악하던 시기에 나온 한 잡지에서였다. 거기에 〈추억에서〉라는 제목으로 이런 시가 씌어 있었다.

> 국민학교를 나온 형이
> 화월(花月)여관 심부름꾼으로 있을 때
> 그 층층계 밑에
> 옹송그리고 얼마를 떨고 있으면
> 손님들이 먹다가 남은 음식을 싸서
> 나를 향해 몰래 던져 주었다.
> 집에 가면 엄마와 아빠
> 그리고 두 누이동생이
> 부황(浮黃)에 떠서 그래도 웃으면서
> 반가이 맞이했다.
> 나는 맛있는 것을
> 많이 많이 먹었다며
> 빤한 거짓말을 꾸미고
> 문득 뒷간에라도 가는 척
> 뜰에 나서면

바다 위에는 달이 떴는데
내 눈물과 함께
안개가 어려 있었다.

'안개가 어린 눈물'이란 표현이 나의 가슴을 쳤던가 한다. 사실
눈물은 그의 등록상표여서, 문단에서 그를 흔히 '눈물의 시인'이
라 부른다. 눈물을 상처 나지 않게 그렇다고 추접스럽지도 않게
깔끔히 흘릴 수 있는 사람이란 많지 않고 그런 시인조차 드물다.
설움, 눈물, 울음을 넋두리가 아닌 시로 승화시킨 사람, 이것은
평론가 김현이 박재삼을 평하며 한 말이다. 그의 생애가 눈물 나
는 현실이었으니 시의 소재가 된 것과 다루는 내용이 눈물과 연관
될 수밖에 없겠으나 넋두리가 아니었다는 이 기막힌 균형. 소가
물을 마시면 우유가 되고 독사가 마시면 독이 된다고 했다. 시인
이 마시면 시가 되는 것일까? 그것이 더욱 짜고 신 눈물인 바에야.
　그런 얼마 후에 붉게 타는 노을을 배경사진으로 얹어놓은 시
〈울음이 타는 가을 강〉을 만났다. 어느 잡지의 이른바 칼라화보였
었다.

마음도 한 자리 못 앉아 있는 마음일 때,
친구의 서러운 사랑이야기를
가을 햇볕으로나 동무삼아 따라가면,
어느새 등성이에 이르러 눈물나고나.

제삿날 큰집에 모이는 불빛도 불빛이지만,
해질녘 울음이 타는 가을강을 보겠네.

저것 봐, 저것 봐,
네보담도 내보담도
그 기쁜 첫사랑 산골 물소리가 사라지고
그 다음 사랑 끝에 생긴 울음까지 녹아나고
이제는 미칠 일 하나로 바다에 다 와 가는
소리죽은 가을강을 처음 보겠네.

한 폭의 그림을 그려보자. 따스한 가을햇볕이 서서히 저물어 가는, 그래서 붉은 노을이 차일처럼 쳐지는 언덕길에 두 사람이 지난 사랑의 이야기를 하며 걸어가고 있다. 이루지 못한 사랑 이야기를 듣자니 시인의 눈에는 어느새 눈물이 고이고, 급기야 노을은 울음이 타는 것처럼 보였더란다. 그러나 생각해 보면 사랑도 다 지난 이야기, 그를 위해 울어주었던 울음마저 다 녹고 나면 우리에게 남는 것은 무엇일까? 바다에 다 와가는 가을 강은 이제 미칠 일 하나밖에 안 남았다고, 시인은 그렇게 조용히 일러주고 있을 뿐이다.

그러나 그인들 알았을까? 이 시를 써서 발표하던 1950년대 중반을 넘기고도 그의 생애가 그리고 우리 사회가 신고(辛苦)의 연속이 될 줄은. 그리고 또 알았을까? 눈물 한 줌으로도 시가 되고 그것으로 한 생애를 의지하며 살 줄 알았으련만, 형편으로 따지면야 그때보다 훨씬 살기 좋아졌다고 하는데도, 이제 누구 하나 시 한 줄에 목숨을 걸기 두려워하고 읽지 않는 세상으로 변해 버릴 줄을.

한 생애가 아쉽고 그립기만 하다. 이미 20대 중반에 울음이 타는 시를 써놓고 시인은 평생 소리 죽은 가을 강을 기다리며 한 세상을 살다가 그렇게 갔다. 시인은 가고 그리움이라든가 잎사귀라든가 그 정도 중량만 이 세상에 보태준 채.

우주의 숨통

—정현종 小論

> 우리의 삶이 진행되는 한 우리는 우리 자신에
> 대해 잘 모른다. … 시도 마찬가지이다.

1

선생님이 연세대 국문학과로 자리를 옮긴 다음 해 나는 문단의
말석(末席)에 이름을 올려놓았다. 나는 그 때 다른 대학에 적(籍)
을 둔 학생이었고, 그 무렵 등단한 젊은 시인들이 그렇듯이, 나
또한 민족문학의 열병(熱病)에 휩싸여 있었으므로 선생님과의 거
리는 아주 멀어 보였다. 대학 은사인 이승훈(李昇薰) 시인이 강의
시간에 몇 번 선생님의 시를 언급한 적이 있었던 것 같다. 그런
마련해서 읽었던 『나는 별 아저씨』(1978)가 독서의 전부였다.

물론 강단뿐만 아니라 문단에서도 선생님의 이름은 널리 언급
되고 있었다. 나 또한 그 이름을 몰랐던 것이 아니다. 몰랐던 것은
그 분의 시이다.

어느 정도 무식했던가? 어떻게 어렵사리 끈이 닿아 처음 손에

들었던 『나는 별 아저씨』를 보며, 나는 왜 시집 속에 '나는 별 아저씨'라는 제목의 시가 없는가를 가지고 고민했을 정도였다. 더러 예외가 없지 않지만, 예나 이제나 시집 속의 작품 하나가 책 제목에 오르는 경우가 일반적이다. 그렇지 않다 해도 윤동주(尹東柱)의 '하늘과 바람과 별과 시(詩)' 또는 김광규(金光圭)의 '우리를 적시는 마지막 꿈'처럼 작명(作名)되었다는 느낌을 분명히 주는 것이 상례(常例)이다. 그런데 무엇일까? 시집 안에 눈을 씻고 봐도 그런 작품이 없고, 애써 새로 지었다는 느낌도 들지 않고.

더 말하자니 부끄럽고 죄송스럽다. 어떻든 그 시집 때문에 처음 정현종을 읽기 시작하고, 그보다 앞서 나온 시선집 『고통의 축제(祝祭)』(1974)를 찾았고, 그러면서 작명하는 방법을 알게 되었을 뿐만 아니라 조금씩 선생님의 시와 가까이 하였다. 사실 그 같은 작명 방법은 세 번째 시집 『떨어져도 튀는 공처럼』(1984)이 나왔을 때 문단에서 작은 화제가 되었던 것 같은데, 나는 그 해 연세대 대학원에 진학해 선생님을 가까이 모실 기회를 가졌다.

2

정녕 알아야 할 것은 시집의 작명 방법 정도가 아닐 터이다. 그것은 어디까지나 방편에 불과했고, 그 같은 사실을 분명히 알았지만, 때로 우리가 경험하는 바, 찾으려는 원리는 도저(到底)한 배경 속에 숨어 있어서 쉽게 눈에 띄지 않기 마련인 것처럼, 여러 해, 시와 선생님을 같이 가까이 하면서도 나는 무엇을 얼마만큼 안다고 말할 엄두가 나지 않았다. 어느새 '알아야 한다'는 강박관념이 나를 얽어 맬 뿐이었다.

돌이켜보면, 선생님의 시를 대하기 전부터 나에게는 당신의 시가 어렵다는 선입견이 자리 잡고 있었다. 그것은 그 무렵 민족문학에 경도된 문학도들에게 주어진 막연한 정보가운데 하나였고, 거기에는 다소 부정적인 평가가 동반되어 있었다. 지난 시기, 문학을 운동의 차원에서 접근했던 사람들의 허점(虛點) 가운데 하나는, 우리가 살고 있는 현실의 여러 사실과 현상을 두루 포괄하지 않았다는 데에 있다. 이즈음 '극우(極右)는 극좌(極左)와 통한다'는 말의 이면에서 나는 과학적 현실 탐구를 실제로 실천해 보지 못한 우리들의 지난날에 대한 자조(自嘲)를 읽는다. 문학에 한정했을 때, 우리는 한국문학을 이루는 여러 다양한 부면을 탐색하고 평가하는 넉넉한 경험을 해보지 못한 것 같다. 김지하(金芝河)라는 '현상'이 있었다면 정현종(鄭玄宗)이라는 '사실'도 있었다.

한번 자리 잡힌 선입견은 쉽사리 깨지기 어려운 법이다. 읽기도 전에, 읽어가면서도 시의 문면에서 전해오는 아주 단순한 이미지나 메시지까지 다시 뒤집어야한다는 이 번거로운 독서가, 당면 문제를 놓고 한판 싸움을 벌여야한다고 생각한 시기에, 다른 곳에서 어떤 평가를 받고 있다한들 그다지 매력적일 수 없었다. 이럴 때, 아주 신중하고 사려 깊은 사람이 아닌 경우, 사실을 외면하는 쪽으로 방향을 돌리게 된다. 나는 외면하는 쪽이었었다.

사실 선생님의 시가 접근 자체를 불허하는 난해한 쪽에 속하지는 않는다고 본다. 어쩌면 쉬운 시(?, 이 말은 선생님에게만이 아니라 누구에게도 함부로 써서는 안 된다)임에도 불구하고 뜻밖의 오해를 사고, 받지 않아도 될 피해를 입었는지 모른다. 더욱이 시 자체를 꼼꼼히 읽어보지 않고서 나처럼 선입견에 사로 잡혀 아예 외면하는 쪽으로 나가는 독자가 많았다면 그야말로 억울하기까지 하다. 그러므로 내가 선생님의 시에 대해 외면에서 관심으로 돌아섰을 때, 먼저 해야 할 일은 선입견을 버리는 것이었고, 다음은 꼼꼼히 읽기였다.

그러나 그것으로 문제가 해결되지 않았다. 쉽게 읽고 꼼꼼히 보자 해도 선생님의 시가, 특히 초기작으로 갈수록 확연하고 단순한 이미지로 다가오지 않았다. 시 해설자들이 자주 인용하는 선생님의 초기작 〈교감〉의 마지막 줄에서, '눈물겨운 욕정의 친화'를 나는 지금도 어떻게 설명해야 할 지 난감하다. 매우 구체적으로 묘사된 앞줄들과 달리 여기에 쓰인 낱낱의 시어(詩語)는 관념 덩어리여서 그 간극을 메울 수가 없다. 관념이 아니라 할지라도 쉬운 듯 보이는, 그러나 이면(裏面)에 감춰진 난감한 대목이 우리를 당황하게 한다. "사람들 사이에 섬이 있다/그 섬에 가고 싶다"는, 이 명확한 듯 모호한 두 줄을 보라.

무엇이었을까, 그럼에도 불구하고 선생님의 시에서 눈을 떼지 못했던 지난날 내 독서의 메커니즘은? 옹색하나마 굳이 대답이 필요하다면, 아마도 내게 시 읽기의 즐거움과 괴로움을 동시에 안겨준 첫 경험이었기 때문이 아닌가 한다.

> 가지에 부는 바람의 푸른 힘으로 나무는
> 자기의 생이 흔들리는 소리를 듣는다
>
> ─〈사물의 꿈 1〉 부분

에서, '푸른 힘'과 '흔들리는'의 다소 어색한 만남이 나의 내면에 서는 분명하게 잡히는 것 없이도 어떤 묵직한 울림으로 다가왔다. 그것은 신경림(申庚林)이 〈갈대〉에서 설정한 비극적 상황과는 다른 입지(立地)였다.

3

최근 나는 선생님의 시를 조금 편법적으로 통독(通讀)해 본 적이 있다. 두 권의 시선집(詩選集)을 통해서였다. 하나는 1996년 12월에 나온 『이슬』(문학과지성사), 다른 하나는 1999년 7월에 나온 『환합니다』(도서출판 찾을모)이다. 두 책의 출판이 2년 반의 시간차를 두고 있지만, 1972년의 첫 시집 『사물의 꿈』에서 1996년의 여섯 번째 시집 『세상의 나무들』까지가 선정 범위라는 점에서는 같다.

　시력(詩歷) 30년[1]의 시인은 어떻게 중간 결산을 하고 있을까? 나의 관심은 먼저 그곳에 가 있었다. 그래서 두 권에 선정된 시들을 일람(一覽)하며 겹치는 시들만 따로 뽑아 보았다. 다음이 그 작품 목록이다.

　　외출/교감/그대는 별인가/붉은 달/철면피한 물질/나무의 꿈/나는 별 아저씨　　　　　　　　　　-『사물의 꿈』, 민음사, 1972

　　불쌍하도다/고통의 축제 2/떨어져도 튀는 공처럼/창(窓)/다시 술잔을 들며/사람이 풍경으로 피어나/섬
　　　　　　　　　　　　-『나는 별 아저씨』, 문학과지성사, 1978

　　잔악한 숨결/초록 기쁨/거지와 광인(狂人)/벌레들의 눈동자와도 같은/달도 돌리고 해도 돌리시는 사랑이/느낌표
　　　　　　　　　　　-『떨어져도 튀는 공처럼』, 1984, 세계사

　　모든 순간이 꽃봉오리인 것을/품/태양에서 뛰어 내렸습니다/자/사랑할 시간이 많지 않다
　　　　　　　　　　　-『사랑할 시간이 많지 않다』, 1989, 세계사

　　나의 자연으로/길의 신비(神秘)/갈대꽃/좋은 풍경/쓸쓸함이

---

1) 선생님은 1965년 『현대문학』을 통해 등단했다. 여섯 번째 시집이 나온 것은 1995년. 그러니까 이 시집은 선생님의 등단 30주년을 기념해 출판된 셈이다.

여/환합니다/한 숟가락 흙속에/한 꽃송이

　　　　　　　　　－『한 꽃송이』, 문학과지성사, 1992

이슬/세상의 나무들/내 어깨 위의 호랑이/꽃잎/바다의 열병
(熱病)/그 꽃다발/날개 그림자

　　　　　　　　　－『세상의 나무들』, 문학과지성사, 1995

　모두 40편이다. 나는 먼저 이 시들만 통독해 본다. 색다른 경험
이다. 어떤 경로와 방법으로 선정이 되었건, 일종의 크로스 체크
를 거친 다음 한 시인의 대표작을 일별(一瞥)할 때, 그가 써 온
여러 가지 얼굴의 시들이 어떤 분명한 하나의 선을 가지고 일관(一
貫)했음을 어렴풋이 느낀다. 선생님의 일관은 무엇일까?

　두 번째 나온 시선집에서 선생님은 첫 번째 시선집에 실었던
〈독무〉와 〈화음〉을 빼고 있다.2) 그 자리에 〈꽃피는 애인들을 위
한 노래〉와 〈마음을 버리지 않으면〉을 넣었다. 알다시피 〈독무〉
와 〈화음〉은 선생님의 데뷔작인데 왜 두 번째 시선집에서 뺀 것일
까? 두 작품은 시인의 데뷔작이라는 문학사적 의미를 제거하고
나면, 시인 자신의 개인적 취향에서건 당시 문단의 어떤 흐름 때

---

2) 내가 알기로 첫 번째 시선집은 출판사의 기획위원들이, 두 번째 시선집은
　당신께서 직접 가려 뽑았다. 사실이라면 이는 앞으로 정현종 시 연구의 중
　요한 지표가 될 것이다. 일반이 생각하는 대표작과, 본인이 생각하는 대표
　작 사이의 미묘한 차이가 시인의 세계를 구명하는 데 어떤 암시를 주리라고
　본다.

문이건, 이국적(異國的) 이미지의 나열에 그친 생경(生硬)함으로 다가온다. 그런 면에서 그 후로 오랫동안 독자들을 사로잡았던 선생님의 목소리가 실리기 시작한 처음 작품을 나는 〈외출〉과 〈교감〉으로 보는데, 〈꽃피는 애인들을 위한 노래〉와 〈마음을 버리지 않으면〉도 같은 선상에서 읽히지 않나 싶고, 이것이 두 시선집 사이에 차이를 가져온 까닭이 아니었을까? 그 차이에서 오는 결과가 선생님의 시 세계를 구성하는 강력한 자장(磁場)이라고 말해 좋을까?

또 하나 주목되는 점은 첫 번째 시선집에 실렸던 『한 꽃송이』의 작품들이 두 번째 시선집에서 많이 빠졌다는 것이다. 빠진 시의 목록을 보면, "바보 만복이/올해도 꾀꼬리는 날아왔다/요격시 2/청천벽력/사자 얼굴 위의 달팽이/나무 껍질을 기리는 노래/들판이 적막하다" 등이다. 두 시선집에서 이렇게 많은 차이를 보여주는 시집은 다시없다. 그런데 여기 적은 작품들에서 선생님은 대체적으로 환경문제를 다루고 있다. 이 시집이 나오던 무렵 선생님은 환경문제에 상당한 관심을 보이고 또 그에 상응하는 활동도 많이 한 것으로 알고 있다. 위의 작품들은 그 같은 관심의 자연스런 소산(所産)이겠는데, 시인이 가지는 관심과 시적 성취는 별개임을 선생님 자신 느낀 것이 아닌가 한다.[3]

---

3) 〈정들면 지옥이지〉를 두 번째 시선집에서 뺀 것은 이 시선집이 肉筆詩集이라는 사실과도 관련된다. 그러나 선생님에게는 흔치 않게 1980년 광주문제

인간의 육체를 기준으로 한쪽에는 인간의 출신지인 자연(自然)이 있고, 다른 한쪽에는 인간이 벌인 활동의 산물로서 인공(人工)이 있다. 인간은 반자연(半自然) 반인공(半人工)의 상태에서 자연과 인공의 접점이고 매개자이다. 그가 어떤 생각을 가지고 어떻게 사느냐에 따라 자연과 인공은 화해하기도 하고 불화를 빚기도 한다. 시인은 화해를 바란다.

선생님이 썼던 시들은 경우에 따라 인공 쪽에서 바라본 인간이거나 자연 쪽에서 바라본 인간이다. 인공 쪽에서는 인간을 넘어 자연을 바라보고 있고, 자연 쪽에서는 인간을 넘어 인공을 바라보고 있다. 이 의지(意志)와 투시(透視)의 연속, 거기서 찾아가는 시원(始原)의 꿈같은 것이었다고, 끝내는 '우주의 숨통'을 지키는 것이었다고, 나는 선생님의 시에 대해 감히 생각한다.

4

7, 8년 전이었던가 한다. 대학원 박사과정을 마쳐갈 무렵, 나와 전공을 같이하는 동료 몇 사람이 정기적으로 선생님과 만나 담소를 나누는 시간을 가진 적이 있다. 우리는 전공이 고전문학이었기 때문에 대학원 과정 내내 선생님의 수업을 들을 기회가 없었다.

를 소재로 한 이 시가 왠지 전체적 흐름에서 벗어나 있다고 생각할 것일까?

이 나라가 자랑할 당대의 시인이 한 울타리에 있는데, 우리가 전공에만 매달리다 졸업하고 나면 두고두고 후회할 일이 아니냐는 것이 우리들 나름대로 생각이었다.

형편대로 값싼 고기 집과 생맥주 집을 몇 군데 도는 것이 일정의 전부였지만, 대체로 선생님은 우리들의 말을 듣는 편이고, 좀체 당신 이야기를 잘 하지 않았다. 누가 그럴듯한 이야기를 하면, '그럼, 그럼'하고 맞장구를 쳐줄 뿐이었다. 당신이 쓰는 시와 적은 양의 산문으로 자신의 모든 발언을 대신하는 것 같았다. 그래서

> 나는 그리고 침묵의 아들
> 어머니이신 침묵
> 언어의 하느님이신 침묵의
> 돔*Dome* 아래서
> 나는 예배한다

고 하였나? 그리고 그토록 말을 아끼는 것이, "우리의 삶이 진행되는 한 우리는 우리 자신에 대해 잘 모른다"는 당신 평소 생각 때문이었을까? 선생님은 환력(還曆)을 맞는 금년까지 7권의 시집을 상자(上梓)하였는데, 권수로는 많아 보이지만 기실 35년의 문단생활로 역산(逆算)할 때 5년에 한 권, 요즈음 분위기로 봐서 그다지 많다고 할 수 없다.

예의 첫 번째 시선집의 뒤 '나의 시를 말한다'에서 매우 예외적

으로 선생님은 당신 이야기를 조금 비추고 있다.

1950년 한국 동란이 일어나기 전까지의 그 시골은 온갖 생물이 붐비는 공간이었고 자연적 환상으로 시간이 익어, 지금의 몽상이 더 그렇게 만드는 것이겠지만, 시간이 현란하고 깊이 흐르던 시절이었다.

도시적 분위기만 연상시키던 선생님에게서 듣는 시골 이야기가 생소하면서도 즐거웠다. 그리고 옛날 그 술자리에서 들었던 것 같은, 그러나 활자로 확인하니 더욱 동감하게 되는 다음과 같은 구절도 있다.

다만 확실한 건 내가 시 쓰기를 좋아한다는 것, 그러나 한참 안 쓰면서도 지나치게 느긋하다고 할 만큼 지낼 수 있다는 것, 그건 물론 게을러서 그런 것이지만 언필칭 시가 익어 터지기를 기다리기도 한다는 것, 무슨 물건 주문 생산하듯이 손에 익은 재주 가지고 적당히 그럴싸하게 찍어내는 건 상당히 싫어한다는 것, 늘 하는 얘기지만 시 쓰기가 어려운 건 에누리 없이 자기 삯만큼 쓰기 때문이라는 걸 잘 안다는 것 등이다.

'내가 내 시를 잘 알고 있었다면 나는 시를 쓰지 못했을 것'이라고 전제한 다음의 말이다. 새삼 시인의 금도(襟度)같은 것을 되새긴다.

농촌현실과 새로운 詩的 대응

－하종오의 『반대쪽 천국』

1

하종오 시인이 지난해에 낸 시집 『무언가 찾아올 적엔』에서 밝혔듯이, 최근 그의 주된 시적 작업은 '강화도와 서울을 오가며 생활하면서' 이루어지고 있다. 나는 그 같은 작업환경이 무척 재미나게 보인다.

강화도와 서울은 그다지 멀리 떨어진 곳은 아니다. 그러기에 오가며 생활하기가 가능했을 터인데, 재미나기로는 그렇게 오간다는 것 그럼에도 잠시 들른 여행이 아니라 생활한다는 것에서 오는 이중의 풍경이다.

사실 처음부터 그곳이 굳이 강화도여야만 한다는 전제 또한 필요하지 않다. 무대가 강화도 아닌 어느 시골이 되든, 농촌에서 뿌리내리고 사는 이들의 일상이 그럴 것이라는 일반화의 한 단면을 볼 뿐이다. 오가며 보니 서울과 농촌의 단절이 더욱 밝게 들어왔을 것이고, 생활하면서 보니 전국이 도시화되어 가는 이 시절에도 전통적인 농촌의 삶이 건재하다는 확인이 가능했을 것이다.

요렇게 씨 많이 뿌리면 누가 다 거둔대요?

새가 날아와 씨째로 낱낱 쪼아 먹지.

요렇게 씨 많이 뿌리면 누가 다 거둔대요?

벌레가 기어와 잎째로 슬슬 갉아먹지

요렇게 씨 많이 뿌리면 누가 다 거둔대요?

나머지 네 먹을 만큼만 남는다.

　　　　　　　　　－〈새가 먹고 벌레가 먹고 사람이 먹고〉 전문

　지난 시집에 실린 짧은 민요풍의 이 한 편에서 나는 최근 하종오가 거둔 일정한 성과의 규명이 가능하다고 보았다.
　본디 민요는 사람들 사이에서 생겨난 서정적 지혜의 집적이다. 사람들 사이에서 만들어지므로 단순 소박하되, 많은 이들의 입에 오르내리며 검증을 거치기에 살아가는 일의 운명이나 원리가 누구라도 수긍할 듯이 고스란히 담겨지게 마련이다. 이미 제목에서 암시하는 바, 새와 벌레와 사람이 이 땅 위에서 평등하게 제 먹이를 찾아서 산다는 것이며, 그 조화가 깨지지 않는 한 평화롭게 이 땅을 보전할 수 있다는 소박한 진실을 일깨워준다.

아주 원시적인 시대에서는 사람이 나서서 씨를 뿌리는 작위적인 행위도 필요치 않았을 것이다. 곡식이 되어주는 식물이 그의 생존법칙의 원리대로 싹이 트고 열매를 맺으며 거기서 일부가 다시 땅에 떨어져 싹을 틔웠을 것이다. 그것을 새가 먹고 벌레가 먹고 사람이 먹었다. 그러다가 보다 효과적인 수확을 위해 사람은 씨 뿌리는 행위를 찾아냈다. 자신이 관리하고 거두기 쉬운 곳에 씨를 뿌리고 자기 몫을 챙겼다. 그런 가운데서도 원시적 생명순환의 원리를 잊지 않는 동안은 그 수확물 모두가 자기 것 아님을 알고 있었을 터인데, 잉여생산의 이득을 노리는 사람의 계산이 거기 가해졌을 때 독점의 욕망이 불타오르고, 더불어 나누는 일의 참 가치를 잊어갔을 것이다. 그 종점은 부의 축적이 아니라 종단의 파멸이다.

그러므로 숱한 세월 속에 가치의 세계를 발견한 자만이 비록 씨를 뿌리는 자신의 행위에 우선권을 부여하면서도 공존과 공생의 원리를 터득한다. 새가 먹고 벌레가 먹으며 그리고 나서도 남는 것이 있을 터이니 그것을 사람이 먹는다고.

하종오는 그 세계의 발견을 이렇듯 소박하면서도 절절하게 노래하고 있었다.

2

이번 시집의 서문에서 하종오는 "금세기 초 이 땅의 사람살이를 있는 그대로 보고자 했다"고 밝힌다. 불과 일 년 남짓 시간을 두고 나온 두 시집 사이의 차이를 이 한마디에서 우리는 찾게 된다.

서울과 강화도를 오가며 대비된 농촌과 도시의 극명한 풍경을 넘어 이번 시집의 머리에는 프로그램, 패키지, 몰카, 사우나, 아스팔트 같은, 이른바 물신주의의 비인간화가 몰고 올 극단적인 형상들이 거침없이 등장한다. 그것들은 단순한 평면에 그쳐있지 않다. 예컨대 '몰카'에는 흔히 말하는 부적절한 관계가 찍혀있지 않고, 비록 다소 파격적이긴 하지만 정상적인 부부관계가 왜곡되는 상황인데, 도리어 일상을 협박하는 과정 자체가 구제 받을 수 없는 몰락임을 비극적으로 그린 것이다. '~천국'이라 이름 붙인 일련의 작품들이 상징하는 바는 실로 천국이 아닌 지옥의 음각(陰刻)이다.

사실상 우리들의 문제는 '밥그릇'으로 집중된다. 그것은 앞서 〈새가 먹고 벌레가 먹고 사람이 먹고〉의 세계가 상정한 바이다. 적어도 하종오는 그 문제의 근본에 자연의 원리가 놓여 있다고 보는 듯하다. "들이나 산에 나가 지내면/원래의 밥그릇에 대한 기억이 살아나는지/결코 다투지 않는다"(〈밥그릇 천국〉)고 말하는 데서 그 점을 확인할 수 있다. 이 과도한 소유욕, 인간의 문명이 가져온 결과는 거기에 지나지 않으며, 그것은 곧 인간을 인간 아닌 반대쪽으로, 천국 아닌 반대쪽으로 몰고 가는 것이고, 거기에도 천국이 있다면 우리의 착취대상으로 생각한 쪽으로부터 "제 일족에게 먼저 싱싱한 피의 맛 보여주려고/죽기 살기로 덤빈다"(〈반대쪽 천국〉)는 미묘하게 전도(顚倒)된 피의 보복을 당할 수밖에 없다. 그러므로 거기에 "하 우리가 없다"(〈아스팔트 천국〉).

이번 시집의 제1부를 장식하고 있는 이런 시편들을 읽는 마음이 편할 리 없다. '그대로 보고자 했다'는 세상의 실체는 끔찍할 만큼 찢겨져 있다.

외국인 노동자와 코시안(이 말의 뜻은 〈코시안 가족1〉의 후기 참조)을 소재로 한 제2부의 시들을 접하면 문제는 다른 쪽으로 더욱 넓혀져 간다. 우리끼리도 밥그릇을 나누는 데 세련되지 못한 사회에서 비집고 살아가고 있는 저들의 삶이 결코 유족할 리 없다. "무언가 잡으려는 아기의 손에 허공이 잡아뜯겼다"(〈코시안 가족3〉)는 한 장면만이 나에게는 오래도록 남아 맴돌고 있다.

    ……… 저 태양은
    정글에 가선 왜 이글거리지

이 벌판에 와선 왜 식어버리지

－〈코시안 가족5〉 부분

이런 양쪽의 세계가 좀체 조화를 찾지 못할 것 같은 금세기 초를 건너가는 방법이란 무엇일까? 이글거리는 고향으로 돌아가지도 못하지만, 식어버린 객지에서 살아가기는 더욱 고달픈 현실일 뿐이다.

그러나 결코 해결점이 없지만은 않아 보인다. 전반적으로 1, 2부에 실린 시들을 지나치게 비관적으로만 바라보고 있는 내 시각의 문제일 수 있겠지만, 외국인 노동자나 코시안에 대해 어느 텔레비전 프로그램의 선심성 배려나 도움 같은 것이 아닌, 보다 근본적인 해결은 서로가 서로를 필요로 하는 상황, 예컨대 〈삼촌은 버리고 오고 조카는 데리고 오고〉에서 그리고 있는 상호간 주고받기의 냉정한 계산에서 오히려 자연스럽게 도출되지는 않을까.

3

하종오는, 앞의 시집에 실린 해설에서 박영근 시인이 적실하게 지적한 바, '민중적 서사의 넉넉한 입담'으로 출발하여 "굿시로 명명된 간단치 않은 형식실험을 거쳐, 현실과 초월의 아슬한 경계로서 '님'의 정신주의를 우리에게 제시"한 시인이다. 이미 세상에 내놓은 아홉 권의 시집이 그 같은 역정을 증언하고 있다. 열 번째 시집에 와서야 하종오는 새로운 세계이자 궁극으로 도달하고자 목표했던 어떤 세계로 귀착한 듯하다.

열권의 시집이란 단순히 숫자상의 무게만 가지고 있지 않다. 시인이 도달할 하나의 경지를 그는 맛본 것이리라.

이번 시집의 후반부 그러니까 제3, 4부를 이루고 있는 시편들은 기본적으로 지난 시집의 연장선상에서 읽힌다. 촌으로 옮겨 10년 가까이 살았건만, "비올 날 볕들 날 짚지도 못하는 서울사내를 무시하면서/촌사람들은 한눈에 두세 철 건너 저편을 쉽게 봐버렸다"(〈눈짐작〉)는, 저들 앞에서 느끼는 이 아름다운 절망.

하종오의 시는 거의 완벽에 가까운 시적 장치를 가지고 마술적으로 그 세계 안에 우리를 끌어들인다. 노인회관에서 '헛기침 **낮게** 하던 할아버지들'과 '코 **가늘게** 골던 할머니들'이 무슨 조화 속인지 다들 슬그머니 일어나 집으로 돌아가고, 닭장 단속에 마당까지 치우고 돌아와 '다시 헛기침 하고' '다시 코 고는데', 아니나 다를까 '그 소리들 **커지자** 마른 천둥 치더니 주룩주룩 비 내리기 시작했다'(〈비설거지〉)는, 한 사건의 관찰은 '낮다-가늘다'와 '커지다'의 절묘한 배치로 장치를 마련해 놓고 있다. 이것은 시인의 능숙한 솜씨가 한 사건을 시로 바꾸어 놓는 절묘한 과정이다.

옹알이하는 아이와 감나무를 그린 시편 〈옹알이〉에 이르러서는 더 이상 그의 시적 기교를 따질 겨를이 없다.

어미 등에 업혀가는 늦둥이 아이 하나, 그가 옹알이 한번 하자 감꽃 하나가 피고, 더 자주 옹알거리자 가지마다 감꽃이 스르르 피어나고, 감 하나가 커지고 가지마다 감이 알알이 커지는, 신비한 옛이야기를 듣는 듯 하는 이 광경. 사실 아이는 말문이 아직 트이지 않은 것인데, 그 아이는 지진아가 아니라 감나무와 대화를 나누는, 그러다 어느덧 나무와 하나 되어 있는 어린 보살 같은 존재이다.

이 시집의 3부와 4부를 가르는 기준이 있어 보인다. 3부가 농촌에서 만난 사람들의 살아가는 이야기라면, 4부는 농촌 생활 가운데 시인이 느끼고 깨달은 바를 시화한 것이다. 특히 3부의 시에서 우리는 철저히 시인 자신이 등장하지 않는다는 점에 주목하게 된다. 관찰자의 입장에 서 있는 시인은 그렇다고 현실을 외면한 방관자가 아니다. 외지인이자 먹물이라는 존재이면서도, 어떤 간격이 없이 자연스럽게 그들과 어울린, 어느 모퉁이에서 듣거나 보았을 일을 그리고 있기 때문이다. 시세의 농촌시들과 다른 점을 들라면 바로 여기에 그 특징이 있다.

모처럼 3부에서 시인이 딱 한번 등장한다. 우리는 여기서 시인과 그들과의 거리를 확인한다. 어느 날, "내가 외진 산 밑 집터 측량하여 줄쳐 막았더니/비탈길 없어져서 자기네들 밭에 나다닐 수 없다고/원래부터 길이었으니 내놓으라고 말들 했다"(이

하 〈나이대접〉에서). 이것은 사실 이성을 가장한 감정 싸움이다. "시시비비 안하고 싶어서 달을 쳐다 보는데/가장 나이 든 어르신이 낮게 말씀하셨다/지난 십년간 빌려주었으니 고마웠다고/앞으로 십 년간 더 빌려주면 더 고맙겠다고/조상님들 먼저 가서 묻히신 공동묘지 오르는 길이니/우리 모두 가서 묻힌 뒤 돌려주면 안되겠느냐고"

싸움은 노인의 이 마지막 한마디로 끝이다. 시인의 영락없는 케이오 패이다. 망치로 한 대 얻어맞은 듯 하는 순간을 시인은 이렇게 노래한다.

> 달이 마악 구름 속으로 들어갔다
> 달빛이 노인네들 데리고 어디론가 떠났다가
> 돌아오기까지는 눈 한번 감고 뜬 사이였다

아름다운 시이다. "노인네들에게서 쏟아져 나온 몸빛에 눈이 부셔서/나는 일어나 고개를 숙이고 집을 향했다"는 마지막 두 구절은 제목으로 붙인 바 '나이 대접'을 말하는 것이겠으나, 나에게는 오히려 사족처럼 들린다. 살아가는 일이 무엇이며, 어떤 질서가 오래도록 있어왔고, 그것을 어떻게 이어 오래도록 지켜야 하는지 조용히 웅변한다.

촌에서 일어나는 온갖 일이 구구억측이나, 왁시글덕시글 하는

성부지명부지 틈에 앉아있어 본 다음에야 알아낼 수 있는 삶의
비의(秘義)같은 것이기도 하다.

4

저 13세기 무인시대의 몽고항전기를 바람처럼 살다갔던 사람
으로 이규보(李奎報)를 말하지만, 기실 그는 나이가 들수록 벼슬
자리와 권력에 미련을 버리지 못한 노탐(老貪)의 표본이었다. 차
라리 "농사짓기 배우는 늙은이가 될지언정/재물 바치고 사는 벼
슬아치는 되지 않으려네(寧爲學稼老 不作出貨郞)"라고 노래하지
않는 쪽이 좋았을 것이다. 최씨무인정권의 이세주(二世主) 최이
(崔怡)가, 막 끝난 대장경 판각사업의 기술자들을 남해로 불러다
거질(巨帙)의 개인문집을 내 주었을 때는, 자식들마저 아예 코가
땅 속으로 파 들어갈 정도로 감격했다. 몽고군의 말발굽이 전국을
유린하여 백성의 삶은 도탄에 빠진 때였다. 강화도로 옮긴 정부의
일원으로 보료 위에서 목숨을 다할 때까지, 그가 써서 남긴 농촌
농민시는 상당수에 이르건만, 나는 진정 그의 시적 지향이 어디에
있는지 적이 의심하지 않을 수 없다.

그런 이규보의 무덤이 강화 섬 한 복판에 마치 왕릉만한 규모로
자리 잡고 있다. 우리 시사(詩史)에서 농촌과 농민을 소재로 삼기
로 이규보만큼 현저한 이를 찾기 어렵다. 그런데 나의 의심은 그

의 농촌과 농민시가 유가적 위민의식(爲民意識)에 사로잡힌 허위에 지나지 않은 것은 아닐까 하는 데에 있다.

하종오 시인이 강화도로 사는 곳을 옮겨 벌써 두 권 째 농촌생활을 담은 시집을 내고 있다. 700년 전 이곳에서 비슷한 체험을 하며 살다간 이규보가 겹쳐져 떠오르는 것을 나는 막지 못한다. 다만 거기에 분명한 차이가 있다. 적어도 하종오의 시가 21세기를 돌아볼 후세의 시인에게 가슴 저미며 전해 줄 안타깝고 아름답고 절절한 사연들의 노래라는 점, 위민의 허울을 둘러쓴 옛 시인의 허물을 여기서 말끔히 씻어내 놓고 있다는 점.

그래서 이 시인은 역사의 한 획 속으로 들어갔다. 주례사 비평의 혐의를 뒤집어쓰는 한이 있더라도, 이렇게 한마디 마지막으로 붙이지 않을 수 없다.

부조리한 삶과 현실의 변증

― 최영철의 『그림자 호수』

1

영감 참방 두 내외가 오랜만에 서울 나들이를 같이 한 것은 지난 겨울이었다. 영감 쪽이 백석시문학상 시상식에 전 수상자 자격으로 참석한 자리이고, 참방 쪽은 오랜만에 서울 친구들을 만나보고 싶어서 나선 길이라고 했다.

벌써 십오륙 년 전 그들은 잠시 서울 생활을 한 적이 있다. 그때 초등학교에 막 입학했던 큰아이가 지금 서울에서 대학을 다닌다지만, 끝내 서울 생활을 접고 부산으로 내려간 다음 두 내외가 함께 서울 나들이하는 것을 좀체 본 적이 없다. 부인을 옆에 두어서였기 때문이었을까, 그날따라 영감 쪽은 뒤풀이가 이어지는 동안 꽤나 의기양양 신나는 투를 보였는데, 내가 그를 만나오면서 좀체 그런 모습을 보지 못했으니, 나는 무엇보다도 벌써 여러 해

전 그가 죽을 고비를 넘기는 큰 수술을 받고, 수술의 충격보다 더 큰 이 세상과 친구들에 대한 야릇한 배신감에 젖어 들어 살게 되지나 않을까 걱정하곤 했었는데, 그런 걱정의 일단을 날려 보내는 것 같아 적이 느꺼웠던 것 또한 사실이다. 부인이 말하길, "올 겨울은 거의 추위를 타지 않는다"고 한다. 건강이 그만큼 좋아졌다는 증거다.

이번 시집의 교정지를 받아든 순간 지난 겨울의 그 풍경이 떠올랐던 것은 분명 까닭이 있으리라. 그는 건강해졌다, 수술의 충격과 여파에서 벗어났다, 아니 그러면서 더 넓고 큰 어떤 세계에 눈이 주어졌고 발걸음이 다다랐다…. 그런 말들이 내 머리 속에 연속선을 그었다. 내가 이번 시집에서 본 것을 한마디로 요약하라면 일단 그렇게 말할 수밖에 없다.

그러나 나는 그에 대해서 적게 알지만 이미 많은 부분을 믿고 있다. 시에 관해서건, 살아가는 일에 관해서건, 한때의 고통이 그를 낙백(落魄)하게 만들지 않고, 한때의 영광이 그를 우쭐하게 만들지 않는다는 것을. 그래서 지난 시집, 그러니까 백석문학상을 그에게 안겨주었던 『일광욕하는 가구』의 뒤표지에서 그가 했던 말을 나는 무심코 넘겨버리지 못한다.

내가 사는 부산 양정동 집을 중심으로 동쪽에는 푸조나무, 서쪽에는 배롱나무가 있다. 둘 다 수령 오백 년이 넘은 천연 기념물이다. 이 나무들과 만나려고 잠잘 때 나는 한 번은 오른쪽으로 한 번은 왼쪽으로 돌아눕는다. 오래 한쪽만을 보고 있으면 나머지 하나가 저쪽에서 성큼 성큼 걸어나와 내 등을 툭툭 친다. 겨드랑이에 난 양 날개처럼 그것들은 내가 한쪽으로 기울어지지 않게 해준다.

푸조나무는 느릅나뭇과에 속하는 큰키나무로 높이가 20미터를 넘는다. 그에 비해 배롱나무는 우리가 흔히 백일홍 또는 목백일홍이라 부르는 높이 5미터 안팎의 작달막한 나무다. 우연한 일이겠지만 그렇게 대조적인 두 나무가 집을 사이에 두고 양쪽에 벌려서 있다는 것이며, 그런 나무 두 그루를 거느리고 한쪽으로 기울어지지 않게 산다는 말이 곧 그의 삶인 것 같아 심상치 않다. 조용히 다가와 등을 툭툭 치는 나무를 둘만큼 그는 그럴만한 내공을 닦은 사람이다. 시인 최영철이 그이다.

2

이번 시집에서 무엇보다 1부에 실린 작품들이 눈길을 끈다. 그간의 최영철을 느낄 수 있는 부분과 그렇지 않은 부분이 엇갈려 있으면서, 둘은 묘한 화음으로 새로운 세계의 진전을 들려주는 듯하다.

시인은 우리 삶의 부조리한 모습을 다양한 스펙트럼으로 보여 준다. 매향리에서 구제역 돼지를 거쳐 네모난 수박 그리고 DMZ의 두루미까지, 거기서 더 나간다면 인터넷의 바다 속에 익명으로 떠도는 주소들까지. 나는 그가 현실의 문제에 아직껏 눈감지 않고 이렇듯 치열하게 싸우고 있는 데 놀랐다. 웬만한 호흡이 아니고서는 놓쳐버리기 쉬운 자신과 자신의 시의 맥락이 연면히 살아 움직이고 있다는 느낌 때문이다. 시를 가지고 하는 현실에 대한 이런 식의 접근은 낯선 일이 아니지만, 언제부터인가 우리 시단에서 그런 치열함은 슬그머니 꼬리를 내리고, 내면의 탐색이 음풍영월에 아슬아슬하게 걸쳐 가는 풍토가 만연한 다음이어서인지 새삼스럽기까지 하다. 사실은 지난 시기 우리 시의 치열한 현실추구가 한 발짝 더 나서서 걸어가자고 소망했던 부분을 이제 와 여기서 본다.

아파트를 그리고 있는(이는 우연찮게도 창비시선의 바로 앞 번호인 하종오의 시집 가운데 〈고층 아파트〉의 발상과 닮아 있는데, 그것과는 또 다른 서로의 개성이 뚜렷하다) 시의 한 구절에서,

아세요 당신이 뻗을 자리는 어느 길로 접어드나 앞으로 삼보
우로 삼보 좌로 삼보 잠시 주춤 뒤로 삼보에서 끝난다는 사실
―〈아래층 여자 그 아래층 남자〉 부분

을 주목하자. 그것이 우리 삶의 공간이다. 그의 부조리한 삶의 인식은 이 공간에서부터 출발한다. 몸을 눕히고 배를 채우며 식구들과 부딪히며 사는 공간에서부터 의식은 지배받는다. 그 의식의 공간은 어느 쪽으로나 삼보에서 끝난다. 그것이 한없이 뻗어 가리라는 부질없는 욕망 속에서 우리는 구부러진 방구들의 접힌 부분에 생겨난 틈새를 알지 못한다. 사각형의 가공할 공간 속에서, 그리고 그 공간이 확대재생산 된 붕어빵 같은 공간의 모음 속에서 우리는 우리의 삶과 함께 누리며 살 공동체의 삶을 연결할 아무런 코드를 가지고 있지 못하다. 그의 시는 그런 모습을 극명하게 보여준다. 거실 이 쪽 저 쪽을 거니는 일은 신문 보는 아래층 남자 대갈통을 지그시 밟아주고 있는 것이요, 생선 등에 젓가락을 내리꽂는 순간은 숙제하는 아래층 아이의 등골을 쑤시는 것이다. 사각형 안에서는 각각 제 스스로의 행복을 추구하는 여러 행위가 연출되고 있을 터이나, 그것은 한 공간이 다른 공간을 받쳐주는 역할자로 나타나지 않고, 미필적 고의의 살인적인 공격으로 전화(轉化)되어 있을 뿐이다. 그러기에, "이름도 얼굴도 모르는 위층 아래층을 향해 오르가즘은 달리고 있다는 사실, 잘 차려진 그득한 행복 위로 누가 자꾸 가래침을 뱉고 있다는 사실"(〈아래층 여자 그 아래층 남자〉 부분)을 시인은 뼈아프게 지적하지 않을 수 없다.

최영철 시인의 이러한 현실인식과 시화(詩化)는 물론 지금의 새삼스러운 일이 아니다. 그가 줄곧 추구해 온 연장선상에 놓여 있음을 알고 있지만, 이번 시집만큼, 그것도 시집의 문을 열자마자 탐색전도 없이 이렇게 난타전으로 나오는 경우를 본 적이 없어서 놀랍다. 이 점이 이 시집을 곧추 읽게 했고, 나는 그가 지난날의 수술 후유증을 털어 내고 치열한 시의 싸움을 할 만큼 건강해졌다는 생각을 한 것이다.

3

또 한 번 놀라는 것은 '삶의 부조리한 모습'에 대한, 어느 시의 제목에서도 나오듯이, 엽기에 가까운 상상력이다. "난도질당한 소 돼지 염소 오리 닭/뿔뿔이 흩어진 제 몸통 부르고 있는 밤이었다"(〈푸줏간 이야기〉)는 식이니 말이다. 어쩌다 지나쳤을 정육점의 붉은 형광등 빛 아래 걸려 있는 고기들이 그렇게 보였다는 것일까? 아니 그것 이상의 그만의 상상력이 여기에는 개재되어 있다. 그리고 그렇게 말하지 않으면 도대체 성이 차지 않을 이 시대의 비뚤어진 삶의 모습들이 보였을 것이다.

이는 구제역의 비극을 소재로 한 다음과 같은 작품에서도 마찬가지이다.

구제역을 까고 구제역을 기르며 꼬물꼬물 구제역을 내보내고 말았네 불룩한 돼지무덤 네 엄마 불룩한 젖가슴

네 엄마 젖꼭지에 붙어 울고 있는 네 아빠

—〈돼지들〉 부분

　어디에선가 몰려와 돼지들을 잡아먹는 구제역은 이제 우리 안에서 생산되는 어떤 악의 표상처럼 보이게 한다. 선량한 우리들을 괴롭히는 악질을 사실은 우리가 만들었다는 것, 그러기에 모든 악의 근원은 다름 아닌 우리 자신임을 아프게 성찰토록 한다. ‘까고’ ‘기르며’ ‘내보내는’ 행위가 바로 그렇다. 그것은 우리가 네모난 수박을 먹으며 “아주 먼 옛날 둥근 수박이 있었다는 사실도 모르게 된지 오래”(〈네모난 집〉 일부)인 채 살아가고 있다는, 최영철 시인이 바라보는 세상에서 어쩌면 당연한 것인지 모른다. 거기서 차라리 “끓는 냄비의 뚜껑을 열자/다 익어 날개를 단 메기 한 마리 날아올랐다”(〈날아가는 메기〉)는 상상력은 즐겁게 읽히는 대목이다. 모든 것을 다 버리고 해탈하는 이의 가벼운 몸짓을 연상시키기 때문이다. 아마도 즐겁게 세상을 뜨는 자는, 아니 뜨기 위해서는, 살코기는 다 발리고 뼈만 앙상하게 남은 한 마리 메기가 되어야 한다.

　우리는 늘 “비릿한 젖냄새”(〈무정란〉)와 “물컹하고 비린 어머니의 젖”(〈지진〉)을 그리워하는 존재들이다. 거기서부터 인간은 욕정과 이성의 집합체로 뭉쳐져 나왔다. 왠지 비릿한 냄새의 근원은 생명이라는 말의 다른 표현인 것 같고, 그 비릿함의 상쾌함에서 우리는 살아있음의 기쁨과 새로운 생명에의 건강한 희망을 가지고 살아가지 않는가? 그러나 이제 우리는 천리(天理)와도 같은 그 사이클에서 자꾸만 멀어지고 있다.

'먹다'와 '죽다'라는 동사를 '먹고 죽은'으로 절묘하게 병치시키고, 앞뒤를 고리 걸듯이 엮어나간 다음의 구절을, 나는 이번 시집에서 최영철 시인이 보여주고자 하는 어떤 절정으로 읽는다.

> 낙동강 둔치에 뿌린 농약을 먹고 죽은 볍씨를 먹고 죽은 청둥오리를 먹고 죽은 참수리를 먹고 죽은 참붕어를 먹고 죽은 흑두루미를 먹고 죽은 폐유를 먹고 죽은 강물을 먹고 죽은 아이를 먹고
>
> 죽은 것들을 먹고 죽어가는 것들을 먹고 죽었던 것들을 먹고 죽어갈 것들을
> 회치고 버무리고 초고추장에 찍어
> 　　　　　　　　　　　　　　　　　　─〈먹이사슬〉 부분

먹이사슬은 그 말대로 하자면 끔찍한 약육강식의 순환을 말한다. 그러나 그것은 엄연히 살자고 하는 짓이다. 끔찍하기는 해도 먹이사슬이 생태계를 보전시킨다. 원초의 먹이사슬은 삶의 먹이사슬인 것이다. 살아있기에 다른 자의 먹이도 되지 않는가. 그러나 여기서 '먹고 죽은'으로 이어지는 먹이사슬은 살기 위한 것이

아닌 죽기 위한 그것으로 바뀌어져 있다. 이 간단한 한마디 말의 굴림이 놀랍다. 농약에서 출발한 죽음의 먹이사슬이 마침내 아이에 이르는 공포의 순간을 이 시는 단숨에 걷어 올리고 있다.

사실은 어떤 전율 같은 것이 그의 시로부터 나와 나를 움찔거리게 했다는 말을 하고 싶어서 이렇게 둘러 간다. 매우 통탄할 소재들을 걸어 놓고서도 그는 너무나 차분히 노래하고 있다. 마음씨 착한 '부산 아저씨'이건만, 그래서 좀체 흥분하지 않는 그의 속내에 담긴 깊은 포한이 있어, 드러내려 하지 않아도 세상이 저절로 발라내는 듯 울리는 노래이다.

4

성탄전야의 저 어처구니없는 죽음, 유유자적하는 장애인 모자의 풍경, 단물 다 빠져나간 폐가 등은 이번 시집에서도 여전히 보이는 최영철 시인만의 등록상표와도 같은 작품들이다. 그렇게 다시 만날 수 있는 작품들이 있어 반갑다. 그런가 하면 〈월내역〉 같은 묘한 관능과 〈룰루랄라〉의 유희는 낯설면서도 재미있다.

시를 부리는 그의 이런 내공은 어디에서 온 것일까? "봄을 만나려는 마음이, 봄의 새와 꽃과 바람과 다시 노닐고 싶은 그리움이 그 나무들을 매년 살려낸 것처럼, 시와 놀고 싶은 마음이 허물어지려는 나를 다시 일으켰다"(『일광욕하는 가구』)고 하지만, 아마도

바늘잎나무가 사철을 사는 것은
그 뾰족한 입을 가지고 허공에 꽂고
산자락 가득 찬 공기를 배불리 빨아먹기 때문
단번에 잘려
기둥이나 마루판 되어서 오래 견디는 것은
그 뾰족한 침의 기억으로
달려드는 못된 것들을 모두 물리치기 때문

　　　　　　 -〈내가 소나무 잣나무 같은 것이었을 때〉 부분

인 것처럼, 그의 수절의 시간이 받쳐주는 힘이리라 믿어 의심치
않는다.

　'숭그랑숭'(〈봄날〉)과 '히줄래기'(〈손〉)라는 말은 이번 시집
에서 나는 처음 본다. 사전에도 올라 있지 않다. 그렇지만 두 말이
실린 작품의 앞뒤를 읽다보면 독자들께서도 그 뜻을 대충 짐작하
실 수 있으리라. 그리하여 새로 배운 이 두 말에 의지하여, 나 같은
히줄래기도 숭그랑숭 팔을 괴고 앉아 한참동안 그의 이야기에 귀
를 기울이고 싶어졌던 것이다.

찾아보기

초출일람

「고대가요의 전통과 향가」 － 新稿

「詞腦歌 형식 발생론 序說」 －『동방고전문학연구』6, 동방고전문학회, 2004

「향가와 그 배경설화의 수록 양상에 대한 재검토」 － 한국고전문학회 정기학
　　술발표회, 2001. 8. 14, 국민대

「〈祭亡妹歌〉와 서정 그리고 기형도」 － 한국시가학회 전국학술대회, 2005.
　　8. 18, 위덕대

「詩에서의 사소함에 대하여」 －『작가』12, 민족문학작가회의, 1998

「19세기 漢文敍事詩의 리얼리티와 近代性」 －『인문과학연구논총』10, 명지
　　대인문과학연구소, 1998

「白石의 〈修羅〉와 그 주변」 －『한국문학연구』16, 한국문학연구학회, 2001

「시인인가 죄인인가」 －『작가』16, 민족문학작가회의, 1999

「슬픈 천명으로서의 문학」 － 심원섭 외 편, 『문학이란 무엇인가』, 우석,
　　1997

「사슴과 마귀할멈」 －『서울문고』, 1997

「申東曄 생각」 －『NEOLOOK』, 1996

「가난한 시인의 보람」 －『NEOLOOK』, 1996

「눈물 혹은 승화」 －『대한화재』, 1997

「우주의 숨통」 －『정현종환력기념문집』, 문학동네, 1999

「농촌현실과 새로운 詩的 대응」 － 하종오 시집, 『반대쪽 천국』, 문학동네,
　　2004

「부조리한 삶과 현실의 변증」 － 최영철 시집, 『그림자 호수』, 창비, 2004

▋저자 고운기(高雲基)

  1961년 전남 보성에서 출생하여, 한양대 국문학과와 연세대대학원 국문학과 석사 및 박사과정을 졸업하였다. 1983년 동아일보 신춘문예에 시가 당선되어 등단하고, 〈시힘〉 동인을 결성하는 데 주도적으로 참여하여 지금까지 활동하고 있다. 연세대·한양대·목원대 등에서 강의를 하다, 1996년부터 명지대 문예창작학과의 조교수로 3년간 현대시 창작 등을 가르쳤으나, 1999년에 도일(渡日), 게이오(慶應)대학에서 3년간 방문연구원으로 한일 고전문학을 비교문학의 관점에서 연구하였다. 2002년에 귀국하여 동국대 한국문학연구소를 거쳐 연세대 국학연구원 연구교수로 일하는 동시에, 2007년 메이지(明治)대학 객원교수로 초빙 받아, 이 대학의 문학부와 대학원 문학연구과 학생들에게 한국문학사와 향가 등을 가르치고 있다.

  그동안 낸 책으로 삼국유사 연구 4부작 『일연과 삼국유사의 시대』(월인, 2001), 『우리가 정말 알아야 할 삼국유사』(현암사, 2002), 『일연을 묻는다』(현암사, 2006), 『길 위의 삼국유사』(미래M&B, 2006)가 있으며, 『나의 별에도 봄이 오면-윤동주의 삶과 문학』(산하, 2006), 『가려 뽑은 고대시가』(현암사, 2007) 등도 있다. 한편 시집으로 『나는 이 거리의 문법을 모른다』(창비, 2001), 『섬강 그늘』(고려원, 1995), 『밀물 드는 가을 저녁 무렵』(청하, 1987)이 있고, 역서로 『논어』(시모무라 고진 지음, 현암사, 2003), 『한국, 1930년대의 눈동자』(노무라 신이치 지음, 이회, 2003), 『그늘에 대하여』(다니자키 준이치로 지음, 눌와, 2005)가 있다.

한국 고전시가의 근대

2007년 9월 5일 초판 발행

지은이　고운기
펴낸이　김흥국
펴낸곳　도서출판 **보고사**

등록　1990년 12월(제6-0429)
주소　서울시 성북구 보문동 7가 11번지
전화　922-5120~1(편집부), 922-2246(영업부)
팩스　922-6990
홈페이지　www.bogosabooks.co.kr
메일　kanapub3@chol.com

ISBN 978-89-8433-600-1 (93810)

정가 13,000원

▸잘못된 책은 교환하여 드립니다.